펜던트
PENDANT

펜던트
PENDANT

펜던트 2
선우인 판타지 장편 소설

초판 1쇄 찍은 날 § 2005년 2월 12일
초판 1쇄 펴낸 날 § 2005년 2월 22일

지은이 § 선우인
펴낸이 § 서경석

편집장 § 문혜영
편집책임 § 유경화
편집 § 서지현
마케팅 § 정필 · 강양원 · 이선구 · 홍현경

펴낸곳 § 도서출판 청어람
등록번호 § 제1081-1-89호
등록일자 § 1999. 5. 31
어람번호 § 제1-0582호

주소 § 경기도 부천시 원미구 심곡1동 350-1 남성B/D 3F (우) 420-011
전화 § 032-656-4452 팩스 § 032-656-4453
http://www.chungeoram.com
E-mail § eoram99@chollian.net

ⓒ 선우인, 2005

ISBN 89-5831-426-5 04810
ISBN 89-5831-424-9 (세트)

선우인 판타지 장편 소설

PENDANT

FANTASY FRONTIER SPIRIT

펜던트

2

여신의 수호자

도서출판
청어람

Contents

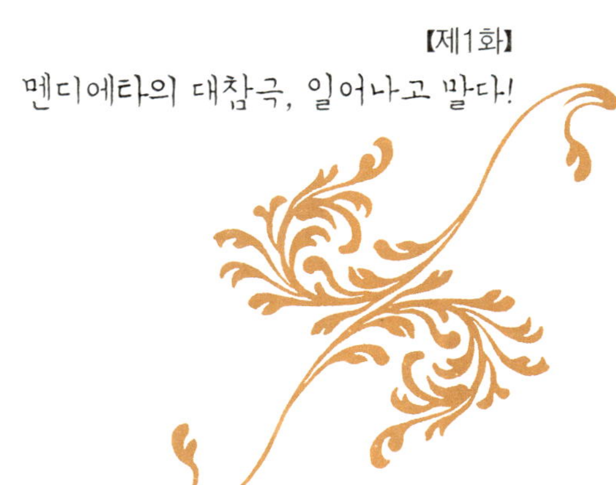

【제1화】
멘디에타의 대참극, 일어나고 말다!

나는 천천히 들고 있던 시온의 검을 슬금슬금 앞으로 내밀었다. 조금씩 내뻗어지던 것이 내가 팔을 쭉 뻗어 갑옷에 이 미터쯤 가까워지자 갑옷이 팔을 움직여 검을 쳐들었다.

"으힉!"

잽싸게 검을 물리자 갑옷은 다시 천천히 팔을 내렸다. 등을 곧추세우고 검을 아래로 내린 상태가 되자 갑옷은 더 이상 움직이지 않았다.

―가까이 가면 공격하는 식인가?

샤이시스의 중얼거림에 나는 곤혹스러운 표정을 지었다. 양쪽으로 늘어선 갑옷은 한쪽에 열여섯 벌씩 총 서른두 벌이 서 있었다. 솔직히 나 혼자서 저걸 다 상대하는 건 무리인지 아닌지는 해보지 않아서 모른다.

'하아~ 게임할 때 많이 써먹던 방법을 써야겠구만.'

나는 천천히 앞으로 걸어가 아까 칼끝이 닿았던 그 장소에 가서 멈추어 섰다. 과연 거기까지가 한계점인지 양 끝에서 두 벌의 갑옷이 움직이기 시작했다. 한쪽은 철퇴, 다른 한쪽은 대검이었다. 갑옷 자체가 내가 뒤집어쓰고도 남을 정도로 큰 터라 나는 잔뜩 긴장하여 조금씩 뒤로 물러섰다. 싸우다가 너무 안쪽으로 들어가 두 번째 열의 갑옷이 발동했다가는 곤란해진다.

내가 움직이는 것을 보고 뒤에 있던 몇몇의 기사들이 알아차린 것인지 납득한 듯이 고개를 끄덕이는 것이 보였다.

'최소한 한 명쯤은 어떻게 도와줄 생각이라도 해봐라.'

한탄하듯 쳐다보았지만 눈이 마주치는 녀석들은 모조리 고개를 돌리고 있었다. 게다가 레오폴드 녀석은 한술 더 떠서 왜 빨리 공격하지 않느냐고 성화인 것이다.

'콱 앞으로 가지 말고 뒤로 물러설까 보다.'

다시 한 번 금화 상자를 떠올리며 각오를 다져 주고 나는 놈들을 향해 고개를 돌렸다. 이미 두 녀석 다 내 사정권 안으로 들어와 있었다. 나는 바닥을 박차며 우선 철퇴를 든 갑옷에게로 달려들었다. 지척에 다다르자 갑옷은 내 정수리를 향해 철퇴를 휘둘렀다.

"느려!"

살짝 허리를 뒤틀어 철퇴의 머리 부분을 비껴서며 놈의 품 안으로 파고들었다. 미끄러지듯 내 옆을 스치는 철퇴의 자루를 붙잡음과 동시에 시온의 검자루로 갑옷의 투구 부분을 강하게 후려갈겼다.

빠각!

투구의 관자놀이 부분이 갈라지며 갑옷의 손에 쥐어져 있던 철퇴가 떨어져 나왔다. 나는 그것을 뒤를 향해 집어 던지고는 시온의 검을 옆으로 휘둘렀다.

카앙!

나머지 한 녀석의 검이 시온의 검날과 부딪치며 크게 몸이 흔들렸다.

'뭐야, 이거? 힘이나 속도나 보통 인간보다 조금 나은 수준이잖아? 괜히 긴장했네.'

속이 텅 빈 갑옷이 상대인 이상 손속에 여유를 둘 필요도 없다. 나는 실소를 머금으며 균형을 잃은 갑옷의 왼쪽 어깨를 검으로 내리그었다. 시온의 검은 갑옷을 마치 두부 가르듯 가르며 갑옷의 왼쪽 팔을 떼어냈다. 바닥으로 떨구어지는 팔을 멀리 차내고… 으악! 잘못 찼다!

내 발에 차내어진 갑옷의 왼팔이 멀리멀리 날아가 세 번째 열에 있는 갑옷의 발치에 부딪쳤다. 단숨에 여덟 구의 갑옷이 무기를 쳐들고 단상 의에서 내려왔다. 펜던트 속의 시온은 마구 식은땀을 흘리는 나를 향해 이렇게 내뱉었다.

―멍청하긴.

"쳇. 시온에게 바보 취급을 당하다니!"

내가 눈매를 좁히며 일단 한쪽 팔을 잃은 갑옷의 상반신을 베어내자 시온의 고함 소리가 귓가를 울렸다.

―그거 무슨 뜻이냐!

―호오~ 세틴, 말이 많이 늘었는걸? 시온을 효과적으로 빈정거리기도 하고 말이야.

키득거리는 이플리트의 말에 시온은 더욱더 길길이 날뛰었다.

'싸우는 동안만이라도 연계를 끊을까?'

달려드는 무기 없는 갑옷의 가슴 부분을 발로 차려 했으나 놈이 나의 발을 붙잡아 그대로 끌어당겼다.

"흥!"

나는 가볍게 코웃음을 치며 몸을 뒤틀어 나머지 발로 녀석의 투구를 돌려 찼다. 재차 가격당한 투구 부분이 벽에 부딪쳐 반으로 쪼개졌다. 하나 그래도 움직일 수 있는지 갑옷은 빈손으로 허공을 휘젓고 있었다. 바닥으로 착지한 나는 팅기듯 몸을 일으키며 내게 검을 향하는 나머지 갑옷의 가슴을 어깨로 들이받았다.

"우와아아!"

철퇴를 집어 든 기사들 중 하나가 내 공격에 뒤로 밀리는 갑옷의 투구를 내리찍었다. 투구의 윗부분이 갈라지며 그대로 목이 내려앉았다. 나는 갑옷의 남은 오른손에서 칼을 빼내어 레오폴드에게 던졌다.

"받아!"

"쳇!"

레오폴드는 가볍게 혀를 차며 검을 받아 크게 도약했다. 검기를 두른 그의 검날이 가장 가까웠던 갑옷을 투구에서부터 반으로 갈랐다. 섬광 같은 푸른 빛이 사그라들자 반으로 갈린 갑옷은 바닥으로 풀썩 쓰러졌다. 나는 검을 들고 헐떡이는 레오폴드를 바라보며 중얼거렸다.

"너, 너무 무리하는 거 아냐?"

내가 말하자 레오폴드는 얼굴이 벌게져서는 소리쳤다.

"무슨 소리! 원래 내 실력이야!"

'누가 뭐래?'

나는 살짝 고개를 젓고는 가까워지는 갑옷들을 노려보았다. 이것들은 절대 뛰는 법이 없는지 철커덩거리며 걸어오고 있었다. 레오폴드는 반으로 갈린 갑옷의 손에서 창을 빼내어 백작에게 던져 주었다.

창을 받아 든 백작은 그것을 가볍게 휘둘러 보고는 곧바로 내 오른편으로 달려와 앞으로 창을 찔러들었다. 갑옷의 연결 틈으로 찔러 들어오는 창에 이음새가 벌어지자 곁에 있던 기사가 철퇴를 휘둘러 갑옷의 어깨를 부쉈다.

'그렇게 잘 싸우면 진작 도와줄 것이지.'

확실히 명수가 많으니 8대 4의 싸움이라도 수월했다. 갑옷을 부술수록 무기가 늘어났고, 따라서 싸울 수 있는 사람의 수도 늘었다. 갑옷을 상대하는 것이 끝났을 무렵에는 반수 이상이 무기를 가지게 되었다. 어차피 무기를 가지고 있더라도 싸울 줄 모르는 사람도 상당수 있었기 때문에 이 정도가 적당한 듯싶었다. 솔직히 말해 누가 저주를 받아 남자가 된 건지 전혀 구분이 안 간다.

'그대도 한가락하는 인간들이 잔뜩 모여서 다행이지.'

나는 한숨을 내쉬며 나무 문을 박찼다. 하나 문안에 무언가 득시글거릴 것이라는 내 생각과는 달리 안은 커다란 홀이었다. 조각이 새겨진 새하얀 기둥이 간간이 눈에 들어오는 그곳은 말 그대로 텅 비어 있었다.

무슨 함정이 있는 것이 아닌가 하여 마법을 할 줄 안다는 훼르드 백작을 던저 보냈지만 별일은 일어나지 않았다.

"아직 지하인 것 같기는 하지만 그 마녀가 사는 곳에는 가까워진 모양이야."

레오폴드의 말에 나는 '그런가?' 하고 중얼거리며 위를 쳐다보았다. 희미하지만 저쪽에서 무언가가 느껴졌다. 내가 굳이 말하지 않아도 이제 내 뒤를 따라오던 인간들은 각자 움직이고 있었다. 주위를 두리번거리며 복도를 살피던 사람들은 위로 올라가는 계단을 발견했다.

나는 계단을 앞에 두고 망설이고 있는 인간들 틈에서 한숨을 쉬듯 중얼거렸다.

"왜 위로 올라가는 계단이 네 개나 돼?"

"백작, 무언가 특별한 기운은 느껴지지 않습니까?"

레오폴드의 물음에 훼르드 백작은 고개를 저었다.

"느껴지지 않는 것은 아닙니다만 그 수가 너무 많습니다."

"흐음, 그렇다는 것은 저 계단 앞에 있는 것이 마법적 기운을 발하는 함정일 수도 있는 거군요."

계단은 홀의 정면에 두 개, 그리고 오른쪽, 왼쪽으로 갈라지는 통로에 각각 한 개씩 있었다. 나는 각각의 계단 앞에서 위를 올려다보다 정면으로 통하는 계단 중 오른쪽 것으로 올라갔다.

"어, 이봐!"

"세틴님!"

당황한 두 사람이 나를 따라 올라왔지만 나는 그들을 제지했다. 나는 슬쩍 왼쪽 계단을 엄지손가락으로 가리키며 말했다.

"저 왼쪽 계단으로 올라가. 아마도 그쪽이 올바른 길일 거야."

"어떻게 그런 걸 알아?"

레오폴드가 묻자 나는 씩 웃으며 말했다.

"그냥 감."

레오폴드가 천천히 오른손의 검을 고쳐 쥐며 나를 노려보는 것을 보고 나는 황급히 말을 바꾸었다.

"이 저택, 특이한 목적으로 지었다기보다는 원래 있는 것을 그런 목적으로 증축한 것 같아. 그러니까 좌우로 이어진 계단을 빼면 이쪽이 위층의 통로나 홀 같은 걸로 이어지는 것 아니겠어?"

내가 말하자 레오폴드는 힐끗 내가 올라서 있는 계단 위쪽을 바라보며 말했다.

"그럼 그쪽은?"

"강한 마력의 근원이 느껴지는 것으로 봐서 그 마녀가 있는 곳일 것 같아."

"뭐? 그럼 우리도 함께 가야지!"

레오폴드가 커다란 목소리로 말하자 아래에서 우리를 바라보고 있던 기사들 중에서 몇몇이 앞으로 나왔다. 대략 다섯 명쯤 되는 것 같았지만 나는 그들을 내려다보고는 고개를 저었다.

"관둬. 너, 비실거리다가 그 마녀한테 붙잡혔잖아."

내가 또렷한 목소리로 말하자 레오폴드는 단번에 흥분하여 소리쳤다.

"누가 비실거렸다고 그래!"

"어쨌든 잡혔잖아."

"그, 그건 잠깐 방심해서……."

"그 방심을 한 번만 더 하면 이번엔 죽어. 거기 밑에도 마찬가지야. 비슷한 경로로 잡혀오거나 납치된 사람들이잖아? 그 마법사, 이상한 성격치고는 강해. 엔리케 씨가 단번에 팔이 날아갔을 정도니까."

"엔리케가 팔이 날아갔다고?"

레오폴드가 놀란 얼굴로 되묻자 나는 차분한 얼굴로 고개를 끄덕였다.

"내가 종속자에게 부탁해서 재생시켰으니까 큰일은 없지만… 아무튼 그러니까 따라오지 마. 어차피 기사는 레이디를 지켜야 하잖아? 나는 기사가 아니니까."

“…….”

레오폴드는 찌푸린 얼굴로 입을 다물었다. 내가 돌아서자 타닥 하는 가벼운 발소리와 함께 은발을 늘어뜨린 소년 하나가 내게로 다가왔다. 레나 공주였다.

“저… 조, 조심하세요.”

“예에, 공주님도요.”

내가 피식 웃으며 대답하자 공주는 볼을 발갛게 물들이며 고개를 끄덕였다. 그에 공주를 힐끗 쳐다본 훼르드 백작이 끼어들었다.

“혼자서 괜찮으시겠습니까? 공주님과 라힐이 움직이지 못하는 상태라면 세틴님 혼자서 두 분을 데려오는 것은 무리일 텐데요.”

“아뇨. 뭐, 방도가 있으니까 걱정 마시고 먼저 빠져나가세요. 아가씨들이 먼저 나가주지 않으면 이쪽도 마음 놓고 싸울 수가 없으니까요.”

―어디 가? 뒤의 말은 뺑이군.

―니가 언제부터 인정을 위해서 싸웠다고 그러냐? 돈을 위해서…….

레스트레온과 이플리트의 참견에 나는 말없이 펜던트의 표면을 손으로 감싸 쥐고 잠시 흔들었다. 여러 가지 비명이 한데 뒤섞였으나 무시, 또 무시.

‘그러고 보니 나도 참 대담해지는군.’

욕설이 터져 나오는 것을 한 귀로 흘려들으며 계단을 타고 올라갔다. 계단 위쪽에는 발코니 같은 공간이 있었고 그 앞에 흰색 도료로 발라진 나무 문이 있었다. 손잡이를 잡아당기자 문이 가감없이 열렸다. 돌아본 그들이 아직까지도 어정쩡한 표정으로 서 있었으므로 나는 뺨을 긁적이고는 살랑살랑 손을 흔들었다.

"밖에서 보자고요."

살짝 고개를 기울이고 나는 문안으로 들어갔다. 아래층의 홀과 비슷한 방이었지만 규모 면에서는 그것보다 작은 편이었다. 나는 등 뒤로 문을 닫고 돔 형태의 천장을 올려다보았다.

"좀 더 앞쪽인가?"

—느껴지나요?

차분한 에레타의 물음에 나는 고개를 끄덕였다. 문안 쪽으로 들어서니 좀 더 확실히 느껴진다. 하지만 커다란 광원 근처에 좀 더 작은 것이 응집되어 있는 듯한 느낌도 들었다. 내가 그것을 말하자 트레스는 그곳으로 먼저 찾아가 보자고 권유했다. 그것이 저주의 매개체인 것 같다는 것이었다.

—비슷한 크기의 마력을 가진 것이 응집되어 크게 느껴진다면 아마도 그것이겠지요. 아까의 그 사람들을 봐서는 굳이 왕족만을 노린 것은 아닌 것 같으니까요. 그녀의 저주에 걸린 여자들이 꽤 많을 겁니다.

"흐음, 뭐, 상관은 없지만… 어차피 마녀를 죽이기보다는 공주의 저주를 풀어주는 것이 주목적이기도 했고."

마녀를 죽였는데도 저주가 풀리지 않았다면 곤란한 노릇이었다. 그 반대라면 어떻게 넘어갈 수 있겠지만.

'하지만 그사이에 티아 공주에게 무슨 일이 생겼다면?'

이제까지 충분히 느리적거리고 있었으니 가능한 일이었다. 내가 심상찮은 표정으로 펜던트를 내려다보자 술렁이는 목소리들이 들려왔다. 나는 가늘게 뜬 눈으로 펜던트를 내려다보며 물었다.

"진짜 아무도 도와줄 생각 없는 거예요?"

내가 말하자 펜던트 속에서 시온의 목소리가 울렸다.

―무릎 끓고 바닥에 머리를 조아린 다음 한번만 도와달라고 빈다면 한번 생각해 보지.

"……."

내가 싸늘한 표정으로 시온이 들어 있을 검은 돌을 내려다보자 의기양양하던 시온의 기운이 천천히 사그라들었다.

"계약 2조 19항에 의거……."

―으아아아아아아악! 노, 농담! 농담이야!

커다랗게 울리는 시온의 목소리에 나는 주문을 멈추고 펜던트를 내려다보았다.

"그럼 시온이 도와줄 거지요?"

―…그 마녀를 잡아달라는 거냐?

시온이 묻자 나는 고개를 저었다. 시온과 그 마녀가 붙는다면 전투를 핑계 삼은 파괴가 자행될 가능성이 크기 때문에 그것만은 피하고 싶었다. 아직 이 아래에는 도망치지 못한 사람들이 있었다.

"티아 공주와 라힐을 구해서 이 성 밖으로 나가주세요. 물론 그 두 사람이 죽어서는 안 되고 그 마녀도 공격하지 말고요."

―그걸 무슨 재미로 내가 해야 되는 거냐?

"재미없을까요?"

나는 작은 마력의 응집체가 느껴지는 곳으로 걸어가며 물었다. 그러자 당연하지 않느냐는 듯한 시온의 목소리가 울렸다.

―당연하잖아! 인간 따위를 구하는 데에 내가 무슨 재미를 느끼지? 그따위 시시한 일은 하품밖에 나오지 않아!

"대신 하루 자유 시간은? 물론 무언가를 죽이지만 않는단 조건 하에서지만요."

내가 조건을 제시하자 무시무시한 목소리들이 터져 나왔다.

─잠깐! 잠깐, 잠깐, 잠깐! 거기서 멈춰!

─어째서 시온이지? 무슨 이유에서 녀석한테만 그런 기회를 주는 거야!

─아직 한 번도 밖으로 나가보지 못한 내가 있다! 무슨 일을 저지를지 모르는 놈보다는 내 쪽이 훨씬 나아!

─마족 따위에게 인간을 맡기다니, 제정신이야!

불길을 토해내듯 한꺼번에 쏟아져 나오는 목소리에 나는 멍하니 시선을 돌렸다. 저 귓가에 웡웡거리는 목소리들은 귀를 틀어막아도 소용이 없다. 소음 공해의 본질을 보여주는 듯한 이들의 목소리에 무심코 내뱉은 내 입을 탓하며 펜던트를 내려다보았다.

'이래서 한 명만 고르기 싫었는데……. 지금은 뽑기 패도 없고 한 사람을 고르자니 시끄럽고…….'

내가 생각을 하고 있는 와중에도 그들은 왁왁거리며 항의의 목소리를 토해내더니 이제는 서로 간에 말다툼을 벌이기 시작했다. 일이 이렇게까지 벌어지면 내 선에서는 더 이상 어떻게 처치가 곤란하다.

'빨리 대장간에 들러서 다시 만들든지 해야지.'

전에 있던 뽑기 패는 여관이 무너질 때 함께 섞여 들어가서 어느 틈에 없어졌는지도 알 수 없었다. 다음부터는 좀 더 소중히 하리라 다짐하며 나는 계약의 말을 중얼거렸다.

"제1조 2항에 의거, 나 세르티드 레플리카는 종속자 시온 시에트로 고르도스를 불러들이겠습니다."

─뭐얏! 레플리카아아아아아!

의미 불명의 비명이 울리는 사이 펜던트에서 시온이 들어 있는 조각이 떨어져 검은 빛을 내뿜었다. 웅크러든 검은 빛이 천천히 팽창되더니 여전히 눈매가 사나운 모습의 시온으로 변모했다.

그는 길게 찢어진 눈을 치뜨며 나를 노려보았으나 분을 참는 듯한 표정으로 내게 손을 내밀었다.

"왜, 왜요?"

내가 슬금슬금 뒤로 물러서며 묻자 시온은 차가운 목소리로 말했다.

"언제까지 내 검을 가지고 있을 셈이냐? 내게 부탁한 것은 네 쪽이었을 텐데?"

"아!"

나는 얼른 시온의 검을 내밀었지만 동시에 무언가 위험하다는 생각이 들었다. 지금 상태의 시온에게는 절대로 다가가고 싶지 않았던 것이다. 지금의 거리도 그에게는 사정권 안이겠지만 그렇다고 해서 더더욱 가까이 가고 싶은 생각은 없다.

'마음의 거리랄까?'

내가 어깨를 움츠리며 검을 든 채로 서 있자 시온 쪽에서 성큼성큼 걸어와 자신의 검을 내 손에서 뺏어갔다.

'여전히 매정하달까 사납달까……'

"약속… 지켜라."

시온은 등에서 커다란 날개를 펼쳐 냈다. 칠흑의 어둠을 닮은 그의 날개에 내가 눈을 동그랗게 뜰 찰나 그가 자신의 날개를 움직였다.

돌 가루와 함께 흩날리는 먼지에 나는 눈을 가늘게 뜨며 날아오르는 그를 바라보았다. 시온은 코웃음치듯 나를 노려보고는 자신의 검을 쳐들어 천장의 벽을 찢었다.

“으악! 시온!”

내가 악을 썼지만 시온은 유유히 천장을 부수고는 위층으로 올라가 버렸다.

―괜… 찮을까요?

걱정스러운 에레타의 목소리에 나는 애써 천장에서 시선을 돌렸다.

“나는 최선을 다했어. 혹 그 마녀 아줌마가 죽더라도 그건 모두 평소의 악행에 대한 대가일 테니까. 엔리케 씨도 다치기도 했고……. 아, 아무튼 나, 나는 모른다고!”

작은 목소리로 구시렁거리는 내 말에 샤이시스의 억울하다는 목소리가 들려왔다.

―그러게 왜 그놈이냐? 문제 많은 녀석을 선택하는 것도 재주라니까.

할 말… 없습니다요.

작고 무수히 많은 수의 마력체가 모여 있는 그 끝에는 널찍한 방이 도사리고 있었다. 쇠사슬에 자물쇠가 채워져 있었지만 그것은 세리나의 힘을 빌리는 것만으로도 간단히 끊을 수가 있었다.

자물쇠를 잘라내자 마치 여인의 손목이라도 끊은 듯한 비명이 울려 퍼졌지만 그 마녀는 지금쯤 시온의 방문으로 정신이 없을 터였다. 나는 상관 않고 철문 안으로 들어갔다.

“우와아!”

가벼운 탄성이 내 입에서 흘러나왔다. 방 안에서는 반짝이는 빛이 가득 흘러넘치고 있었다. 벽에도 기둥에도 주먹만한 투명한 보석 조각들이 붙어 있었다. 단순한 장식이라고 하기에는 그 수가 너무 많았다.

손이 닿지 않는 공간에까지 붙어 있는 것은 아니었지만 꼭 바닷가의 바위 위에 붙어 있는 조개처럼 벽과 기둥 여기저기에 다닥다닥 붙어 있었다.

—저것이 저주의 매개체인 것 같습니다.

"그렇다는 것은 얼마나 저주를 걸어댄 거야?"

대충 어림잡아도 백여 개는 거뜬히 넘을 것 같았다. 완전히 악행의 발자취로구만. 나는 한숨을 쉬며 세리나의 봉을 움켜잡았다.

"저걸 부수면 저주가 풀린다는 말이지?"

—예.

에레타의 대답이 끝나기가 무섭게 나는 봉을 휘둘렀다.

'어느 것이 티아가 받은 저주의 매개체인지 모르니까 하나라도 남겨 서는 안 돼!'

"흐아아앗!"

내려치는 봉 끝에 주먹만했던 보석들이 산산이 부서지며 그 안에서 마력이 흘러나왔다. 반신반의했던 나는 그에 기운을 받아 벽과 기둥에 붙은 매개체들을 마구 내려치기 시작했다.

부서진 매개체들에서 마력이 흘러나오며 빛이 난무하고 부서진 보석 조각들이 사방으로 흩어졌다. 떨어져 내리는 보석 조각들이 심히 아깝다는 생각이 들었지만 일단은 저주를 푸는 게 먼저였다.

벽이 갈라지고 기둥에 커다란 구멍이 뚫렸지만 나는 손을 멈추지 않았다. 그렇게 보석을 거의 다 부수었다고 생각할 즈음 이상한 땅 울음이 느껴졌다.

"에? 뭐지?"

나는 마지막 보석을 박살 내고 제법 큰 조각 하나를 주워 들어 주머니에 집어넣고 있었다. 펜던트 속의 레스트레온이 궁상맞은 짓 좀 그만 하라고 잔소리를 퍼부었지만 생각해 보라! 내 손에 의해 부서지기는 했지만 바닥에는 돌 가루 속에 뒤섞여 보석 조각들이 빼곡하단 말이다! 그걸 어떻게 내버려 두고 가냐?

—이상한 진동이군요.

—그러게.

나는 자리에서 일어나 천장을 올려다보았다. 천장을 두드리지도 않았는데 돌 가루와 함께 먼지가 후두두 떨어지고 있었다.

—뭐, 뻔한 거 아니겠어? 시온 녀석이 장난 좀 치고 있는 거겠지.

우지직!

말이 떨어지기가 무섭게 천장이 갈라지며 돌덩이가 떨어졌다.

"으악!"

나는 내 정수리로 떨어지는 돌들을 피해 얼른 뒤로 물러섰다. 이따금씩 흔들리던 진동이 점점 더 심해져서 이제는 무엇을 붙잡고 있지 않으면 균형을 잡고 있기가 힘들 정도였다.

"…역시 시온을 선택한 것은 실패였나?"

벽에 기대어 천장의 갈라진 틈을 올려다보며 중얼거리자 단번에 종속자들의 대답이 들려왔다.

—당연하지!

레스트레온을 포함한 등등의 합창에 나는 목을 움츠렸다.

'뭐, 건물 조금 무너지는 것 정도는 그다지……'

쿵!

장농만한 천장의 조각이 내 발 바로 앞에 육중한 소리를 내며 떨어졌다. 나는 눈 밑을 씰룩거리며 천장을 올려다보았다. 뭘 하고 있는 것인지 이글거리는 불길 한줄기가 천장을 가로지르고 있었다.

"꺄악! 꺅꺅!"

'이 비명 소리는……'

틀림없는 그 마녀의 것이었다. 그 괴상한 웃음소리가 아직도 머리 속에서 쟁쟁하니 잘못 들을 리가 없다. 나는 멍하니 천장을 올려다보면서 생각했다.

'시온한테 쫓기는 건가?'

"크하하하하! 그래! 도망쳐라, 도망쳐!"

광소를 터뜨리며 뒤를 잇는 남자의 목소리에 나와 함께 멀거니 천장을 올려다보던 펜던트 속의 종속자들이 입을 열었다.

―이 목소리는…….

―시온이네.

―크앗! 역시 녀석만 재미를 보고 있어!

'싫다고 뺄 땐 언제고 저런 새디스트적인 짓거리를……'

머리를 쥐어뜯으며 절규하는 듯한 이플리트의 목소리를 무시하고 나는 위층으로 올라갈 궁리를 했다. 티아와 라힐이 무사한지도 확인해야 하고 더 심해지기 전에 시온을 막아야 했다.

'운이 나쁘면 마을 자체가 가라앉을지도.'

그러고 보니 여기 지하잖아! 마을 지하에서 저렇게 날뛰어도 되는 거야?! 퍼뜩 떠오른 생각에 나는 천장을 올려다보며 소리쳤다.

"시, 시온! 그만둬요! 마을이 가라앉는다고요!"

"크흐흐흐! 그 정도로는 부족해!"

광소와 함께 정체 모를 진홍색 광선이 허공을 갈랐다. 눈살을 찌푸리며 올려다보는 천장의 틈 위로 무언가 거대한 그림자가 드리워지고 있었다.

"저건……."

기이한 각도로 천장의 틈을 뒤덮고도 남을 거대한 무언가가 기울어지고 있었다. 아직 사태를 파악하지 못한 내가 시온을 향해 다시 한 번 소리칠 찰나 샤이시스가 소리쳤다.

─무, 무너진다! 세틴! 도망쳐!

"예? 에엑!"

그 거대한 것에 천장은 물론 한쪽 벽이 모조리 무너져서 내 위로 떨어지고 있었다. 돌덩이며 돌 조각에 나는 비명을 내지르며 출구를 향해 달렸다. 출구라고 해봤자 들어온 방의 입구였지만 아무튼 여기보다는 안전했다.

'일부러 그런 거야! 일부러 그런 거야! 필연코 일부러 그런 거라고오오오오오!'

이를 아득바득 갈면서 나는 총알처럼 복도를 질주했다. 내 위로 떨어지는 돌덩이들을 봉으로 걷어내자 부딪치는 것마다 힘에 못 이겨 가루가 되었다.

나는 그대로 안전한 범위 안으로 들어가는 것 같았지만 그 기둥이라는 것이 서서히 균형을 잃어갈 때는 느리더라도 한번 균형을 잃게 되면 무지하게 빨랐다. 내가 간발의 차로 기둥의 그림자 밖으로 뛰쳐나갈 찰나 나를 덮쳤던 것이다.

쿠구궁!

무겁게 내려앉는 기둥 밑에서 나는 지옥을 맞봐야 했다… 는 뻥이고.

"이대로는 못 죽어어어어!"

핏발이 선 내 눈 속에서 불똥이 튀었다. 곧추세운 세리나의 봉이 무너지는 기둥을 받쳐 내가 존재할 구멍을 만들어주고 있었던 것이다. 하나 바닥은 물론 봉에 받쳐지고 있는 기둥 역시 우지직 하며 금이 가고 있었다.

"크윽!"

앙다문 내 이빨 사이로 으드득 하는 소리가 일었다. 하나 이대로 가만히 있을 수도 없는 노릇이었다. 나는 안간힘을 쓰며 봉을 천천히 쳐들어 올렸다. 함부로 움직였다가는 봉이 꽂힌 부분에서부터 반으로 갈려 내가 그대로 깔려 버릴 위험이 있는 것이다. 그 무지막지하게 굵직한 기둥은 믿어지지 않게도 내 움직임을 따라 천천히 위로 들려졌다.

우직! 우지직!

발밑의 대리석이 부서지는 듯한 소리가 일었지만 그것을 내려다볼 틈 따위는 없었다. 집중하는 마력에 타 들어갈 듯이 봉이 붉게 변했다.

'단번에 가르지 못하면 그 파편에 내가 깔린다……'

가까스로 들어 올린 기둥에 굵직한 금이 그어지고 있었다. 나는 눈을 부릅뜨며 한계까지 마력을 끌어올렸다. 기둥의 길이와 너비에 비한다면 턱없이 작은 각도였겠지만 내가 살아남기 위해서는 충분한 크기였다.

"우와아아아아아!"

괴성과 함께 나는 들어 올렸던 봉을 그대로 아래로 내리며 무너지는 기둥의 윗부분을 쳐 올렸다. 일순간 발산한 마력에 봉의 파괴력을 더하며 기둥은 그대로 반으로 갈림과 동시에 그 반 토막이 반대편으로 넘어갔다.

콰아아앙!

날카로운 소리를 내며 기둥의 절반 부분이 위층의 어딘가에 처박히며 바닥으로 떨어졌다. 아까의 기둥이 무너질 때 천장을 깨부순 탓인지, 아니면 시온이 박살을 낸 것인지 내 머리 위로는 천장이 보이지 않았다.

"하악! 하악!"

수수깡처럼 반으로 갈려 튕겨져 나간 기둥의 모습에 나는 가슴을 오르내리며 숨을 몰아쉬었다.

'살았다. 남은 것은!'

나는 살기로 눈을 빛내며 상공에서 날개를 움직이며 이쪽을 쳐다보고 있는 시온을 노려보았다. 시온은 가늘게 뜬 시선으로 나를 내려다보고 있었다. 나는 이를 빠드득 갈며 소리쳤다.

"뭘 내려다보고 있는 거예요! 방금 것 일부러 그런 거죠!"

나의 외침에 시온은 노골적으로 시선을 돌렸다. 크아악! 역시 일부러가 맞아!

"나는 목숨을 걸고 탈출한 거란 말이에요!"

내가 방방 뛰어오르며 악을 쓰자 시온은 가소롭다는 듯이 코웃음을 쳤다. 뭐라 중얼거리는 것 같은데 이 거리에서는 들리지가…….

─'그 정도로 죽을 리가 있어?' 라는데?

"어떻게 그걸 알아듣는 거죠?"

오웬의 해설에 나는 가늘게 뜬 눈으로 펜던트를 내려다보았다. 펜던트 속의 오웬은 당연한 것 아니냐는 듯이 내게 말했다.

─그 정도야 기본이지. 시온 성격을 몰라?

모릅니다. 전~혀 모른다고요! 솔직히 알고 싶지도 않아요! 대체 뭐가 불만이냐고! 물론 불만이야 많겠지만 대화로 풀어나가는 것이 현대인의 덕목… 으악!

남아 있던 천장의 조각이 우르르 무너지며 위층의 일부가 드러났다. 시온이 내려다보고 있는 아래에는 예의 그 여마법사가 누군가를 끌어안고 서 있었다. 피투성이의 그녀는 이빨을 드러낸 맹수처럼 이글거리는 눈빛으로 시온을 쏘아보았다.

"가만두지 않아! 가만두지 않겠어!"

앙칼진 목소리가 대기 중에 울려 퍼졌다. 나는 고개를 빼고 붙잡혀 있는 사람의 얼굴을 확인했다.

"저거… 라힐이네? 라힐 맞죠?"

─그런 것 같네요.

에레타의 긍정에 나는 약간 한심스러운 눈빛으로 마녀와 그를 쳐다보았다. 라힐은 이지를 제압당한 상태인지 눈에 초점이 없었고 멍한 얼굴로 움직이지 않고 있었다. 피로 물든 손톱으로 라힐의 목을 움켜쥐고 있던 마녀는 고개를 돌려 아래쪽에 있던 나를 쏘아보았다.

"너, 저 마족의 주인이렷다!"

나를 향하는 목소리에 나는 힐끗 시온을 올려다보았다. 시온이 공격을 멈춘 것은 저 라힐이 붙잡혔기 때문인 것 같았다. 어쨌거나 내 거래 조건은 라힐과 티아 공주가 무사한 것이었으니 말이다.

"아뇨. 뭐… 주인이라고 하기는… 그저 알고 지내는 정도?"

눈치를 살피듯 시온을 쳐다보며 말하자 시온은 내게서 고개를 돌렸다. 마녀는 라힐의 목을 거칠게 움켜쥐며 말했다.

"가증스러운 것! 그런 힘을 가지고 있으면서 내 저주에 휘말린 것처럼 속여 나를 농락해?"

움켜쥔 라힐의 목이 손톱 끝에 찔려 피가 배어 나오고 있었다. 나는 눈살을 찌푸리며 그녀를 올려다보았다.

"뭘 어떻게 속였다는 건지……."

"깔깔깔! 하지만 내가 그냥 죽어줄 거라고 생각했다면 오산이야! 내 성에서, 이 도시 안에서 그 누구도 살아 돌아가지 못해!"

나는 멍하니 그녀를 올려다보며 중얼거렸다.

"아뇨. 제가 죽더라도 이 열두 명은 확실히 무사할 텐데……."

시온한테 너무 당해 정신 착란을 일으켰나? 내가 말하는데도 그녀는 듣지 못하는 것 같았다. 하기야 거리가 있어서 고함을 지르지 않는 한은 알아듣기 힘들다.

"우후후후, 나를 공격하려무나! 하지만 나를 공격한다면 이 아이도 무사하지는 못할 거다!"

마녀는 그렇게 말하며 자신의 마력을 개방시켰다. 일순간 그녀의 주위에 있던 돌 조각이며 건물의 파편들이 그녀에게서 밀려났다. 타오르는 듯한 그녀의 마력에 뜨거운 열기가 뿜어져 나오며 그녀와 가장 가까이에 있던 라힐의 머리카락이며 옷자락이 하얀 연기를 내며 타 들어가고 있었다.

"무, 무슨……?"

―어머, 자폭하려는 건가?

심드렁한 오웬의 목소리에 나는 눈을 크게 떴다.

"으엑? 어, 어떻게 좀 해봐요!"

―어떻게 하라고 해도…….

"으으… 레오폴드나 훼르드 백작이면 과감히 포기하고 저 마녀를 공격하겠지만 하필이면 라힐이! 티아라면 당연히 공격하지 말라고 하겠지만… 으아아아!"

혼란 상태에 빠진 내가 마구 고함을 지르자 한심하다는 듯이 샤이시스가 말했다.

―어차피 중반까지는 잊고 있었던 녀석이잖아? 그냥 포기해.

"아악! 어떻게 그래요! 인간의 도리가 있죠!"

―그럼 죽든지.

"너무해에!"

내가 이렇게 오두방정을 떠는 와중에도 마녀의 마력은 그 세기를 더해 그 자신이 마치 태양처럼 빛나고 있었다. 보랏빛 머리카락이 이글거리는 불길처럼 휘날리고 검은 두 눈에서는 붉은 안광이 뿜어져 나왔다. 불어오는 열풍에 돌덩이가 휘날리며 마녀의 망토가 펄럭였다.

"모두 죽는 거다! 아하하하하하!"

"죽으려면 당신이나 죽으란 말이야! 난 제대로 싸운 기억도 없는데 왜 갑자기 이렇게 되는 거야!"

내가 마주 고함을 쳤지만 마녀는 꿈쩍도 하지 않았다. 머리를 쥐어뜯으며 갈등하는 내게 찬물을 끼얹는 듯한 세리나의 목소리가 들려왔다.

―이봐, 너 뭔가 착각하고 있는 거 아냐?

"뭐가요? 지금은 착각이고 말고 할 게……."

―저따위 인간에게 네가 명령 따위를 들어야 할 이유는 없어. 지금 네가 누구의 힘을 빌리고 있다고 생각하는 거야?

'그야 세리나의 힘이긴 하지만… 그게 뭐……?

내가 멀뚱하게 펜던트를 쳐다보자 펜던트에서 세리나의 불호령이 떨어졌다.

―내 힘을 빌리고 있으면 저 녀석을 빼오든지, 아니면 저 마녀를 다

른 공간으로 밀어 넣든지 하면 될 거 아니야!

우우웅!

세리나의 목소리에 반응이라도 하듯 내 손아귀에 쥐어져 있던 봉이 울음을 토해냈다.

'무슨 핸드폰 진동 같네.'

―공간을 다스리는 능력을 받았으면 멀뚱히 서 있지 말고 어떻게든 써먹으란 말이야!

세리나는 악을 썼지만 내게는 딴 세상 이야기였다. 처음부터 꼬리가 없었던 사람한테는 갑작스럽게 꼬리를 준다고 해도 어떻게 움직여야 할 지 알 수 없는 것이다.

"그, 그렇게 말해도……."

―으윽, 둔탱이! 그럼 그냥 카오틱 룬에게 맡겨!

'뭐, 뭐야, 그 촌스러운 이름은? 카오틱… 뭐?'

우우우웅!

손 안에 쥐어져 있던 봉이 미미한 울림을 흘리며 하얀 빛덩이로 변했다. 내가 그것을 바라보는 찰나 내 무게를 지탱하고 있던 바닥이 사라졌다는 것을 느꼈다.

"으어헉!"

허둥거리는 손에 무언가 뜨거운 것이 닿았다. 화들짝 놀라며 바라본 그 눈에 마녀의 시선이 와 닿았다. 나는 순식간에 마녀의 앞으로 이동을 한 것이다.

"뭐!"

"그 손 놔!"

나의 갑작스러운 등장으로 마녀가 주춤하는 사이 나는 달려들어 라힐의 목을 붙잡고 있던 그녀의 팔을 잡았다. 마치 불에 달군 쇳덩이를 잡은 것처럼 뜨거웠지만 놓을 수는 없었다. 움켜쥔 나의 악력에 마녀는 비명을 지르며 라힐의 목을 놓았다. 목에 화상을 입은 라힐은 딱딱하게 굳은 인형처럼 앞으로 쓰러졌다.

"이 계집이! 기껏 귀여워해 주려 했건만!"

붙잡지 않은 마녀의 왼손이 내 눈을 노리고 찔러 들어왔다. 성이 난 나는 내던지듯 잡고 있던 그녀의 팔을 휘둘렀다.

"까아악!"

가벼운 그녀의 몸은 마치 종잇장처럼 내던져졌다. 나는 벽에 부딪쳐 바닥을 뒹구는 그녀에게 시선도 주지 않고 라힐의 허리를 끌어안았다. 분노에 찬 눈을 들어 마녀가 나를 노려보고 있었다.

"너 이놈!"

노호성을 터뜨리는 그녀의 음성과 함께 거대한 마력의 덩어리가 나를 향해 날아들었다. 대기를 달구는 열풍에 순식간에 타 들어가 버릴 듯한 열기를 느꼈으나 그것은 곧바로 뺨에 와 닿는 차가운 바람으로 변모하였다. 검은 날개가 나와 라힐을 감싸 안고 하늘로 날아오른 것이다.

"시온?!"

"나 말고 또 누가 있지?"

싸늘한 목소리로 그렇게 말하며 시온은 아래쪽을 내려다보았다. 내가 있던 자리는 이미 흔적도 없이 녹아버렸고 마녀는 분한 듯 이를 갈며 우리를 올려다보고 있었다. 풀어헤친 머리카락이 바닥에 닿을 듯 길어지며 섬뜩한 검붉은색으로 변모했다.

"우와아!"

"용암을 끌어들일 생각인 것 같군. 피하는 것이 좋겠다."

"으엑!"

그의 말에 나는 비명을 지르며 마을을 내려다보았다. 시온이 부순 곳은 마을에 있던 촌장의 저택 부근이었는지 그 언저리가 파괴되어 있었다. 시온의 손에 들려 있는 탓인지 마을이 한눈에 들어왔다. 지반이 무너지고 흔들린 탓인지 마을 사람들 대부분이 비명을 지르며 건물 밖으로 뛰어나오고 있었다.

티아는 무슨 실드 같은 것에 감싸여 허공에 둥둥 떠 있었지만 레오폴드나 그와 동행하고 있는 이들은 그렇지 못한 것이다. 저 밑에는 아이언도 있다.

"으아악! 이거야말로 대참사잖아! 저 마녀, 지금이라도 어떻게 하면……."

—이미 틀린 것 같습니다. 저희들이라도 피하지요? 세틴님께 무슨 일이 생긴다면 곤란합니다.

트레스의 냉정한 목소리에 시온에게 목덜미를 붙잡혀 있는 나는 버둥거렸다.

"시온! 이거 다 시온 탓이잖아요! 방도 좀 생각해요!"

"무슨? 이미 늦은 것 같은데. 상관없잖아, 이런 인간의 마을쯤. 대륙 하나가 유실되는 것이라면 인구 증가에 지대한 영향을 미치겠지만 이런 마을 하나 정도는……."

"으아악! 그런 말이 어디 있어요오오오오!"

급한 마음에 눈이 핑핑 돌아가는 것 같았다. 마치 섬광처럼 터지는 붉은 빛에 이끌려 끓어오르는 용암의 한줄기가 분출했다.

'끄, 끝장인가! 저 많은 사람들이 죽는 거야?!'

참다못한 나는 커다란 목소리로 소리쳤다.

"어떻게든 사람들을 살려줘요! 그, 그러니까……!"

에잇! 모르겠다!

"한 사람당 한 시간씩! 구하는 사람의 머릿수만큼 자유 시간을 줄게요!"

—뭐? 정말?!

—에… 한 사람당 한 시간이라면 너무 적잖아.

"흥정할 시간 같은 거 없어요! 아니면 전원 나 죽을 때까지 얼굴 안 볼 거야!"

필사의 외침에 구시렁거리던 목소리가 줄어들었다. 으악! 한시가 급하다! 나는 펜던트를 들여다보며 소리쳤다.

"계, 계약 3조 65항 실행!"

혼란에 빠진 나는 계약의 말을 외칠 때의 문장이라든지 문구라는 것을 전부 잊어버리고 있었다. 설명서를 들여다본다든지 문구를 확인해야 한다는 생각은 까맣게 잊어버린 채 계약의 말을 외치자 순식간에 한 조각을 제외한 열 개의 조각이 섬광처럼 튀어나왔다.

"흐윽!"

마력이 빠져나간다는 것은 이런 것인가? 마치 온몸에서 기력이 짜내어지듯 힘이 빠져나가고 있었다. 펜던트에서 튀어나온 종속자들은 쏟아진 활처럼 마을과 무너지는 성의 지하를 정신없이 오가고 있었다. 라힐과 나, 그리고 티아 공주를 보호하고 있는 시온은 그런 그들을 바라보며 불만스럽게 소리쳤다.

"어이, 이러면 내가 손해잖아!"

"말 시키지 말아요. 힘들어. 게다가 이거 다 시온이 자처한 거잖아요. 대체 저 여자는 왜 갑자기 그러는 거야?"

내가 축 늘어져서 중얼거리자 시온은 내 뒤통수를 째려보며 말했다.

"힘들다면서 잘도 지껄이는군."

겨우 16.8초일 뿐인데 벌써 내 눈앞은 가물가물해져 가고 있었다. 쪽쪽 뽑아진 내 마력이 저들의 움직임을 위해 소비된다고 생각하니 피눈물이 날 지경이었지만 이대로 마을 사람들이 죽도록 내버려 둘 수도 없는 노릇. 나는 뼈를 깎는 심정으로 용암이 숫구치며 지반이 갈라져 내려앉기 시작하는 마을을 내려다보았다.

'다음에는… 무슨 일이 있어도 시온은 안 써!'

아득바득 이를 가는 내 심정을 아는지 모르는지 시온은 태평하게 날개를 움직이며 용암이 분출되는 마을의 범위에서 벗어났다.

'이런 쬐그만 마을에… 아니, 별로 작지도 않았지만.'

나는 멍하니 나무 그루터기에 기대어 앉아 너른 들판을 바라보았다.

'뭐가 이렇게 사람이 많아?'

—자자, 빨리 약속을 지켜!

이플리트의 재촉에 나는 부스스 자리에서 일어나 들판 여기저기에 널브러진 사람들을 쳐다보았다. 이쪽에도 한 무더기의 사람들, 저쪽에도 한 무더기의 사람들이 서로 뒤엉켜 쓰러져 있었다. 하나같이 정신을 잃고 있는 것이 움직이는 사람은 없었다.

"다들 살아 있는 것은 맞아요?"

내가 묻자 펜던트의 돌멩이가 여기저기서 반짝반짝 빛났다.

—당연하잖아! 천족이든 마족이든 계약을 어기지는 않아!

'누가 계약 같은 걸 했다고.'

내 앞의 허공에는 각각이 구한 명수와 이름이 진홍색 불길로 휘갈겨 쓰여져 있었다. 지옥의 불길을 다룬다는 리브란의 솜씨겠지만 그건 둘째 치고…….

'16.8초 만에 많이도 구했네.'

어린아이에서부터 청년, 노인, 심지어 다크 엘프까지 끄집어내져 있었다. 나는 사람들 사이를 오가며 두리번거리다 발견하지 말았어야 할 사람을 발견하고는 뒤로 물러섰다.

"왜, 왜 저 여자가 여기 있는 거예요!"

나의 절규에 갸웃하는 듯한 샤이시스의 목소리가 들려왔다.

—인간 맞잖아? 무슨 문제가 있어?

당신이 원흉입니까? 문제가 없긴요! 문제가 아주 많다고요!

나는 딱딱하게 굳어서는 예의 그 마녀를 쳐다보았다. 다른 사람보다도 생명력이 강한 것인지, 아니면 내 절규를 듣고 일어나야겠다고 생각한 것인지 부스스 눈을 뜨고 있었다.

"으힉!"

나의 뛰어난 반사 신경이 순식간에 그녀와의 거리를 이 미터에서 오십여 미터로 벌려놓았다.

—경계하실 것 없습니다. 마력을 봉인해 두어서 지금은 아무런 짓도 하지 못할 테니까요.

'마력을 봉인했다고 해도… 저런 여자 싫어!'

산속 어딘가에 내던져 놓고 파묻어 버리고 싶었지만 그랬다가는 살인이……. 그렇다고 내버려 두는 건 더 싫어! 내가 공포에 젖은 눈으로 몸을 떨자 펜던트 속의 트레스가 한숨을 쉬는 듯한 목소리로 말했다.

—정말 괜찮다니까요. 정 상대하기 힘드시다면… 세뇌라도 해놓을

까요?

'세뇌……?!'

순간 솔깃했던 나는 마을 사람들이 하나둘씩 일어나기 시작하는 것을 보고는 정신을 차렸다.

"세, 세뇌는 좀……."

─뇌에 심각한 타격을 주기는 합니다만 저 여자가 지은 죄에 비하면 아무것도 아니지요. 그냥 편리한 노예가 하나 생긴다고 생각하시고…….

'이 인간을 어딘가 정상이라고 생각했던 내가 잘못이다.'

펜던트 밖에 나와 있었다면 분명 친절한 미소를 띠며 그렇게 말했을 것이다. 두개골을 뚫는 드릴을 들고 상큼하게 웃는 트레스를 떠올리자 오싹 한기가 들었다.

'관두자. 마력을 봉인했다면 위험하지도 않을 테고, 이 나라의 관리가 수도로 압송하든지 어떻게든 판결을 내리겠지.'

고거를 젓고서 천천히 그녀에게서 떨어지던 나는 등 뒤에서 들려오는 고함 소리에 힐끗 뒤를 돌아보았다.

"너!"

"윽!"

그녀는 철천지원수라도 만난 표정으로 내게 달려들려 했지만 그녀의 등 뒤로 다가선 인영 하나가 그녀의 뒤통수를 쳐서 기절시켰다. 겨우 한 방에 맥도 못 추고 쓰러지는 그녀를 무심한 눈길로 쳐다보는 그는 아이언이었다. 검을 들고 있는 것을 봐서는 검자루로 때린 모양이었다.

아이언은 쓰러진 마녀를 힐끗 쳐다보고는 내 쪽으로 발을 옮겼다.

“무사했군. 공주님은?”

“아, 저쪽에.”

나는 아이언의 물음에 나무 그루터기 뒤쪽을 가리켰다. 티아는 내가 펼쳐 놓은 망토 위에 잠들어 있었다. 저주의 매개체를 부순 탓에 그녀는 원래의 모습으로 돌아와 있다.

아이언은 공주의 근처에 있던 라힐을 발견하고는 다시 내게 고개를 돌렸다.

“레오폴드와 훼르드는 발견하지 못했나?”

“그게…….”

나는 멋쩍은 얼굴로 볼을 긁적였다. 그리고는 널브러진 사람들을 돌아보며 말했다.

“저… 어디쯤에 있을 거예요.”

종속자들이 인간이라 생각되는 존재는 모두 그 마을에서 끄집어냈다고 하니 저 어딘가에 끼어 있을 거라고 생각되었다. 내 대답에 아이언은 한숨을 쉬며 말했다.

“무슨 일이 있었는지에 대해서는 묻지 않겠다. 공주님도 무사하시고 다른 마을 사람들도 무사하고 하니.”

아이언은 우리들이 보았던 멘디에타라는 마을이 가짜라고 했다. 실제의 멘디에타는 산속의 조그마한 촌락이라는 것이다.

마을 사람들의 대부분은 지나던 상인이나 근처 도시의 마을에서 실종된 자들이었고, 마을도 제대로 되어 있는 것은 상점이나 여관, 그리고 촌장의 저택 정도였다.

여관에서 알고 지내던 기사를 발견한 아이언은 나를 여관에 내버려 두고 그와 이 마을을 조사했던 것이다. 실제의 멘디에타는 왕국에서

세를 거두지 않을 정도로 작은 마을이었는데 성벽이 쳐져 있고 더군다나 그 많은 인원을 수용할 여관과 상점가가 있을 정도니 당연히 이상하게 생각한 것이다.

그는 도움을 요청한다는 말로 촌장의 저택을 방문했다가 저택의 지하에서 마법적인 기색이 이는 것을 보고 마녀의 성으로 침입한 모양이었다. 성의 입구로 들어가 성을 지키던 거대한 거인족과 싸우던 중 마녀의 비명이 들리며 거인족이 사라졌다고 했다.

'그리고 보니… 위층에 무슨 살덩어리 같은 것이 바위에 깔려 있었는데 시온이 처치한 걸까?'

물어보고 싶지만 별로 알고 싶지 않은 마음도 있다는……

시온은 벌써부터 하루의 자유 시간을 즐기고 있는 터라 지금 내 곁에 있지 않았다. 이 산중에 무슨 볼일이 있는 것인지 모르겠지만 일찌감치 가버렸던 것이다. 그래 봐야 하루 휴가니 금방 돌아오겠지만 말이다.

정신을 차린 사람들이 하나둘씩 일어서서 웅성거리고 있었다. 종속자들은 모두 펜던트 속에 들어가 있어 자기들을 구해준 사람이 누구인지에 대해 쑥덕거리고 있었다. 멀리 보이는 마을의 모습은 한눈에도 쑥대밭이었고, 끓어 넘친 용암이 그 위를 뒤덮고 있어 재건을 한다 해도 힘들 것 같았다.

'뭐… 원래 여기 살던 사람들이 아니라니까. 진짜 마을도 아니고……'

일부 사람들이 쓰러져 있는 마녀를 쳐다보고는 무어라 웅성거리는 것 같았지만 다른 왕국에서 온 사람들이 아니고서야 그녀를 알아보는 마을 주민은 없었다. 다 죽이겠다고 난리를 쳤대도 자기 성안에서였고 후에 샤이시스에게 이끌려 나온 것이다. 일부 왕국의 기사들이 쓰러진 그녀를 결박했지만 주민들은 그 연유를 알아차리지는 못하는 것 같았다.

"이봐, 이거 어떻게 된 노릇이야?!"

어디선가 기어나온 레오폴드가 내 멱살을 잡듯이 달려들며 소리쳤다. 움찔하며 뒤로 물러섰던 나는 레오폴드의 행동에 굳어져 버렸다. 날듯이 달려들던 그가 눈을 휘둥그레 뜨며 내 전신을 훑었던 것이다.

"뭐, 뭐야!"

"아니, 왜 너만 그대로야? 저, 저주, 풀린 거 아냐?"

혁! 잊고 있었다, 저주! 나 저주 걸렸다는 설정이었지? 어느새 깨어난 라힐마저 걱정스러운 표정으로 나를 쳐다보고 있었다. 그나마 무감한 것은 아이언과 훼르드 백작 쪽이었다. 아이언은 힐끗 나를 쳐다보며 관심없다는 표정을 지을 뿐이었고 훼르드 백작은… 저건 안심한 표정이다.

'없애 버릴까, 저 인간?'

"어떻게 된 거지, 너는? 훼르드 백작, 뭐가 문제인지 알겠어요?"

티아가 걱정스럽게 묻자 훼르드 백작은 다가와 내 상태(?)를 살펴보더니 말했다.

"확실한 것은 모르겠습니다만… 매개체가 부서지지 않은 탓이 아닐는지…….."

"저주 자체가 풀어지지 않았다는 말인가요? 그런…….."

라힐과 레오폴드, 티아의 얼굴에 심각한 표정이 떠올랐다. 용암에 삼켜진 마을의 잔해에서 저주의 매개체를 찾기란 불가능에 가까운 것이다. 사실상 용암에서 녹아 없어졌다고 생각하는 게 일반적이다.

"아뇨. 저는 괜찮으니까……."

"세틴님."

돌아보니 은발을 늘어뜨린 귀여운 소녀 하나가 이쪽을 쳐다보며 웃고 있었다. 그녀는 나를 쳐다보더니 말했다.

"남자 분이셨군요?"

다행이라는 듯이 그렇게 말하는 소녀의 말에 곁에서 보고 있던 라힐과 레오폴드의 표정이 이상해졌다. 저 얼굴은… 그러니까…….

"레나… 공주님?"

"알아보시는군요."

그녀의 곁에는 전에 보지 못한 기사들이 늘어서 있었다. 경계의 눈빛을 보내는 그들의 모습을 무심히 넘기며 나는 레나 공주에게 말했다.

"아아, 팔마스로 돌아가시려는 건가요?"

"예. 저어… 그래서 말인데요."

"세틴님."

옆에서 훼르드 백작이 진지한 어조로 끼어들었다.

"저주를 풀기 위해서라도 하루빨리 크라이드 왕국으로 돌아가시는 것이 어떻겠습니까? 저주의 매개체를 부술 수 없게 된 현 상황에서 다른 방법을 강구하기 위해서는 한 번이라도 마법사들에게 세틴님의 상태를 보이는 것이 좋다고 생각합니다만."

이거 뭔가 노골적이다. 백작의 말을 듣고 레나 공주의 눈이 커졌다.

"저주… 라는 것은……? 설마……?"

내가 무언가 말하기도 전에 훼르드 백작이 말을 이었다.

"세틴님은 공주님과 같은 저주에 걸리셨습니다."

"그, 그렇다는 것은 본래는 여자라는?!"

경악한 그녀의 목소리에는 실망이 잔뜩 묻어 있었다. 그런 레나 공주의 태도에 티아와 라힐이 서로의 얼굴을 마주 보는 것이 보였다. 훼르드는 여기서 레나의 관심을 완전히 끊으려는 듯이 내게 말했다.

"매개체를 부수지 않았더라도 저주를 건 장본인이 여기 있으니 어떻게든 저주를 풀 수 있을 겁니다."

"아, 그렇군!"

훼르드의 말에 레오폴드의 얼굴에 화색이 돌며 그 마녀를 돌아보았다. 기사들에 의해 결박이 된 그녀는 여전히 정신을 차리지 못하고 있었다.

'이제 와서 저주가 아니었다고 할 수도 없고.'

나는 볼을 붉적이며 복잡한 심경으로 그들을 바라보았다. 팔마스의 공주 레나는 고민스러운 표정으로 나를 쳐다보더니 이렇게 말했다.

"그렇다면… 여러분 모두 팔마스의 수도인 에나시올로 오셔야겠군요. 저 마녀는 팔마스의 수도로 압송될 겁니다."

"어째서입니까? 저자를 잡은 것은 분명 크라이드 왕국의 기사들인데요?"

라힐의 물음에 레나는 쓰러져 있는 마녀를 돌아보며 말했다.

"크라이드 왕국 분들의 활약은 인정하고 있습니다만 일단 이곳은 팔마스 령입니다. 크라이드 왕국과 국경이 닿아 있기는 합니다만 저 여마법사가 잡힌 곳은 팔마스의 국경 안이니까요. 그, 그런 의미에서……."

레나 공주는 그렇게 말하며 간절한 눈빛으로 나를 돌아보았다.

"공을 세운 여러분들을 저희 왕국으로 초대하고 싶습니다. 죄인의 압송 문제도 크라이드 왕국에서 직접 진정을 보내신다면 해결될 것입니다.”

“…어쩌죠?”

내가 아이언을 돌아보자 아이언은 힐끗 나를 쳐다보더니 말했다.

“여자에게든 남자에게든 인기는 좋구나.”

“예?”

그거 무슨 의미입니까? 내가 미간을 찌푸리며 그를 돌아보았지만 그는 태연한 얼굴로 티아에게 고개를 돌렸다.

“어찌하시렵니까?”

“정당한 판결을 받는다면 그곳이 크라이드든 팔마스든 상관없지요. 하지만 여기 레플리카 양의 저주를 풀기 위해서는 그 마녀의 지식이 필요함을 알고 계시리라 생각됩니다. 판결을 내리기 전에 그에 대해서도 충분히 참작되는 것이겠지요?”

티아의 물음에 레나는 고개를 끄덕였다.

“그렇다면 공주님의 청을 받아들이겠습니다. 저 또한 그 마법사로 인해 피해를 보았기에 어떤 처벌을 받게 되는 것인지 알 권리가 있으니까요. 그러니… 훼르드 백작.”

“예?”

티아가 자신을 부를 것이라고는 생각하지 못했는지 좀 복잡 미묘한 표정을 짓고 있던 훼르드 백작이 티아를 쳐다보았다.

“백작께서는 크라이드로 돌아가 폐하께 제가 무사하다는 사실과 레나 공주의 초대를 받아들여 에나시올에 머무르게 되었음을 알려주시기 바랍니다.”

“어, 어째서 제가……”

당황한 훼르드 백작의 모습에 티아는 싱긋 웃으며 말했다.

“라힐과 레오폴드 군은 아직 작위를 받지 못했으니 그러한 권한이 없고 아이언 경은 제 호위로 이곳에 온 것이니까요. 레플리카 양은 저 주의 당사자이니 갈 수 없는 것이 당연하고요.”

“그, 그렇다면 엔리케 경은…….”

“엔리케 경은 부상 중으로 근처 마을에서 요양을 하는 터라 전령으로는 맞지 않습니다.”

아이언이 거들자 백작의 얼굴이 납빛이 됐다. 그가 힐끗 나를 쳐다보았지만 나는 멀뚱한 시선으로 응수할 뿐이었다. 티아는 그런 훼르드 백작을 바라보며 재미있다는 듯이 웃고 있었다.

‘이쪽 공주도 고의…….’

과연 그 아버지에 그 딸이라는 생각을 하며 내 팔에 슬쩍 팔짱을 끼는 티아를 바라보았다. 훼르드 백작은 불안하기 그지없다는 표정으로 나를 쳐다보았지만 여자가 나한테 팔짱을 껴봤자…….

“저… 같은 여자니까…….”

레나 공주는 그렇게 우물쭈물하며 내 왼쪽 팔의 옷자락을 잡았다. 내가 고개를 돌려 그녀를 쳐다보자 레나는 약간 목을 움츠리는 것 같았다.

‘별로 상관은 없지만… 저쪽 기사들의 눈이 무서워.’

레나는 내 오른쪽 팔에 매달려 있는 티아를 발견하고는 결심한 듯이 내 왼팔에 손을 꼈다. 뭔가 이상한 전개로 가고 있다는 것은 알겠는데 여기서 내가 어떻게 해야 할지…….

아이언은 양쪽 팔에 공주를 하나씩 끼고 있는 나를 보더니 무표정한 얼굴로 말했다.

“이렇게 되었으니 앞으로도 잘 부탁한다.”

설마 티아를 잘 부탁한다는 말은 아니겠지?

이리하여 우리는 팔마스의 수도 에나시올로 향하는 마차를 타게 되었다. 거대한 사륜 마차에는 팔마스 왕실의 문장이 그려져 있고 왕녀를 호위하는 기사들과 접대할 귀족이 타고 있었다. 아마도 가까운 영지에서 대기하고 있던 귀족과 기사단인 듯했다.

그 다녀의 저주를 당한 것은 근처의 왕족들뿐만이 아니라 상당수의 귀족 영애들도 섞여 있었는데, 때문에 마차의 행렬 뒤에는 그들이 따라붙게 되었다.

'왜에… 좌석 배치가 이 모양…….'

나를 사이에 두고 신경전이라기보다는 티아가 레나 공주를 놀리는 것 같았지만 아무튼 나를 사이에 두고 두 공주님들이 좌우에 앉고, 맞은편에 마중을 나온 귀족과 레오폴드, 아이언이 앉는 순이었다. 라힐은 자작의 아들이라는 이유로 다른 마차를 탈 뻔했으나 내가 붙잡아서 가까스로 같이 타게 되었다.

"제가 같이 탈 필요는……."

"아니, 있어!"

부담스러운 듯 두 공주를 바라보는 라힐의 시선 앞에 나는 간절히 그를 붙잡았다. 레오폴드야 틱틱거리기만 하니 대화가 되지 않는다. 그렇다고 티아와 말을 하자니 레나가, 레나와 이야기하자니 티아가 걸린다. 티아는 반쯤 장난이지만 신경전을 벌이는 두 사람 때문에 자리가 영 불편했다.

'이 두 사람… 내가 여자로 돌아가기 위해서 따라간다는 사실은 알고 있는 건가?

어차피 이건 저주가 아니니 풀리고 말고 할 것이 없겠지만 근본적인 목적은 바로 그것인 것이다. 하나 이들은 그것을 잊고 있는 것인지 마치 남자를 대하듯 나를 대하고 있었다. 특히 왼쪽의 레나 공주 쪽이.

'말할 때 보면 미묘하게 아닌 것 같기도 하고.'

귀족들은 작위도 없고 귀족의 핏줄도 아닌 내가 두 공주님 곁을 차지하고 있으니 곱지 않은 시선으로 나를 노려보았다. 레나나 티아 앞에서는 그러지 못했지만 그들 앞을 지날 때면 뒤통수가 따가운 것이다. 하나 한시도 떨어지지 않는 두 사람 때문에 내게 심술이 퍼부어질 여유는 없었다. 간혹 가다 비꼬는 말 같은 것을 한마디 날릴 뿐이지.

레오폴드는 웬일로 내가 티아의 곁을 차지하고 있음에도 그에 대해서는 별말이 없었다. 그저 꼴사납다는 식의 눈총을 보낼 뿐이지 대놓고 달려드는 일이 줄어든 것이다(그렇다. 줄어들었을 뿐 결코 없어지지는 않았다).

멘디에타에서 팔마스의 수도인 에나시올까지는 하루 종일 쉬지 않고 마차를 달려도 삼 일, 제대로 간다면 닷새는 걸린다고 한다. 물론 왕족을 모시고 있는 마차가 그리 허겁지겁 길을 재촉할 이유는 없었다.

때문에 마차는 수도와의 직선 거리에 있던 가장 가까운 영지의 저택으로 향하게 되었다. 그저 여관에서 잠만 자면서 이동하는 것을 상상했던 나는 갑작스럽게 귀족의 저택에 초대받게 되자 기묘한 기분을 떨칠 수가 없었다.

제2조 7항

"너, 기본적인 식사 예절은 알아?"

안내된 방에서 목욕을 하고 깨끗한 옷으로 갈아입고 나온 내게 레오폴드가 그렇게 물었다.

지금 우리가 있는 곳은 팔마스의 국경에 있는 샤하스 남작의 영지였다. 공주의 일행이 된 덕으로 영주의 저택에서 머물게 된 것이다. 그저 머물게 해주는 것만으로 충분히 만족할 수 있었건만 남작은 우리 일행을 저녁 식사에 초대했다. 공주인 티아나 공작의 아들인 레오폴드는 당연할지라도 나는 별 상관도 없는데 말이다.

나는 불쑥 내 방으로 찾아온 라힐과 레오폴드를 쳐다보며 멀뚱히 생각했다.

'식사 예절이라…… . 학교에서 배운 것은 대충 알고 있지만…… .'

나는 잠시 생각하다 고개를 저었다. 내가 배운 그것과 이곳의 예절이 같다는 보장이 없었다. 그러자 레오폴드는 눈살을 찌푸리며 한숨을 쉬었다.

"하기사 귀족이 아닌 네가 그런 것을 알 리가 없지."

"별로 몰라도 상관없잖아? 기사단 사람들과 식사했을 때도 내가 먹는 것 가지고 탓한 사람은 없었고."

내가 말하자 레오폴드는 눈을 동그랗게 뜨며 나를 쳐다보았다.

"기사단? 무슨 기사단과 알고 지낸다는 거야?"

"아니, 무슨 기사단인지는……."

미안한 이야기였지만 나는 레너드 등이 무슨 기사단이었는지도 잘 모르고 있었다. 그야 망토에 그려진 마크는 알고 있었지만 직접 물어본 적도 없고 그쪽에서 밝힌 일도 없으니 알 리가 없다. 물론 지나가는 말로 몇 번인가 들은 적은 있는 것 같았지만 전혀 주의를 기울이지 않았던 것이다.

내가 뺨을 긁적이며 곤혹스럽게 그를 쳐다보자 레오폴드는 됐다는 듯이 손을 내저었다.

"뭐, 말할 필요까지는 없어. 평민인 네가 알고 지냈다던 기사단이라면 내 관심 범위 밖이겠지."

'아, 그러셔?'

레오폴드가 묘하게 투덜거리는 듯이 말하자 곁에 서 있던 라힐이 고개를 돌리며 쿡쿡 웃는 것 같았다. 물론 레오폴드가 고개를 돌려 노려보자 곧장 그치기는 했지만 말이다.

"그래서 영주와 대면하지 말라고? 별로 상관은 없는데."

"누가 그렇대? 간단한 예절이라도 익혀두라는 거지! 너는 여기에서 크라이드 출신으로 되어 있단 말이야! 앞으로는 왕족들도 만나야 할 테고 여러 귀족들을 상대해야 할 텐데 지금 상태로는……."

"…망신당한다?"

"그래! 우리야 어차피 네가 평민이라는 것을 염두에 두고 너그럽게 봐왔지만 에나시올의 귀족들까지 그렇다고는 확신할 수 없어! 더군다나 레○ 공주님께서 황송하게도 네게 호감을 가지고 계시니 귀족들의 눈에는 네가 더욱 눈꼴시겠지."

'별르 내가 예의없다든가 지저분하게 먹는다는 생각은 해본 적이 없는데.'

진지한 어조로 말하는 레오폴드의 모습에 나는 고개를 갸웃하며 레오폴드와 라힐을 쳐다보았다.

"내가 그렇게 지저분하게 먹어?"

"누가 그렇대? 앞으로는 널 트집 잡으려는 녀석들이 그득할 테니 주의하라는 거지!"

"하지만 딱히… 여기서 살 것도 아니고 무슨 귀족들의 사교계에 데뷔하는 것도 아닌데 그렇게까지 할 필요가 있나?"

"읔!"

내 말에 거기까지는 생각하지 못한 듯 레오폴드의 얼굴이 굳어졌다. 그러자 곁에 있던 라힐이 나서며 말했다.

"굳이 이런 이유가 아니더라도 앞으로 귀족을 상대할 일이 생기면 필요한 것이 그런 예절입니다. 배워두어서 그리 나쁠 것은 없지요. 게다가 평소 세르티드님의 식사 예절과 그리 다른 것은 아니니 거북하게 생각하실 필요는 없습니다."

'다른 게 아니라면 왜 굳이 와서 가르치려는 건데?'

라힐의 말은 심히 의심스러웠지만 일단은 배워보도록 했다. 굳이 다른 사람들에게 책잡힐 역할을 자처할 필요는 없다고 생각했다. 하나 그다지 배울 것이 없다는 식으로 말했던 라힐의 말과는 달리 배울 것은 상당히 많았다. 그것도 저녁 식사 시간까지의 두 시간을 잡아두고 속성으로 배우자니 죽을 맛이었다.

'밥맛이 오히려 떨어졌어.'

침대 위에 축 늘어진 나를 보고 레오폴드와 라힐은 알아서 준비하고 나오라며 나가 버렸다. 속성으로 두 시간 동안 뭘 제대로 익혔겠느냐만은 제대로 하는지 두고 보겠다는 말만 남기고.

"애초에 레오폴드 녀석에게 뭘 배우겠다는 생각 자체가 잘못된 거였나?"

―무언가 배운다는 발상 자체는 나쁘지 않다고 생각합니다. 어차피 세틴님은 이 세계에서 얼마간을 더 살게 되실지 알 수 없으니까요.

"그거, 수명 얘기?"

―예. 아마도 이곳의 인간들을 월등히 뛰어넘는 수명을 가지고 있으니까요. 그것에 대비하는 것도 좋을 겁니다.

"흐응~"

트레스의 말에 나는 탐탁찮은 얼굴로 테이블 위에 걸쳐진 옷가지들을 바라보았다. 저녁 만찬에 참석할 때 입을 옷과 침실에서 편히 입을 수 있는 옷, 잠옷까지 여러 가지 옷이 제공되고 있었다. 짐을 잃어버린 나로서는 좋은 일이었기에 잽싸게 갈아입기는 했지만 왜 남자 옷이야? 이 꼴로 여자 옷을 입을 수도 없겠지만 노골적으로 남자 옷을 걸치고 싶은 생각도 없었다.

'하지만 이건… 암만 봐도 무슨 제복 종류야. 그냥 모호한 옷을 줘도 됐을 텐데. 지금 내 모습이 남자이기는 해도 그리 체격이 좋은 편은

아니니……'

나는 못마땅한 듯이 제복을 들여다보았지만 별수없었다. 내가 그것을 갖추 입자 펜던트 속의 오웬이 탄성을 질렀다.

―좋아, 좋아! 누가 골랐는지는 몰라도 제대로 고른 것 같다!

마음에 든 듯이 오웬이 소리쳤지만 트레스는 그다지 기분이 좋지 않은지 이렇게 말했다.

―하지만 시중을 드는 하인을 하나도 들여보내지 않다니… 이 영지의 주인은 무례한 자인 것 같군요. 평민이라고는 해도 왕족의 일행인데 말입니다.

―마음에 들지 않는 평민이라는 거겠지. 일단 왕족의 비위를 거스르지 않기 위해 최소한의 예의는 갖추겠지만 그뿐인 거고.

"하지만 누군가의 시중을 받는 것은 불편하기만 하고… 저는 별로 상관없어요. 대놓고 비아냥거린다면 좀 열받겠지만."

침대 위에 털썩 주저앉으며 말하는 순간 바람도 불지 않았는데 창문이 저절로 열리며 덜컥거렸다. 펄럭이는 커튼에 눈을 돌리자 어느새 시온이 방 안에 들어와 있다는 사실을 알았다.

"어? 일찍 왔네요?"

"잠시 상황을 보러 온 것뿐이야."

'상황? 무슨 상황?'

상황이라고 해봤자 고작 이곳 영주와 저녁 식사를 같이하는 것 정도다. 그게 무슨 문제? 아니, 잠깐!

"시온, 나랑 같이 나가려고요?"

내가 미심쩍은 얼굴로 시온을 올려다보며 그렇게 말하자 시온은 노골적으로 얼굴을 찌푸리며 답했다.

"그러면 안 될 무슨 이유라도 있나?"

"많아요! 여기 사람들은 시온을 보지 못했잖아요! 갑자기 내가 시온을 대동하고 나오면 다른 사람들이 뭐라고 생각하겠어요?"

"다른 인간들의 생각 따위 내가 알 바가 아니지."

뒷목 잡고 쓰러진다는 것은 이런 걸 의미하는 건가? 그 무대뽀 정신은 칭찬해 주고 싶지만 번지수가 틀렸다고요! 왜 나만 가지고 그러는 거야아! 내가 막 음울한 기류로 몸을 감싸고 시온을 강제로 귀환시켜 버릴까 말까에 대해 심각하게 고민할 찰나 누군가가 문을 두드렸다.

"레플리카님, 만찬 시간이 가까워졌습니다."

"아, 곧 나갈게요!"

나는 문밖의 시종에게 소리치고는 시온을 돌아보았다.

"어떻게 할 거예요? 다시 말하지만 난 시온이랑 같이 나갈 생각 없어요. 나중이라면 모르지만 지금에 와서 갑작스럽게 부를 수는 없다고요!"

"넌 따지는 게 너무 많아."

"시온이 너무 생각이 없는 거 아니고요?"

내가 투덜거리자 시온은 내 볼을 잡아서 좌우로 쭉 늘였다. 으윽~ 아파!

"우 에우 아에(뭐 하는 거예요)?"

볼을 잡힌 내가 버둥거리자 시온은 찌푸리며 손을 놓았다. 그는 가늘게 찢어진 눈으로 나를 흘겨보며 말했다.

"요즘 네 녀석의 건방이 하늘을 찌르는 것 같은데… 내가 널 봐주고 있다는 것을 알고나 있는 거냐?"

기둥에 깔려서 압사할 뻔한 기억은 있습니다만 대체 뭘 어떻게 봐줬다는 건데요? 내가 과거의 기억을 떠올리며 부루퉁한 표정으로 시온을 쳐다보자 시온의 눈썹이 꿈틀하고 움직였다.

"역시 안 되겠군."

'엥?'

스으윽 그림자가 늘어나는 것처럼 시온의 등 뒤에서 날개가 펼쳐졌다. 시온의 초록색 눈동자가 어두운 빛을 담고 나를 응시하자 나는 왠지 모를 기운에 밀려 주춤 뒤로 물러섰다. 하나 시온과 나와의 거리는 지척, 시온이 손을 한 번 뻗는 것만으로 내 목덜미를 잡을 수 있었다.

"한 번쯤은… 자신의 입장에 대해 제대로 생각할 수 있도록 손을 써 주는 것이 좋겠……."

내게 크게 한 발짝 다가오며 손을 뻗은 시온은 휘이익 하고 바람 소리를 울리며 벽을 향해 팅겨졌다.

쿠아아앙!

'어… 어버버버…….'

벽을 울리는 엄청난 소리에 나는 돌덩이처럼 굳어져 벽에 잠깐 동안 박혔다가 다시 떨어지는 시온을 쳐다보았다. 벽의 일부가 무너지고 금이 간 것은 물론이고 사람 모양의 커다란 구멍까지 뚫렸다. 으, 으아악! 어떡해! 여긴 남의 집인데!

"세르티드님, 무슨 일입니까!"

문을 두드리는 시종들의 목소리에 나는 당황하여 문가를 돌아보았다. 지금 시종들을 들여보내 저 모습을 보일 수는 없는 것이다.

"아, 아무 일도 아니에요!"

야반도주? 야반도주인가? 그것밖에는 남은 것이 없는 건가? 혼란 상태에 빠진 내가 시온의 상태를 보기 위해 슬금슬금 부서진 벽 쪽으로 다가갈 찰나 섬뜩한 소리가 울렸다.

으드드득!

허억! 다가가려던 나는 재빨리 뒤로 물러섰다. 시온이 분노로 인해 핏발 선 눈으로 나를 노려보고 있다! 으아악! 그, 그거 내가 한 거 아니라고요!

"시, 시온?"

방금의 그 소리는 분명 어금니를 꽉 깨물어 나는, 일명 이 가는 소리! 저… 제가 잘못한 거 아니거든요? 그렇게 노려보지 말아주세요!

"귀엽다 귀엽다 하니까 이 내 몸에 손을 대!"

"아, 아뇨! 제가 한 거 아니라니까요!"

"시끄러워! 네가 아니면 누구야!"

시온이 고함을 내지르며 날개를 펼치자 기류가 일며 방 안의 물건들이 삽시간에 쓸려갔다.

"으악! 시온이 뚜껑 열렸다!"

내가 급히 창문을 향해 몸을 피하려 하자 시온이 이를 아득바득 갈며 내게 달려들었다.

"어딜 도망쳐!"

휘이이이이이익!

날카로운 바람 소리가 울리며 시온의 몸이 붕 떠올라 문 바로 옆 벽을 뚫고 튕겨 나갔다. 시온의 날개 모습 그대로 뚫린 벽의 참사에 나는 할 말은 잃은 채로 벽의 구멍을 돌아보았다. 시온은 벽을 뚫고 복도의 벽에 처박힌 것인지 모습이 보이지 않았다.

'대, 대체 뭐야, 방금?

내 몸을 휘감고 돌던 하얀 바람은 분명 펜던트에서 흘러나온 것이었다. 시온을 튕겨낸 다음에는 씻은 듯이 사라졌지만 나는 그 힘의 파동을 분명히 보았던 것이다.

'아니, 잠깐. 이러고 있을 때가……'

"으아악!"

문밖에서 들리는 시종들의 고함에 나는 급히 창문을 열고 창틀 위로 올라갔다. 혼비백산하여 달아나는 듯한 시종들의 목소리에 뒤섞여 문짝을 박살 내는 요란스러운 파열음이 내 뒤통수를 강타했다.

"진짜 나 아니라니까요!"

"닥쳐!"

시온의 일갈과 함께 그의 팔을 타고 검은 기류덩어리가 나를 향해 쏟아졌다. 나는 떨어지다시피 창문에서 뛰어내렸다. 다행스럽게도 창 아래어는 관목이 우거져 있다.

―서틴! 너 아직 힘을 빌리지도 않았잖아!

비명 같은 오웬의 목소리에 나는 '으악' 소리를 내며 키가 작은 관목 위로 떨어졌다. 내게 배정되었던 방은 다행스럽게도 이층이었다. 별이 번쩍이는 시야를 들어 위를 쳐다보니 나뭇조각과 함께 창문의 파편이라고 생각되는 물체들이 떨어져 내렸다.

"으아! 으아!"

부랴부랴 머리를 감싸며 몸을 일으키자 내 위로 창문의 잔해들이 떨어졌다. 녹아버렸거나 타버린 잔해가 왠지 심상찮다.

"시, 시온, 무슨 짓을?"

"거기 있었나?"

검은 불길 같은 것이 시온의 팔을 휘감고 화르륵 타오르고 있었다. 창가였던 곳에 선 시온이 나를 발견하고는 번쩍 눈을 빛냈다.

‘위, 위험해!’

시온의 그러모은 양손에서 시커멓고 길죽한, 거의 흉기에 가까운, 아니, 원래 흉기 맞지만 아무튼 그 검이 나오고 있었다. 길이 이 미터 이상. 키가 이 미터를 훌쩍 넘는 시온이 들면 살인 병기가 되는 그것이다.

“그, 그거 정말 휘두르실 건가요?”

파르르 떨며 묻는 내게 시온은 분노가 이글거리는 눈을 들어 나를 보며 소리쳤다.

“당연한 걸 뭘 물어보는 거냐!”

“으악! 끄아악!”

부우웅 하고 울리는 검격에 다급히 머리를 숙이자 내 뒤에 서 있던 가로수들이 싹둑 잘려서는 바닥을 뒹굴었다. 비스듬하게 잘린 단면은 사포로 민 듯이 매끄럽… 이, 이따위 걸 신경 쓸 때가 아니야!

‘끄으… 이건 해도해도 너무하잖아!’

─세틴! 앞을 봐라!

이플리트의 고함에 나는 고개를 돌렸지만 이미 늦었다. 시온의 검격이 눈앞에서 번뜩이고 있었… 어?

“크헉!”

외마디 비명을 토해내며 시온의 몸이 종잇장처럼 날아갔다. 펜던트에서 새하얀 기류가 숫구친 것이다. 저항하지 못한 채 근 십여 미터를 날아간 시온은 나무에 부딪쳐 그 나무와 함께 뒤로 넘어갔다. 통째로 뒤집혀 뿌리가 드러난 나무를 보고 나는 경련을 일으키듯 입가를 실룩이며 펜던트를 내려다보았다.

‘완전 개그… 가 아니라… 나무가 뽑혔잖아? 이게 대체 어떻게 돌아가는 거지?

"무슨 일입니까!"

병사들을 이끌고 검을 든 기사 서넛이 달려나왔다. 내가 온갖 비명을 지르고 시온이 가로수들을 뭉텅뭉텅 잘라냈으니 당연한 일이었다. 기사들과 병사들은 휘둥그레진 눈으로 뿌리째 뽑힌 나무와 중간에서부터 싹둑 잘린 나무들을 바라보았다. 그들이 문득 내게 고개를 돌리자 나는 어색하게 웃으며 슬슬 뒤로 물러섰다.

"아, 아하하하하! 그… 그, 그… 그것이……."

내가 할 말을 찾지 못하는 사이 시온은 다시 부스스 몸을 일으키고 있었다. 처음의 공격이 그나마 봐준 것이었다면 지금은 분노가 임계점을 통과한 듯싶었다. 전신에서 뿜어져 나오는 살기에 눈보다는 몸이 먼저 반응하는 것인지 오싹 소름이 돋았다.

─세틴, 위험하다! 얼른!

"계, 계약 1조 1항에 의거. 나 세르티드 레플리카는 오, 오웬 렐라이즈의 힘을 빌리겠습니다!"

펜던트의 붉은 돌에서부터 무형의 기운이 흘러나와 내 몸으로 스며들었다. 하나 레스트레온은 혀를 끌끌 차며 말했다.

─너, 바보냐? 가까운 길이 있는데 왜 멀리 돌아가려고 그래?

"하지만 강제 집행하면 더 화낼 것 같단 말이에요."

─흐응~ 그래서? 내 힘을 빌려 유혹이라도 하려고?

오웬의 교태로운 목소리에 나는 굳어져 버렸다.

"그, 그런 기능도 있어요?"

─기능이라니? 능력이지!

'하지만 그런 건 보통 타고난 게 아니잖아. 스스로 기른 능력이라기

보다는 거의 기능에 가까운…….'

─너, 제대로 듣고 있어?

"듣고는 있지만 그다지……. 근데 오웬은 무기 없어요? 왜 빈손이에
요?"

내가 불만스럽게 말하자 오웬은 냉큼 대꾸했다.

─효율성 문제겠지만 마족은 무기 따위는 필요없어. 나라면 더 더욱
그렇지.

'그게 무슨 소리? 전신이 무기? 혹은… 얼굴이?'

─너 뭔가 무례한 생각을 하고 있는 거 아냐?

"무례한 생각 같은 건 그다지… 으악!"

삽시간에 거리를 좁혀온 시온이 눈을 희번덕거리며 검을 내려치고
있었다. 하나 그의 칼날이 내 몸에 닿기도 전에 펜던트가 먼저 반응했
다. 새하얀 기류가 나의 전신을 감싸더니 시온을 날려 버린 것이다. 저
택의 벽을 부수며 처박힌 그가 다시 날개를 퍼덕이며 날아오르는 것을
보고 나는 소리쳤다.

"시온, 그만 해요!"

"시끄러워! 이대로는 끝낼 수 없어!"

이글거리는 눈동자로 무섭게 눈을 부라리며 시온이 소리쳤다. 그의
전신에서 뿜어져 나오는 마나가 형형한 빛을 품고 바스락거리는 뇌전
으로 변해가고 있었다. 불꽃을 튀기는 뇌전을 보니 진짜로 해볼 작정
인 모양이었다. 나는 상관없지만 이대로라면 이 저택 사람들에게 피해
가 간다(이미 상당 부분에 피해를 많이 줬지만).

"하아… 정말……."

말로는 해결할 수 없는 건가? 돌이킬 수 없는 일이 생기기 전에 시온

을 멈추지 않으면 곤란했다.

'하는 수 없지.'

나는 한숨을 쉬며 펜던트를 시온에게로 향했다. 어둠 속에서 파랗게
빛나던 시온의 눈동자가 내 행동의 의미를 깨닫고는 눈을 부릅뜨며 소
리쳤다.

"안 돼!"

"강제 집행! 제2조 7항!"

내가 소리치자 허공에 떠 있던 시온의 몸이 삽시간에 검은 기류에
휘감겼다. 마치 사슬로 끌어당기듯 무섭게 빨려 들어가는 시온의 모습
에 주위 사람들에게서 비명이 울렸다. 펜던트의 힘에 저항하여 마지막
으로 날개를 퍼덕이던 시온은 결국 끌어당기는 힘을 이기지 못하고 펜
던트 속으로 빨려 들어갔다. 펜던트 속에 시온이 봉인됐음을 확인하고
는 나는 펜던트를 붙잡은 손을 놓았다. 은색 사슬이 절그럭거리는 소
리를 내며 펜던트는 내 목 언저리에 늘어졌다.

"응?"

내가 무심코 고개를 돌리자 주위에 있던 경비병이며 기사들이 내 눈
길을 피해 뒤로 물러섰다. 그들의 눈 속에는 노골적인 의혹의 시선이
가득 담겨 있었다.

'우윽! 민폐야, 정말! 이렇게 일을 벌여놓으면 나더러 어떡하라고!'

나는 난처한 얼굴로 기사들을 돌아보며 웃었지만 누구 하나 내게 다
가서는 자는 없었다. 하기야 나라도 가까이 오지는 않겠다만은.

"레플리카!"

기세등등한 레오폴드의 목소리에 나는 병사들 사이로 고개를 돌렸
다. 라힐과 함께 레오폴드가 달려오고 있었던 것이다. 그 소동을 일으

컸으니 모르는 쪽이 더 이상하긴 하겠지만… 다 끝나고서야 오냐?

이 사태를 설명해야 한다는 사실 하나만으로 머리 속이 꽉 찬 나는 어색한 미소를 지으며 레오폴드를 향해 말했다.

"조, 좋은 밤이지?"

"너, 머리에 이상있냐?"

대뜸 대답하는 녀석의 말에 나는 0.1초가량 사고가 마비됐다.

"아무리 그래도 그렇게 받아치냐!"

"일단 다친 곳은 없으신 모양이군요."

라힐이 안도의 한숨을 쉬며 말했다. 그는 주위의 시선을 신경 쓰듯 힐끗 쳐다보고는 내게 소곤거렸다.

"방금의 장면을 모두 보았습니다. 아까의 그 마족은 그 물건에 깃든 종속자들 중에 하나입니까?"

"으응, 다 내 말을 들어주는 것은 아니라서……. 소란 피워서 미안해."

"저희에게 미안해하실 필요는 없습니다. 문제는 저 사람들인데……."

"이 저택의 사병들도 방금의 마족을 보았어. 그 검은 날개에 힘을 쓰는 장면까지… 제대로 설명하지 못하면 꽤나 곤란하게 될 거야."

레오폴드의 속삭임에 나는 찡그리며 펜던트를 내려다보았다.

"들었지요? 이제 어떡해요!"

─쳇, 인간 따위에게 일일이 변명할 필요가 뭐가 있어? 수틀리면 그냥 뒤엎어 버려! 너의 뒤에는 우리가 있다!

─흐으음, 집단 환각을 보여주거나… 세뇌를 하는 것은…….

그게 충고? 차라리 닥치고들 있으시오!

각각 이플리트와 트레스의 말에 나는 싸한 얼굴로 펜던트에서 눈길을 떼었다. 사태를 악화시킬지언정 결코 좋게는 하지 못할 그들의 말에 내가 할 말을 잃자 곁에 서 있던 레오폴드가 궁금하다는 듯이 내게 물었다.

"뭐래? 그 펜던트의 종속자들이 뭐라고 그러는 거야?"

"안 들으니만 못하다."

"뭐?"

레오폴드가 반문하자 나는 어깨를 축 늘어뜨리며 말했다.

"그냥 알아서 처신하는 게 내 운명인가 봐."

저녁 식사는 당장 취소… 였으면 좋겠지만 세상일은 그렇게 만사가 편한 대로 굴러가는 것이 아니었다. 저택의 복구는 영지의 일꾼들에게 맡기고 귀족들의 스케줄은 예정대로 흘러가는 것이다. 망가진 정원의 한복판에 서 있던 나를 발견한 남작은 그에 대한 전모는 식사를 들면서 이야기하자고 청했다.

'하지만… 이 거리에서 내가 떠들면 들려?'

내가 앉은 식탁의 맞은편, 한마디로 저어~ 멀리서 두 공주님께 이야기를 하고 있는 남작은 내가 쳐다보고 있다는 것을 알아차리고는 화사한 미소를 띠며 나를 바라보았다.

"@!#%%#@!%는지?"

'…는지밖에 안 들려.'

이 식탁의 모양은 일단 직사각형이었다. 그것도 상당히 긴 직사각형. 내가 이 끝에서 저 끝까지 달리기를 해도 좋을 길이랄까? 서로 간에 대화가 전혀 이루어지지 않으니 말 다한 거다.

‘이렇게 내 가까이에 앉고 싶지 않은 거면 처음부터 부르지를 마!’

남작은 뭐라 말을 건네고는 내가 대답하지 못하고 뻘쭘하게 쳐다보자 다시 레나를 향해 고개를 돌리며 무어라 말하고는 웃었다. 영주와의 식사에 초대받은 것은 나뿐만이 아닌 상당한 숫자의 귀족들이 있었는데 내 곁에 앉게 된 사람들은 죄다 복통을 일으켜 나오지 않았다.

참고로 난 저주 따위를 하거나 설사제를 섞은 기억은 없다. 그저 내 소문이 쫘악 퍼져 아무도 내 곁에 앉으려 하지 않는 것뿐이지.

‘뭐, 변명을 할 필요가 없다면 나는 더 좋지만.’

중간쯤에 앉은 레오폴드와 라힐이 불편한 표정으로 나를 힐끗힐끗 쳐다보고 있었지만 남작의 맞은편에 덩그러니 혼자 앉은 나는 태연하게 밥을 먹고 있었다. 뻔뻔함의 기본인 얼굴에 철판 깔기란 이미 무투 대회 때에 습득했기 때문에 이런 하찮은 악의 따위에는 따끔하지도 않다.

‘내가 손을 댄 음식은 아무도 안 먹어서 나름대로 풍성하기도 하고… 매일 이런 만찬을 먹을 수 있는 것은 아닐 테니 양껏 먹어보자.’

내가 헤죽거림을 무표정으로 숨기고 묵묵히 음식을 먹자 멀리서 나를 바라보던 레나의 마음이 불편했던 모양이다. 그녀는 남작을 향해 무어라 말하고는 손수 접시를 들어 내 곁으로 옮겨 앉았다.

“아~ 고, 공주님!”

자리에서 반쯤 몸을 일으킨 남작이 당황한 눈으로 레나를 쳐다보자 티아 역시 고개를 저으며 자리에서 일어났다.

“역시… 걸리네요, 이런 자리 배치는.”

싸늘함이 뚝뚝 떨어지는 듯한 티아의 목소리에 남작은 당혹스러운 듯 티아를 돌아보았다. 그녀 역시 레나가 했던 것처럼 접시를 들고 자리에서 일어선 것이다.

'오으~ 이거 황송해해야 하는 건가?'

티아는 정확히 레나의 반대쪽, 그러니까 내 왼편에 자리잡고 앉았다. 또다시 귀족 자제들의 따가운 눈초리가 내게 쏟아졌지만 나는 웃을 수밖에 없었다.

'거듭 말하는 거지만 나는 저주를 풀러 가는 거라고.'

오늘까지 포함하여 정확히 오 일. 정확히 다섯 밤이 지나면 다시 달이 뜨지 않는 그믐이다. 그믐에만 몸을 변화시킬 수 있는 것이다. 지난번 그믐에 남자로 변한 이유를 아직 찾아내지는 못했지만 다시 여자로 변할 스 있는 방도만 찾을 수 있다면 그것은 천천히 알아봐도 된다.

만으 팔마스의 수도라는 에나시올에 도착하여 마법사들이 내 몸에 저주 다위는 걸리지 않았다고 판결을 내린다면 상상치도 못한 무서운 일이 벌어질지도 모른다.

'여장 남자라는 소문이 전 대륙 안에 쫘악 퍼진다… 정도겠지만.'

여장이라는 것도 개인의 자유와 취향이겠지만 이런 중세풍의 이상한 세계에 개인의 자유와 취향을 이해하는 풍조가 만연해 있을 거라고는 생각되지 않는다. 뭐, 초미니에 망사 스타킹을 신고 탭댄스를 춘 것도 아니니 상관은 없겠지만 내가 남자라고 소문이 퍼지면 두려워지는 상대가 현재 둘… 정도가 있다.

"저어… 세틴님, 입맛에 맞지 않으신가요?"

내 오른편에서 눈치를 살피며 묻는 레나의 말에 나는 황급히 고개를 저었다.

"아, 아니요. 잠깐 딴생각을 하느라고……."

"그, 그러시군요……."

헉! 너, 너, 왜 그러냐? 레나가 갑자기 우울한 얼굴로 시선을 내리깔
자 저쪽에서 대기하고 있던 기사들의 눈초리가 무서워졌다. 뭐냐고?
난 아무 짓도 안 했어!

“세틴, 여자 아이를 앞에 두고 그렇게 딴생각을 하는 게 아니야.”

책망하는 듯한 티아의 어조에 나는 무슨 소리를 하는 거냐는 시선으
로 그녀를 쳐다보았다.

“그거 무슨 뜻?”

“하아~ 너 진짜로 둔하구나? 아까부터 레나 공주님께서 계속 이야
기하고 계셨잖아. 넌 방금 공주님의 이야기가 재미없었다고 노골적으
로 시인한 꼴이 되었다고.”

‘순 엉터리 비약.’

별로 신뢰할 수 없다는 눈빛을 보내고 나는 레나 쪽으로 고개를 돌
렸다. 시선을 내리깔고 있던 그녀는 얼굴을 발갛게 물들인 채로 고개
를 숙이고 있었다. 조심스레 고개를 들어 나를 쳐다보던 그녀는 내가
멀뚱히 자신을 쳐다보고 있다는 사실을 알아차리고는 포크를 떨어뜨렸
다.

“아……!”

땡그랑 하고 바닥에 떨어지는 포크에 레나는 나이프를 식탁 위에 내
려놓으며 자리에서 일어났다.

“이, 이만 실례하겠습니다!”

도망치듯 식당을 빠져나가는 레나를 나는 멍한 시선으로 바라보았
다. 그리고는 다시 티아를 돌아보며 물었다.

“내, 내가 그렇게 못할 소리를 한 거야?”

“아니… 뭐… 저 애가 그만큼 네게 신경 쓰고 있다는 거겠지.”

"전혀 이해가 안 돼. 그게 갑자기 밥 먹다가 뛰어나가는 것과 무슨 상관이야?"

내가 묻자 티아는 한심하다는 듯이 턱을 받치며 나를 쳐다보았고, 동시에 책망하는 듯한 오웬의 목소리가 들려왔다.

—모르겠어? 몸이 변하더니 마음까지 완전히 남성화가 되어버린 건가?

'잡설은 집어치우고 본론만 이야기하시죠, 사모님.'

내가 펜던트를 째려보자 오웬은 놀리는 듯한 어조로 내게 이야기하기 시작했다.

—초조해진 거지. 상대는 자신을 전혀 신경 쓰고 있는 것 같지 않고 자신도 없고. 그렇다고 네가 저 공주님이 가진 지위에 혹해 접근할 인간도 아니잖아? 저 꼬마 아가씨는 네가 저주를 풀고 자신에게서 떠나갈까 봐 불안한 거야. 관심을 끌려고 이런 저런 이야기를 꺼내는데도 너는 들은 척도 하지 않으니까 상심한 거지.

"하지만 내용을 따지자면 애초에 나를 좋아한다는 것 자체가 문제가 있다고 생각합니다만."

"그 말은 전혀 관심없다는 얘기?"

내 중얼거림에 티아가 묻자 별 생각 없이 그렇다고 이야기를 꺼낼 뻔했던 나는 누군가와 눈이 마주치고는 입을 다물었다.

'뭐, 뭐냐, 저 무서운 눈초리는?

일명 눈빛만으로 사람을 죽일 수 있다면 가능할 듯한 그런 눈초리에 나는 으그라붙어서는 티아의 팔을 쿡쿡 찔렀다.

"왜?"

"저, 저기 저 사람 말이야, 누구야?"

그러자 티아는 내 시선을 따라 힐끗 고개를 돌렸다. 그녀는 관심없는 눈초리로 그 귀족을 바라보고는 무심히 내게 말했다.

"몰라. 팔마스 쪽의 귀족인 모양인데 내가 아는 사람은 아냐. 알아야 할 만한 사람도 아니고."

지위가 낮은 귀족인가? 그렇다고 그렇게 무심하게 대답하냐? 인정머리없는 것 같으니라고.

문제의 귀족은 갈색 머리를 깔끔하게 빗어 넘긴 십대 후반 내지는 이십대 초반의 청년이었다. 말은커녕 악수 한 번 나누어본 적이 없는 상대건만 나를 저리도 싫은 표정으로 노려보고 있는 것이다. 내가 어정쩡한 표정으로 그를 쳐다보며 웃자 그는 가볍게 콧방귀를 뀌며 고개를 돌렸다.

'이상한 놈.'

그렇게 노려볼 정도면 싸움을 걸든지 비꼬든지 할 텐데 녀석은 입을 꾹 다물고 접시 위의 음식들만 괴롭히고 있었다. 나는 그를 물끄러미 바라보다 먼저 일어나겠다고 말하고는 자리에 일어났다.

—아까 그 공주 쫓아가려고?

오웬이 묻자 나는 고개를 저었다.

"밥 다 먹었잖아요. 정원에서의 일을 추궁하기 전에 돌아가야죠."

묘한 시선들이 집중되고 있기도 하고 말이다. 내가 수저를 내려놓고 일어서자 남작이 손을 깍지 끼며 내게 무어라 말했다.

'멀어서 안 들린다니까.'

내가 투덜거리며 무어라 말할 찰나 남작의 시종이 내게 다가와서 말했다.

"남작님은 집무실에서 기다려 달라고 말씀하신 것입니다. 아까 정원에서 있었던 일의 해명을 듣고 싶으시다면서요."

역시 그냥은 넘어갈 수 없다는 건가? 내가 남작을 돌아보자 남작은 웃으며 날 바라보고 있었다. 어쩐지 기분 나쁜 웃음이었지만 나는 가겠노라 말하고 시종의 안내를 받아 식당을 빠져나왔다.

시종이 안내해 준 복도에는 창문의 사이사이마다 등잔이 걸려 있었다. 어슴푸레한 등불의 불빛 사이로 걸어가는 것은 어쩐지 으스스했다. 낮에는 다니지 못했던 길이었기에 나는 이상하게 생각했지만 걷는 내내 시종은 입을 열지 않았다. 밖으로 트여져 있는 창으로 아래쪽의 정원수가 내려다보였다. 창에까지 우거진 터라 창밖으로 손을 내밀면 윗 가지가 잡힐 정도로 가깝게 느껴졌다.

"이쪽입니다."

잠시 뒤처진 나를 보고 시종이 그렇게 말했다.

창이 보이던 복도를 지나 건물 안쪽으로 들어서자 좌우로 늘어선 초상화들이 눈에 뜨였다.

―세틴, 집무실로 가는 게 아닌 것 같은데?

"역시 그런가요?"

내가 중얼거리자 앞서 걷고 있던 시종이 나를 돌아보았다.

"무어라 하셨습니까?"

"아, 아니… 혼잣말."

"……."

무표정한 얼굴로 고개를 돌리는 것을 보고 나는 시종이 멈추어 선 문을 바라보았다. 아무런 장식 없이 그저 커다랗기만 한 문은 시종이 두드리자 안쪽에서 열렸다. 시종이 먼저 들어가라는 듯이 비켜서자 나는 양쪽으로 열리는 문 사이로 발을 옮겼다. 얼핏 문을 돌아보니 나뭇

결 사이로 철심 같은 것이 눈에 들어왔다. 아마도 겉으로 보이는 재질과는 달리 안쪽에 철판을 박아 넣은 모양이었다.

'뭐야, 이 방?'

내가 안으로 들어서자 문은 무거운 소리를 내며 닫혔다. 안쪽에는 무장을 한 기사들이 늘어서서 나를 쳐다보고 있었다.

'윽!'

내가 잠시 주춤하는 듯하자 기사들 중 하나가 일어나 내게 말했다.

"앉아서 기다리십시오. 남작님께서는 곧 오실 겁니다."

기사가 권한 의자에 앉기는 했지만 이런 상황에서 마음이 편할 리가 없었다. 나름대로 책상에 책장이 늘어서 있는 것이 집무실 같은 분위기를 띠고는 있었지만 늘어선 기사들을 봐서는 그것도 아닌 것 같았다. 벽을 빙 둘러싼 책장의 앞마다 기사가 한 명씩 붙어서 있었던 것이다.

'거듭 말하지만 이렇게까지 경계할 거면 애초에 부르지를 마.'

나는 속으로 투덜거리며 집무실의 책상 앞쪽에 있는 소파 위에 앉았다. 서 있는 기사들을 힐끗거렸지만 그들은 미동도 하지 않고 앞만 보고 서 있었다. 꽤 넓다고 할 수 있는 집무실에는 창이 없었다. 그 마녀의 성처럼 지하에 있는 것도 아닐 텐데 말이다.

'무슨 꿍꿍이지? 정원을 부수었다고 나를 책망할 참인가?'

하지만 그런 것이라면 굳이 이런 외진 방으로 부르지 않아도 될 터였다. 내가 자리에 앉은 지 얼마 되지 않아 문이 다시 열렸다. 아까의 그 시종과 함께 남작이 들어선 것이다. 내가 몸을 일으켜 남작을 돌아보자 남작은 미안하다는 듯이 말했다.

"오래 기다린 건가?"

"아뇨."

기다리는 게 문제가 아니라 장소 선택에 문제가 있다고! 대체 저 기사들은 왜 불러들인 거야?

남작은 천천히 안으로 들어와 책상 앞에 있는 자신의 의자에 앉았다. 소파에서 일어났던 나는 어정쩡한 표정으로 그를 보았다.

'앉아야 되는 거야, 마는 거야?'

남작은 회색 머리칼에 끝이 뾰족한 수염을 코밑에 기르고 있는 중년의 사내였다. 머리가 벗겨지지는 않았지만 노쇠한 느낌이 드는 그는 내게 가가오라는 듯이 손짓했다.

"저게 듣고 싶은 말이 있으신 줄로 알고 있습니다."

내가 책상 앞에 서며 말했지만 남작은 미동없이 나를 쳐다보았다. 나는 그의 시선 끝에 내 목에 걸린 펜던트가 있는 것을 보고는 다시금 고개를 들었다. 남작은 천천히 손가락을 까닥거리며 내게 말했다.

"나도 그 광경을 보았지. 저런 조그만 목걸이 속에 마족을 가두다니… 눈속임인가?"

정원에서 시온이 난동을 피우던 장면을 봤다는 소린가? 내가 눈매를 좁히자 남작은 경계할 필요 없다는 듯이 손을 저었다. 그는 천천히 자리에서 몸을 일으켜 엉거주춤하게 서 있는 내게 다가왔다. 남작이 나와 가까워지자 주변의 기사들이 긴장하는 것 같았지만 남작은 두어 발짝이 떨어진 거리에서 더 다가서지는 않았다.

"부서진 것은 내 저택이니 해명을 요구할 권리가 있다고 생각하는데?"

"뭐, 그렇게 말하신다면야 아니라고 할 수도 없지만."

내가 그렇게 말하며 가볍게 손을 들어 올리자 집무실의 기사들이 일제히 검의 손잡이로 손을 가져갔다. 내가 멈칫하며 주위를 둘러보자 남작은 눈살을 찌푸리며 웃었다.

"어쩔 수 없는 자들이라서 말이야, 쓸데없는 걱정이 많지. 자, 말해 보게. 어떻게 그 마족을 가둔 것인가?"

"어떻게 가두었느냐… 그게 궁금하신 겁니까?"

미심쩍은 듯이 남작을 쳐다보자 남작은 희미한 미소를 띠며 내게 말했다.

"그 광경을 보았다면 누구라도 그렇게 물었을 거야. 그런 일은 단지 쉽지 않다는 것 정도로 설명될 일이 아니니까 말일세."

"그리 대단한 기술이라고는 할 수 없습니다. 그자는 애초에 이 펜던트 속에서 나온 자니까요."

"호오~"

나의 말에 남작은 놀라워하며 한층 눈을 빛내며 펜던트를 쳐다보았다. 나는 씁쓸한 얼굴로 그런 남작을 바라보았지만 남작은 그런 내 기색을 눈치채지 못한 것인지 다시 물었다.

"그렇다면 이것을 어떻게 사용하면 그를 꺼낼 수 있는 건가? 그리고… 그자가 자네의 말을 듣지는 않았다고 하는데 그것은 왜 그런 건가?"

"그것은 말씀드릴 수가 없겠습니다. 제 개인적인 문제라서요."

"개인적인 문제? 그것으로 인하여 내가 피해를 보았는데도 그렇게 말하긴가?"

남작이 말했지만 나는 싸늘히 가라앉은 목소리로 대꾸했다.

"무너진 벽이나 정원수가 망가진 것에 대한 것은 미안하게 생각하고 있습니다. 금전적인 손해 배상을 원하신다면 이쪽에서 해드릴 수도 있습니다."

내 말에 기사들은 발끈한 얼굴로 나를 노려보았지만 그뿐이었다. 남작은 살짝 얼굴을 찌푸리더니 체념한 듯이 고개를 저었다.

"그런 것을 바라고자 일부러 불러온 것은 아닐세. 그렇다면 좋네. 그 펜던트를 한번 가까이에서 볼 수 있도록 해주지 않겠나?"

"이것을 말입니까?"

"그래, 보는 것뿐이라면 나쁠 것도 없잖은가?"

'정말 보는 것뿐이라면 그렇겠지.'

나는 가볍게 눈살을 찌푸리며 한숨을 쉬었다. 내 앞에 선 남작은 초조한 얼굴로 내 목에 걸린 펜던트를 쳐다보고 있었다. 긴장한 기사들의 숨소리가 거칠어지고 있었다. 나는 천천히 펜던트의 줄을 목에서 풀어냈다.

"보시는 것뿐이라면… 상관없겠지요."

"잘 생각했네!"

내가 건네는 펜던트를 남작은 날듯이 달려들어 낚아챘다. 남작은 펜던트를 움켜쥐었음에도 종속자들의 목소리가 전혀 들리지 않는 모양이었다. 그는 화색이 만연한 얼굴로 펜던트의 줄을 목에 걸었다. 남작이 목에 펜던트를 걸 때까지도 난 미동도 하지 않고 그 모습을 바라보고 있었다. 펜던트를 목에 건 남작은 눈을 빛내며 나를 돌아보았다.

"이걸 어떻게 움직이는 것인가?"

"그에 대해서는 대답하지 않겠다 했던 것 같은데요?"

"대답하지 않겠다……. 그렇게 말했었지."

남작은 낮은 목소리로 쿡쿡 웃으며 늘어선 기사들을 돌아보았다.

"결박해라!"

남작의 말에 기사들은 검을 뽑아 들어 나를 겨누었다. 목줄기로 와

닿는 검끝을 바라보며 나는 남작에게 말했다.

"저는 무장을 하고 있지 않습니다. 검을 겨눌 필요까지는 없을 텐데요?"

"흥, 그것은 모르는 일이지."

남작은 그렇게 말하며 뒤로 돌아서 벽에 달린 무거운 책장 앞에 섰다. 그는 나를 의미심장한 얼굴로 돌아보며 책장에 올려져 있는 작은 여신상의 상체를 비틀었다. 그러자 그 커다란 책장이 뒤로 밀려나는 듯싶더니 안쪽의 커다란 통로가 드러났다.

"나도 거친 짓은 하고 싶지 않다. 약속하건대, 이 물건의 사용법만 가르쳐 준다면 무사히, 아니, 상당한 액수의 돈을 얹어서 이 저택 밖으로 내보내 주지."

"돈은 저도 있습니다."

퉁명스럽게 말하자 남작은 눈살을 찌푸리며 내 좌우에서 검을 겨누고 있는 기사들에게 눈짓했다. 그러자 기사들은 짧게 고개를 숙여 보이고는 양쪽에서 내 팔을 잡아 책장 안쪽의 통로로 끌고 갔다. 두 사람에 의해 달랑 들려진 나는 불쾌한 기분이었지만 이리저리 고개를 돌려 집무실 안쪽에 있는 비밀 공간을 돌아보았다.

책장 뒤에는 생각보다 넓은 공간이 자리잡고 있었다. 좁은 통로를 내려다보다 아래쪽으로 보이는 공간에 나는 눈살을 찌푸렸다. 한쪽에 화로 같은 것이 놓여져 어슴푸레한 불꽃이 타오르고 있었다.

'저것은……'

일명 고문 도구라 불리우는 호러 영화 내지는 스릴러물에 가끔 등장하는 그런 것들이었다. 형틀에 여러 가지 모양의 인두, 쇠꼬챙이, 갈고리, 채찍까지 정말 골고루 갖춘 물건들에 나는 떡하니 입을 벌렸다. 전부 다 필설하지는 못했지만 아무튼 그 많은 물건들이 나란히 걸려 있거나 혹은 형틀 옆의 선반에 얹어져 있다.

'저… 꼬챙이에 묻은 검붉은 것은……'

이제야 공포가 무럭무럭 내 안에서 자라나고 있었다. 남작은 그런 것들을 바라보며 천천히 내게 고개를 돌렸다. 형형히 빛나는 그 두 눈에는 앞으로 일어날 일들에 대한 기대감이 담뿍 담겨 있는 듯했다.

"이번에는 새디스트냐?"

내가 기운 빠진 목소리로 중얼거리자 남작은 납작한 인두 하나를 들어 올리며 나를 향해 히죽 웃었다. 이미 그 얼굴 위에는 친절함이나 귀족으로서의 기품 따위는 찾아볼 수가 없었다. 하기야 고문 기구를 자기 집구실 뒤에 들여놓고 사는 놈에게 무슨 기품이냐?

"시작하게 되면 내 자신도 어디쯤에서 멈출 수 있을 것인지 자신할 수 없다. 더군다나……."

남작은 탐욕스러운 눈으로 내 전신을 훑었다.

"너 같은 미형의 소년이야 더 더욱 그렇지."

─세틴, 우리가 이런 쓰레기 같은 말을 계속 듣고 있어야 하는 거니? 더 이상 들을 필요 없이 죽여 버려.

펜던트 속에서 흘러나오는 세라나의 말에 나는 쓴웃음을 지었다.

"천족이 그런 소리를 해도 되는 거예요?"

"뭐? 무슨 소리를 하는 거냐? 천족이라니?"

남작이 성을 내자 나는 피식 웃으며 말했다.

"그냥 혼잣말이에요. 그나저나……."

나는 힐끗 내 팔을 잡은 오른쪽의 기사를 쳐다보며 말했다.

"좀 놓지?"

뿌리치는 내 팔에 휘말린 기사가 그 뒤에 늘어서 있던 기사와 뒤얽히며 벽에 부딪쳤다. 내가 뿌리친 팔을 들고 무서운 눈으로 쏘아보자 내 왼쪽 팔을 잡고 있던 기사의 손이 풀어졌다. 처음부터 내 몸에는 오웬의 힘이 깃들어져 있었던 것이다. 시온이 난동을 부릴 때 빌려두었던 것을 아직 풀어놓지 않았다. 마족과 인간이라면 처음부터 완력의 차이가 터무니없이 크다. 때문에 그 증거로 널브러진 세 명의 기사는 아직까지 정신을 차리지 못하고 있었다.

"이, 이 무슨!"

일그러진 남작의 얼굴을 바라보며 나는 한숨을 쉬었다.

"사용법을 알고 싶으시다고요. 가르쳐 드리지요."

나는 그렇게 말하며 남작의 목에 걸려 있던 펜던트를 바라보았다.

"제1조 2항에 의거, 나 세르티드 레플리카는 종속자 트레스 파월을 불러들이겠습니다."

낭랑하게 울리는 내 목소리에 펜던트에 박혀 있던 회색 조각이 툭하고 바닥에 떨어졌다. 그것이 회색 빛덩이로 변하여 천천히 웅크린 사람의 형체로 변모하자 남작의 눈이 커졌다. 여전히 검은색 로브를 걸치고 있는 트레스는 차가운 눈길로 남작을 바라보고는 내게로 고개를 돌렸다.

"어디 다친 곳은 없으신 겁니까?"

"아뇨. 별로."

"이, 이놈이! 네 주인은 나다! 펜던트를 걸고 있는 것을 보면 모르겠냐!"

백작의 외침에 걱정스러운 눈길로 나를 바라보던 트레스의 표정이 일변했다.

"주인?"

가벼운 중얼거림에 담긴 섬뜩한 울림에 나는 어깨를 움츠렸다. 트레스는 드벅거리며 남작에게로 돌아섰다.

"주인이라고 말했나?"

트레스의 싸늘한 목소리에 남작은 한풀 꺾인 듯이 몸을 뒤로 뺐다.

"그. 그렇다! 지금 펜던트는 내 손에… 커헉!"

갑작스럽게 남작의 몸이 허공으로 떠올랐다. 마치 무형의 기운이 그의 목을 조르고 있기라도 한 듯이 남작은 허공을 움켜쥐며 컥컥거렸다. 트레스는 그런 남작을 경멸하듯 바라보며 말했다.

"그 더러운 몸뚱이에 그것을 놓아둘 수는 없지. 감히 너 따위가 이 물건에 손을 대다니… 불쾌하기 짝이 없다."

펜던트가 그의 육신에서 둥실 떠올라 목에서 벗겨졌다. 트레스는 그것을 받아 내게 내밀었다. 떨어뜨리는 펜던트를 받아 들고 나는 트레스를 쳐다보았다.

"다시는 저런 녀석에게 건네주지 마십시오. 잠깐이었지만 속이 이상해지는 것 같았습니다."

"그, 그 정도인가요?"

"그 이상으로 불쾌합니다."

트레스의 말에 기사들은 심한 모욕을 받은 사람마냥 얼굴이 붉어졌지만 누구 하나 몸을 움직이는 사람은 없었다. 그저 우리를 바라보며 얼굴을 일그러뜨릴 뿐 입도 뻥긋하지 못했다.

"트레스, 이것은……."

"스란을 피우게 되면 귀찮으니까요. 세틴님, 어떻게 할까요? 처치하는 데에는 여러 가지 방법이 있습니다만 죽이지 않고 처리하는 방법도

있습니다. 간단히 모습을 바꾸는 저주를 걸면 평생을 후회와 번민 속
에 살게 할 수도 있지요.”

“트레스는 어떻게 하면 좋겠는데요?”

내 물음에 트레스는 살짝 미간을 찌푸리더니 내 귓가로 고개를 숙여
무어라고 소곤거렸다. 그의 말에 나는 키득거리며 고개를 끄덕였다.

“좋을 대로 해요.”

“자, 잠깐!”

남작은 비명을 지르며 내게 소리쳤다. 나는 그에 버둥거리는 남작을
올려다보며 물었다.

“왜요?”

“나, 날 어떻게 하려는 거냐? 일개 평민의 몸으로 팔마스의 귀족인
내게 손을 대면 어떤 일이 벌어질지 알고는 있는 거냐! 내, 내 뒤에는
후작님이……!”

“하아? 그런 식으로 말하자면 내 뒤에는 공주님이 있는데 무슨 생각
으로 날 건드린 건데요?”

내가 묻자 남작은 목을 붙잡힌 와중에도 비웃음을 띠며 내게 말했
다.

“흥! 출신도 성분도 모르는 평민 검사 따위를 두 공주님께서 진심으
로 상대해 주고 계시다고 생각하는 거냐? 설사 그렇다 한들 하나는 아
직 철이 없는 어린 공주고 다른 하나는 타국의 왕녀다! 고작 평민 하나
따위가 사라진 일에 팔마스의 귀족인 나를 누가 추궁하겠나!”

“헤에~ 그런 건가?”

나는 가볍게 수긍하며 트레스를 쳐다보았다.

“트레스, 마음대로 해요.”

"알겠습니다."

"으, 으아악! 내, 내 말을 들어! 내가 사라지면……!"

샤하스 남작이 꽥꽥거리며 소리쳤지만 더 이상은 내가 들어줄 기분이 아니었다. 눈앞에서 빤히 불러들인 것을 알고 있는데도 자신은 귀족이기 때문에 아무 일 없을 것이라 단언했던 것이다. 애초에 귀족이 아닌 자가 사라지는 것 따위는 문제가 되지 않을 거라고 말했다.

'쳇쳇쳇! 무슨 얼어죽을 귀족이야? 자기들 몸에서는 무슨 금싸라기라도 배출돼? 뻔뻔하기는!'

빠직, 빠직, 빠직 하고 내 이마 위로 혈관 마크가 세 개는 떠오른 것 같았다. 물론 그런 게 있을 리는 없지만 나 지금 기분 별로 안 좋다고! 이 남작의 영지에서 그에게 끌려와 죽임을 당하더라도 그 사람이나 그 사람의 가족은 하소연할 길이 없는 것이나 마찬가지 아닌가!

올라가는 통로로 들어가 통로의 끝에 있는 어두컴컴한 책장 앞에 마주 섰다. 더듬더듬 손을 내밀자 거기에 줄 같은 것이 만져졌다.

'이건가?'

줄을 잡아당기자 책장이 소리없이 옆으로 밀리며 남작의 집무실 안쪽이 눈에 들어왔다.

"어?"

거대한 뱀의 꼬리가 그리 멀지 않은 곳에서 흔들리고 있었다. 커다란 집무실의 카펫 위에 똬리를 틀고 있는 그것에 나는 신속하게 뒤로 물러섰다. 내가 보지도 않고 손으로 줄을 찾아 잡아당겼음은 말하지 않아도 알 수 있으리라. 내 눈앞에서 책장이 다시 스르륵 닫히자 별안간 돌아본 여자의 상체가 용수철처럼 팅겨지며 책장의 문틈으로 달려들었다.

"흐엑!"

나는 비명을 지르며 옆으로 비켜섰다. 하반신이 뱀으로 되어 있음에도 상반신은 인간의 모습을 하고 있는 그것은 기괴한 비명을 지르며 손을 퍼덕거리고 있었다. 한데,

'끼, 끼었다!'

그렇다. 저 기괴한 여자는 나를 향해 달려들다가 비밀 통로의 문짝에 끼어버린 것이다. 줄을 잡아당기면 다시 열리겠지만 줄은 그녀의 손이 닿지 않는 곳에 있었다. 나는 여자에게서 시선을 떼지 않은 상태로 천천히 뒤로 물러섰다. 그러자 여자는 나를 놓칠 거라고 생각했는지 더 더욱 버둥거렸다. 뱀으로 된 여자의 하반신이 문 뒤에서 부딪치는 것인지 책장이 쿵쿵 하고 울렸다.

'이걸 나이스라고 해줘야 할지……'

쿵! 쿵쿵!

어찌나 힘이 좋은지 책장이 들썩들썩하고 있었다. 나름대로 비밀 통로의 문 역할을 하고 있는 것이라 견고한 것 같았지만 한번 쿵 소리가 울릴 때마다 흙먼지가 후두두 떨어졌다. 나는 눈가를 실룩이며 뒷걸음질로 신속히 그것에서 멀어졌다. 등을 돌리지 않은 것은 뒤를 덮칠 것을 염려해서라고 해두자.

내가 비틀비틀 안으로 들어오자 남작과 기사들의 처리를 끝마친 트레스가 의아한 얼굴로 나를 돌아보았다.

"무슨 일이신지?"

아무것도 듣지 못한 건가? 그 여자가 그렇게 이상한 비명을 질렀는데, 아니, 그 이전에 여자인 것은 확실히 맞는 건가? 사실 그 상황에서 내게 말을 걸었으면 나는 완전히 공포에 질렸을 거다. 그게 뭐냐? 상체

는 사람이고 하체는… 그러니까… 킹 코브라!

"에… 그, 그러니까… 뱀 하반신에 여자 상반신이……."

"뱀의 하반신? 퓨리아를 말씀하시는 겁니까?"

퓨리아? 그게 개체명인가? 아니면 이름? 우으, 그러고 보니 뱀 비린내가… 아니라… 어라? 엥? 개구리? 개구리 비린내애애애!

발치에서 팔딱거리는 개구리가 여기저기에서 입을 벙긋거리고 있었다. 보통 개구리와 좀 다른 것이 있다면 열심히 입을 놀리고 있음에도 소리가 나지 않는다는 것일까?

나는 얼어붙은 상태로 벽에 붙어서 여기저기서 입을 뻐금거리는 개구리들을 쳐다보았다. 널려져 있는 남자의 옷가지 위에서 개구리는 펄떡거리고 있었던 것이다.

"왜, 어째서 하필이면 개구리로?!"

"개구리… 싫어하십니까?"

묘한 그의 어조에 나는 움찔하며 그를 쳐다보았다.

"조, 좋아하지는 않아요."

"흐음, 그렇군요."

그 말투, 거슬립니다! 누구나 싫어하는 것은 있는 거잖아요!

내가 개구리들을 피해 주춤주춤 뒤로 물러서자 트레스는 가볍게 눈살을 찌푸리며 주위를 둘러보았다.

"아무튼 나가지요."

"예? 저 앞에는 그 퓨리아라는 게 있는데……."

"순간 이동 주문이 있지 않습니까. 이 주위에도 누군가 순간 이동을 방해하는 진을 치고 있습니다만 그 정도를 파훼시키는 것은 아무것도 아닙니다."

트레스는 그렇게 말하며 슬금슬금 통로로 물러서는 내 팔을 잡았다. 그가 간단히 좌표를 잡고 시동어를 외치자 일순간 빛이 터져 나오며 주위의 풍경이 지워지듯 다른 곳으로 변화했다.

"어라?"

내가 갑작스럽게 변화한 주위 풍경에 어리둥절하여 주위를 두리번거리자 트레스가 내 팔을 놓으며 말했다.

"숙소입니다. 아직 그 마법사는 우리가 빠져나온 사실을 모를 테지요. 어떻게 할까요?"

어떻게 하자니? 내가 트레스를 돌아보았지만 트레스의 표정은 무표정하기만 했다.

'이럴 때의 트레스는 무슨 생각을 하고 있는지 모르겠어.'

"흠, 그럼 그 사람도 개구리화?"

"그자가 남작을 부추겼을지도 모릅니다. 남작을 부추겨 그로 하여금 펜던트를 빼앗도록 종용하고 어떻게 되는지를 지켜보려 했던 것이겠지요. 세틴님의 반응이 대수롭지 않자 남작마저도 죽이고 펜던트를 빼앗으려 했던 것 같습니다."

꼭 틀리다고는 할 수 없는 말이었다. 이리저리 머리를 굴리면 그렇게도 생각할 수 있다.

"하지만 그건 어디까지나 추측이잖아요."

"남작의 가신 중에는 마법사가 없었습니다. 그가 누가 도망칠 것을 두려워해서 집무실 주위에 마법진을 펼쳐 두었다고 생각하시는 겁니까?"

펜던트 속에 들어가 있으면서도 그런 걸 확인하고 있었던 건가요? 트레스는 결단을 바라는 듯한 시선으로 나를 쳐다보았다. 내 입에서 어떤 결정이 나오기를 기다리는 것이다. 이때만큼은 펜던트 속의 종속자들도 조용히 내가 대답할 것을 기다리고 있었다. 나는 뺨을 긁적이며 침대에 걸터앉았다.

"모기가 귀찮다고 해서… 꼭 따라가서 죽이지는 않잖아요."

—물러!

난데없이 울리는 시온의 외침에 나는 움찔하며 펜던트를 내려다보았다. 내 대답이 상당히 마음에 들지 않았는지 시온을 필두로 종속자들의 외침이 마구마구 쏟아지고 있었다.

—그래! 넌 물러도 한참 물러! 무르다 못해 물렁해 터졌어!

열변을 토해내는 오웬의 외침에 나는 찔끔하며 몸을 뒤로 뺐다.

"아, 아니, 뭐 그렇게까지……."

—하아~ 그래 가지고 이 험한 세상을 어찌 살아가야 할지…….

—한심하군. 이러니저러니 해도 결국 제 손을 더럽히고 싶지 않다는 것 아닌가?

—도기? 그게 어떻게 모기가 돼냐! 저런 시답잖은 함정을 파는 것도 모기냐?

"아, 아뇨. 뭐, 굳이 비유를 들자면 그렇다는 건데… 제 비유가 너무 조악했나요?"

—조악하고 아니고의 문제가 아니야. 대체 왜 이렇게 나약해 빠진 건지.

—덤벼온 놈들은 남김없이 몰살시키는 것이 인간의 법칙 아닌가?

'대체 어디서 그런 법칙을 주워들은 건데요? 그런 건 처음 듣는다.'

—방해가 될 놈들은 미리미리 치워 버리는 것이 삶을 살아가는 지혜지. 어줍잖은 은혜를 베풀었다가는 나중에 후회하기 십상이야. 너야

우리의 힘을 빌릴 수 있지만 나머지까지…….

 ―병든 가지는 쳐내 버리는 것이 좋다, 세틴.

 이게 또……. 점점 말이 씹히고 있었다. 내가 무시한다는 것이 아니라 각자 상대의 말이 끝날 때까지 기다리지 않고 말을 해대는 터라 결국에는…….

 ―@#$@$%@#@###%.

 …이 되어버리는 거다. 이거 인간의 언어이기는 한 겁니까?

 점점 말싸움의 양상을 띠고 있는 그들을 내버려 두고 나는 한숨을 쉬었다. 막 연계를 끊을까 말까에 대해 심각하게 고민을 하고 있는데 문밖 저택의 주위로 이상한 감각이 가득 차올랐다. 트레스를 돌아보니 그도 역시 알아차린 모양이었다. 내가 알아차렸다면 그가 모를 리 없는 것이다.

 트레스가 돌아서 방 밖으로 나가려 하자 나는 그의 팔을 잡았다.

 "트레스, 어떻게 하려고요?"

 "그리 오래 걸리지는 않을 겁니다."

 트레스는 무표정하게 말하며 나를 쳐다보았다.

 "저는 당신과는 가치관이 많이 다르니까요."

 그의 팔을 잡은 내 손에 힘이 들어갔다. 트레스는 지금 내게 저 문밖에서 나를 노리고 있을지도 모를 누군가를 죽이겠다고 말하고 있는 것이다. 내가 입술을 깨물자 트레스는 시선을 돌리며 말했다.

 "원하지 않으신다면 저를 돌려보내셔도 좋습니다."

 "아니요."

 나는 고개를 저으며 그를 바라보았다.

 "도움을 원하지 않는 것은 아니에요. 하지만 저들이 노리는 것이 나

고 이 펜던트 때문이라면 죽이게 되더라도 제가 하겠어요. 제 일 때문
에 트레스가 사람을 죽이게 되는 것은 원하지 않아요.”

“제가 있어… 백 명을 죽이는 것과 한 명을 죽이는 것은 다르지 않
습니다. 저들이 아니더라도 이미 많은 사람이 제 손에 의해 죽었고 앞
으로도 그건 달라지지 않을 겁니다.”

트레스의 말에 나는 입을 다물었다. 내가 말없이 그를 응시하자 트
레스는 내 눈길을 피하듯 돌아섰다.

“강제 집행, 제2조 7항.”

“아니, 세틴?!”

당황한 트레스가 나를 돌아보았지만 이미 늦었다. 펜던트에서 새어
나오는 회색 기류가 그의 몸을 휘감은 것이다. 회색 기류는 균형을 잡
으려 비틀거리는 그의 팔과 다리를 휘감고 무서운 힘으로 끌어당겼다.

나는 기류에 휘감긴 트레스를 보며 중얼거렸다.

“돌아와요, 트레스.”

“세틴, 무슨 짓을? 당신 혼자서는……!”

그는 말을 끝마치기도 전에 펜던트 안으로 쓸려 들어가고 있었다.
회색 빛덩이로 변한 조각이 펜던트에 맞추어지자 나는 그것을 가만히
내려다보다 손을 떼었다. 금속 줄에 매달린 펜던트는 내 가슴께로 늘
어졌다.

“할 수 있어요. 혼자가 아니니까.”

―나참.

한숨을 쉬는 듯한 레스트레온의 목소리에 나는 피식 웃으며 펜던트
를 내려다보았다.

―여전히 멍청하긴. 누가 누굴 신경 쓰는 거야?

“아, 역시 화났을까요?”

오웬의 음성에 내가 묻자 오웬은 낮은 목소리로 쿡쿡 웃었다.

―어차피 강제로 불려진 다음은 한 시간 동안 말을 할 수가 없으니까 모르지. 하지만 화를 내지는 않을 거야.

‘그럼 다행이지만 오웬의 말은 왠지 신뢰가…….’

―어디선가 기분 나쁜 사념이 흘러드는 것 같은데 이건 내 착각이겠지?

“무, 물론이죠! 하하!”

서릿발 같은 오웬의 목소리에 내가 실없이 웃자 샤이시스가 ‘쯧쯧’ 하고 혀를 찼다.

―여전히 한심한 녀석.

쳇, 거 한심해서 미안하네요. 나는 입을 삐죽 내밀며 방문의 손잡이를 잡았다.

【제3화】
노리는 자

복도에는 사람이 없었다. 그리 늦은 시간이 아니었음에도 오가는 하인들조차 찾을 수가 없는 것이다. 나는 일단 아이언과 라힐에게 가보기로 하고 그들의 숙소를 향해 발을 옮겼다. 그 둘은 내가 머물고 있는 곳에서 그리 떨어져 있지 않은 곳에 방을 받은 것이다.

'아이언은 티아의 호위니까 방에 없을지 몰라도 라힐은 방에 있을… 응?'

눈의 착각이었을까? 저 멀리 복도의 바닥에서 무언가 떠올랐다가 사라진 것 같았다. 나는 제자리에 멈추어 서서 잠시 눈을 비볐다.

'응? 아니, 잠깐. 착각이 아닌…….'

우와아악! 이쪽을 향해 온다! 나는 잽싸게 등을 돌려 반대편으로 달렸다. 내가 눈썹을 휘날리며 달려가자 곧바로 펜던트에서 욕설이 터져나왔다.

─멍청아! 왜 도망가는 거야! 넌 저것과 싸우기 위해 방 밖으로 나온 거잖아!

터져 나오는 이플리트의 고함에 나는 억울하다는 듯이 소리쳤다.

"하지만 내 본능이 도망가라고 소리치고 있단 말이에요!"

─헛소리!

헛소리 아니라고요! 복도를 달려오는 것도 아니고 복도를 통과하는 저걸 무슨 수로 공격하란 말이야! 게다가 난 빈손이잖아!

캬아아아아!

찢어질 듯한 비명이 복도를 가로지르고 있었지만 저 허옇고 딱딱해 보이는 그것은 결코 나를 따라잡지 못했다.

'오옷! 느리다… 가 아니라 내가 빨라! 이거 도망칠 때 편하겠다!'

─내 힘을 가지고 있으면서 겨우 이름도 없는 저딴 하급마 따위에 도망칠 거야! 도망치려거든 내 힘 반납해!

와왁거리며 소리를 지르는 오윈의 목소리에 나는 걸음을 멈추고 그 것을 돌아보았다. 복도 저어~편에서 흰 꼬랑지처럼 보이는 그것은 무 시무시한 속도로 복도를 미끄러져 오고 있었다. 새하얀 몸체가 꼭 돌 을 깎아 만든 다리 없는 도마뱀 같았다.

"하급마? 저게 마계의 하급마예요?"

─그래, 하급마의 한 종류! 자근자근 밟아서 뭉개란 말이야! 내 힘이 면 투기를 발산하는 것만으로도 물러간다고!

"그렇게 말해도 나는 투기가 뭔지도 모른다고요!"

─그럼 그냥 힘만 발산해!

그러니까 그게 대체 어떻게 하는 건데요!

내가 발을 동동 구르며 그렇게 소리를 지르고 있는 상황에도 그것은 나와 가까워지고 있었다. 이제는 등에 솟아 있는 돌기의 수마저도 셀 수 있을 정도다!

"으악! 나도 몰라!"

나는 절규하며 그 괴물을 향해 돌아섰다. 카멜레온 같은 노란 눈이 나를 똑바로 응시하며 흰 주둥이를 벌렸다. 끄악! 뱀이냐, 너! 어떻게 입이 그렇게 벌려져! 찢어지겠다!

거의 일직선에 가깝게 벌려진 괴물의 입이 나를 송구리째 삼킬 찰나 나는 바닥을 박찼다. 붕 떠오른 몸을 틀어 나는 녀석의 머리를 향해 낙하했다.

"흐랴합!"

온몸의 체중을 실어 놈의 정수리를 찍자 놈은 혀를 깨물며 입을 다물었다. 팔꿈치로 느껴지는 섬뜩한 감각에 나는 몸을 떨며 이제는 움직이지 않는 하급마를 내려다보았다.

'바, 방금의 감촉……'

팔꿈치로 정수리를 찍었을 때 단숨에 두개골이 부서지는 듯한 기분 나쁜 감촉이 들었던 것이다. 나는 후닥닥 하급마의 머리 위에서 몸을 일으켰다.

─보호구도 착용하지 않은 주제에 무리하긴. 너, 인간의 몸이었으면 팔꿈치가 부서졌을걸?

─팔은… 괜찮으신가요?

세티나와 에레타의 목소리에 나는 소매를 걷어 팔꿈치를 살폈다. 다행스럽게도 발갛게 부어오르기는커녕 멍도 생기지 않았다. 손가락으로 눌러보아도 통증 같은 것은 느껴지지 않는다.

'아무리 힘을 빌렸다지만 내 팔꿈치가 이렇게 최상의 강도를 자랑하

게 될 줄이야.'

"멀쩡해요. 전혀 아프지도 않고… 나, 이 힘이면 쇠도 구부릴 수 있을지도."

—뭐, 불가능하진 않지.

먼 산을 바라보며 하는 듯한 이플리트의 중얼거림에 나는 눈을 크게 떴다.

"으엑! 그럼 무기가 필요치 않다는 것은 그런 뜻?!"

—이 중에 순수한 힘만으로 그 정도도 하지 못하는 사람은 아무도 없어.

헉! 이, 이 목소리는 누구? 어둡고 탁한 것이 한 귀에도 '쉬었다' 라는 것을 알 수 있게 해주는 저음의 목소리에 나는 눈을 동그랗게 뜨고 펜던트를 내려다보았다.

"바, 방금 누구예요?"

내가 떨리는 목소리로 묻자 곧바로 대답이 들려왔다.

—나.

좀이 아니라 많이 이상한 사람이다. 이 사람, 누구야? 내가 노골적으로 경계의 시선을 펜던트로 보내자 한숨을 쉬듯 레스트레온이 말했다.

—팔 개월 만에 일어나서 하는 소리가 겨우 그거냐?

—…….

'이젠 아예 씹는군. 근데 팔 개월? 팔 개월 전이면 날 만나기도 전이 잖아?'

그러고 보니 봉인되어 있다고 하는 그 사람을 제외하고 말을 해보지 못한 세 사람이 있었다. 한 사람은 천족이고 나머지 두 사람은 마족. 세리나의 말에 따르면 한 명은 성격이 이상해서, 다른 둘은 인간을 혐

오하기 때문에 말을 붙이지 않는 거라고 했다. 그렇다면!

'이쪽이 성격 이상자?'

─어둡네. 일단은 밤인 건가?

역시… 이쪽이다!

파라락 하고 설명서의 가운데를 펼치자 글자가 떠오르고 있었다. 예상대로 종족은 마족이고 형량은…2,419,885년. 이름이… 아, 아리시. 이미 마족의 이름이 아냐(풀네임:아리시네스 펠리오카).

"그, 그 목소리로 여자?!"

내가 목소리에 경악을 담아 소리치자 오웬이 말했다.

─너도 꽤 무례한 소리를 잘하는구나. 기본적으로 마족이나 천족은 성별이 구분되어 있지 않다니까.

─일단 모습은 남자지, 그놈은.

남자? 하지만 아리시네스니 펠리오카니 하는 이름을 들으면 왠지 구불거리는 긴 금발에 파란 눈이 떠오른다. 게다가 창백한 피부에 커다란 눈동자를 하고 호리호리한데다 손가락마저 가느다란.

─뭘 생각하고 있는지는 모르겠지만 정도껏 하지 않겠어? 이름은 그래도 일단 본인이 선택하고 있는 성별은 남자야.

'하지만 뭔가……'

"레플리카!"

복도를 돌며 얼굴을 내민 레오폴드의 모습에 나는 펜던트에서 눈길을 뗐다. 오면서 하급마인지 괴물인지를 해치운 것인지 옷 여기저기에 파란 체액이 묻어 있었다. 검을 들고 있는 그는 내 뒤에 쓰러져 있는 하급마의 사체를 바라보며 말했다.

"벌써 하나 해치운 거냐? 근데 왜 여기 있어? 집무실로 가는 거 아니었어? 남작은?”

“갔는데 아무도 없어서. 기다리다가 그냥 나왔어. 남작은 왜? 딴 데 간 거 아니야?”

뻔뻔하게 레오폴드에게 되묻자 그는 난감한 표정을 지었다.

“네가 만나러 갔었잖아. 당연히 네가 알고 있을 줄 알았지.”

아직 그 고문실은 발견하지 못한 모양이었다. 옷가지와 함께 있는 개구리를 보게 되면 대충 짐작은 할 수 있을 텐데. 집무실을 들여다보았음에도 고문실의 비밀 통로를 발견하지 못했다는 것을 보면 책장에 끼었던 퓨리아가 사라졌다는 소리다. 스스로 빠져나간 것인지 누군가가 빼내준 것인지는 모르겠지만 말이다.

“지금 저택 안은 난장판이야. 저택 안의 기사들도 모조리 사라졌고, 요상한 괴물 녀석이 보는 족족 사람을 잡아먹으려 드니까.”

“저택을 빠져나가면 되잖아.”

내가 말하자 레오폴드는 찡그리며 머리칼을 거칠게 휘저었다.

“그게 되면 벌써 했지! 어떤 놈이 한 짓인지 저택 밖으로 빠져나가지 못하도록 외부에 결계를 쳤어!”

레오폴드는 그렇게 말하며 직접 보여주기라도 하듯이 탁자 위에 올려져 있던 꽃병을 집어 들었다. 그가 열려진 창밖으로 꽃병을 집어 던지자 퉁 하는 소리와 함께 꽃병이 튕겨졌다. 도로 창문의 난간에 부딪치며 깨어지는 꽃병을 보며 레오폴드는 어깨를 으쓱해 보였다.

“봤지?”

“우으… 잘 닦인 방탄 유리 같애!”

“방탄… 뭐? 그게 뭐야?”

레오폴드가 얼빠진 목소리로 묻자 나는 그를 돌아보며 답했다.

"방탄 유리! 그럼 다른 사람들은 다 어디에 있는 거야?"

"현관 홀에 모여 있어. 밖으로 빠져나가려고 했는데 잘되지 않아서……. 그 괴물, 도대체 뭘로 만들어졌는지 벽이나 바닥을 통과하고 다녀서 방 안에 숨어 있는 것은 전혀 이득이 안 돼. 검기는 통하는 것 같지만 일반 공격은 전혀."

"……."

"레플리카?"

내가 싸한 표정으로 레오폴드를 쳐다보자 묘한 분위기를 감지한 것인지 레오폴드가 의아한 얼굴로 나를 불렀다. 나는 두 눈 가득 의심을 담고 녀석을 바라보며 물었다.

"솔직히 말해 봐. 그냥 두고 도망치려다 밖으로 빠져나갈 수 없게 돼서 날 찾은 거지?"

"뭐?"

놀란 듯이 나를 쳐다보는 레오폴드의 표정에 한순간 당황한 기색이 스쳤다.

"맞지?"

"무슨 헛소리야! 기껏 찾으러 와주니까 그딴 소리를 떠들어대냐!"

나의 추궁에 레오폴드는 벌컥 화를 내며 소리쳤다. 하지만 레오폴드가 나를 찾았다는 부분부터가 이상하지 않은가. 나를 눈엣가시처럼 생각하는 레오폴드라면 이 상황을 놓치지 않고 떨구고 가자고 할 것 같은데 같이다.

"첫!"

레오폴드는 인상을 찡그리며 어쩔 수 없다는 듯이 내 팔을 잡았다.

"쓸데없는 소리 말고 빠져나갈 궁리나 해!"

대략 삼십 분 후,

헐떡이는 레오폴드와 그 앞에 선 내가 불만스러운 표정으로 그를 쳐다보고 있었다. 이 쓸데없이 커다란 저택은 중앙 통로가 무너져 현관 홀로 내려가기 위해서는 외부로 이어진 통로를 빙 돌아가야만 했다. 덕분에 마라톤 완주 코스까지는 아니더라도 꽤 먼 거리가 되어버린 것이다.

'들쳐 업고 가는 게 더 빠를 것 같은데……. 그러게 애초에 왜 나랑 경주를 하냐고.'

"헉, 하악!"

입에서 단내를 뿜어내며 숨을 헐떡이는 레오폴드의 얼굴은 발갛게 물들어 있었다. 그는 분한 듯이 나를 노려보았지만 그래도 굽혀진 허리를 펼 줄은 몰랐다.

"뭐… 뭐… 이렇게 빠른……."

—세틴, 그냥 버리고 가지? 귀찮잖아.

이 매정한 목소리는 시온의 것이었다. 내가 곤란하다는 듯이 레오폴드를 쳐다보자 레오폴드는 이를 악물고 허리를 폈다.

"가, 가자! 이제… 조금만 가면… 돼."

'곧 죽어도 쉬었다 가자는 소리는 안 하는군.'

나는 고개를 설레설레 저으며 앞서 걷는 레오폴드를 쳐다보았다. 난 빈손이었고 검은 레오폴드만 가지고 있었기 때문에 오는 족족 만났던 괴물들 모두 레오폴드가 처리했던 것이다. 게다가 내게 뒤지지 않으려고 내 걸음을 악착같이 따라왔기 때문에 체력도 상당히 저하된 상태. 이 녀석을 보면 쓸데없이 자존심만 세운다는 것이 무엇인가를 알게 된다.

"그러게 교대하자니까."

몇 걸음 가지 못하고 헉헉거리는 레오폴드를 보며 그렇게 말하자 레오폴드는 고개를 휙 돌려서는 나를 째려보았다.

"하악! 자, 자기 검도… 잃어버리는… 녀석한테는……."

"안 잃어버린다니까."

내가 달래듯이 말했지만 레오폴드는 다시 고개를 돌리고는 뛰기 시작했다. 뒤따라 달리는 내가 아무렇지도 않은 표정으로 그를 따라잡자 레오폴드는 이를 악물고 소리쳤다.

"머, 먼저 갈 수 있으면……!"

"맨손이니까 뒤따라오라고 할 때는 언제고."

"말 다 안 했잖아!"

내 볼멘소리에 마지막 기력을 짜내 소리친 레오폴드는 다시 뜀박질을 멈추더니 헉헉거렸다. 안된 일이지만 레오폴드의 체력은 이 정도가지가 한계인 것이다.

'업어준다고 말하면 나를 아주 잡아먹으려 들 텐데… 기절시켜서 끌고 갈까?'

어느 쪽이든 뒤처리가 귀찮을 것 같았다. 하지만 지금 상황에서야 더 나빠질 것도 없기에 천천히 기절시킨다 쪽으로 판단이 기울어지려는 찰나 레오폴드가 내 어깨를 뒤로 밀었다.

"비켜!"

"어?"

검을 앞으로 세운 레오폴드가 어느새 옆 벽을 돌아보고 있었다. 벽을 통과하며 튀어나온 괴물이 레오폴드를 향해 달려들었다. 벌어진 입이 단숨에 레오폴드를 집어삼킬 것 같았다. 나를 밀쳤던 레오폴드는 그것을 피하지 못하고 검을 세운 채 정면으로 부딪쳤다.

"크윽!"

"레오폴드!"

부딪치는 힘을 이기지 못하고 팅겨나온 레오폴드는 벽에 등을 부딪치며 검을 놓쳤다. 금속음을 내며 자신의 검이 바닥을 뒹굴자 레오폴드는 앗차 싶은 표정으로 그것을 쳐다보았다. 빙글빙글 돌던 검은 레오폴드와 내 사이에서 멈추었다.

"쿨럭!"

잔기침을 하며 간신히 몸을 세운 레오폴드에게 괴물이 짓쳐들어오고 있었다. 레오폴드는 급히 바닥을 박찼으나 체력이 소진된 탓인지 비틀거렸다.

"멍청아!"

달려들듯 그의 목덜미를 잡아 뒤로 내던졌다. 오웬의 무서운 힘으로 뒤로 밀려난 레오폴드는 저만치 내던져져 바닥을 구르는 것 같았지만 그것에 신경을 쓸 여력은 없었다. 한껏 벌려진 주둥이가 나를 노리고 달려들고 있다!

캬아아아악!

"시끄러워!"

오웬의 기를 발산하며 괴물을 향해 소리치자 마력의 열풍에 휩쓸려 달려들던 괴물이 팅겨져 나갔다. 괴물은 벽과 장식장에 부딪쳐 장식장을 헤집어놓더니 다시 부스스 상체를 일으켰다.

—오오, 하니까 되잖아?

—되긴 뭐가 돼! 본래라면 저런 것들은 내 기운에 닿자마자 갈기갈기 찢긴다고!

펜던트 속에서 레스트레온과 오웬이 무어라 소리치고 있었지만 한 귀로 흘리고 나는 잽싸게 레오폴드의 검을 주워 들었다. 시온의 검과는 달리 가볍게 손아귀에 달라붙는 것이 시온의 검이 정말 무겁기는 되게 무거웠던 모양이다.

내가 그것을 가볍게 휘두르자 내 뒤 복도 끝쪽에서 찢어질 듯한 고함 소리가 들려왔다.

"야, 너, 그 검 내놔! 누구 걸 함부로 휘두르는 거야!"

"…벽에 머리나 부딪쳐 기절할 일이지."

나는 작은 목소리로 중얼거리고는 다시 나를 향해 육박하기 시작하는 하급마를 돌아보았다. 내가 무서운 눈길로 그것을 쏘아보자 그것은 오른쪽으로 몸을 틀어 벽을 통과했다.

"어?"

내가 얼빠진 얼굴로 멈칫하자 당장에 이플리트가 소리쳤다.

─아래!

"으아악!"

급하게 자리에서 물러나자 잠깐의 순간을 두고 바닥에서 괴물의 머리가 입을 벌린 채로 위로 솟구쳤다. 그 자리에 있었다면 다리에서부터 꿀꺽 삼켜졌을 태세다.

"이게!"

가감없이 검을 횡으로 휘두르자 괴물의 몸이 검을 통과하는 것이 아닌가! 괴물의 몸뚱어리를 통과하는 검을 바라보며 내가 눈을 크게 뜨자 내 뒤에서 레오폴드의 고함 소리가 들려왔다.

"검기! 검기를 쓰라고 했잖아!"

"그 그렇지!"

힘을 주입하자 오웬의 마나가 검날을 휘감으며 일직선으로 뻗어져 나왔다. 괴물의 몸뚱이를 통과하는 듯하던 검이 돌연 괴물의 몸을 꿰뚫으며 찢어진 틈새로 체액이 솟구쳤다.

"으엑!"

시큼한 냄새를 풍기며 쏟아지는 체액에 나는 검을 비틀어 뽑아내며 괴물에게서 떨어졌다. 위액도 아니고 무슨 식초 같은 냄새가 난다. 파란 체액은 바닥을 녹이는 산은 아니었지만 복도의 바닥에 깔린 카펫 위로 지저분하게 흩어졌다.

'와라! 단숨에 끝내주마.'

눈을 빛내며 괴물을 바라보자 괴물은 피하듯이 몸을 사렸다. 괴물의 몸에는 몸 중앙에서부터 꼬리 쪽으로 이어지는 긴 검상이 있었다. 거기서 흘러나오는 체액이 복도 위로 흘러 괴물이 지나간 자리를 적셨다.

쿠웨에에엑!

잠수하듯 지면으로 머리를 처박자 괴물은 아무런 장애 없이 복도의 바닥 속으로 사라졌다. 검을 멈추며 당황한 얼굴로 주위를 돌아보자 지면이 미세하게 떨리고 있다는 사실을 알았다.

'저쪽!'

레오폴드가 벽에 기대어 몸을 일으키고 있는 방향이었다. 미미한 진동이 이어지는 방향으로 고개를 돌리자 일어서고 있던 레오폴드가 돌아서는 나를 발견하고는 눈을 크게 떴다.

"왜, 왜 이쪽으로 와?!"

"그쪽으로 갔으니까!"

"뭐?"

당황한 레오폴드가 자신의 발치를 이리저리 내려다보고 있었다. 하나 놈은 그의 뒤에 있는 벽을 통해 모습을 드러냈다.

"레오폴드! 뒤에 있어!"

"뭐? 으, 으아악!"

뒤를 돌아본 레오폴드는 자지러질 듯한 비명을 지르며 바닥을 박찼다. 너무 가까워! 발이 닿지 않는다!

"레오! 그냥 엎드려!"

"뭐? 자, 잠깐! 기다려!"

레오폴드가 비명을 내질렀지만 나는 상관하지 않고 마나를 끌어올렸다. 팔과 손목, 손바닥을 타고 검으로 주입된 마나가 검날을 붉게 물들이며 타오르고 있었다.

"으하아아앗!"

내가 기합성을 내지르며 검을 휘두르자 붉은 기운이 마치 폭렬하듯 레오폴드를 향해 날아들었다.

"으아아아악!"

내가 검을 휘두름과 동시에 내뿜는 살기를 느끼고 레오폴드는 엎어지듯 바닥으로 몸을 날렸다. 붉은 기운이 허공을 물들이며 레오폴드의 머리 위를 지나 그를 향해 덮쳐들던 하급마를 집어삼켰다. 반으로 가르는 정도가 아니라 말 그대로 갈기갈기 찢어버린 것이다. 커다란 몸체가 한 줌의 푸른 빛덩이로 변하여 후두두 바닥으로 떨어지는 것을 보고 나는 멍하니 검으로 눈길을 돌렸다. 전에는 이런 일이 없었던 것이다.

'우, 우와! 이게 웬일이야?

"너, 너어어어어어!"

분을 눌러 참는 듯한 목소리가 전방에서 들려오자 나는 퍼뜩 정신을 차리고는 앞으로 고개를 돌렸다. 레오폴드가 마치 묘지에서 몸을 일으키는 좀비처럼 비틀거리며 일어서고 있었다. 나는 그제야 내가 벌인 일의 의미를 깨닫고 어색하게 웃으며 뒤로 물러섰다.

"아, 아하하하!"

"웃음이 나와?"

레오폴드의 일갈에 나는 멋쩍은 얼굴로 볼을 긁적였다.

"그럼 울어?"

"울지도 마! 날려도 그렇게 무지막지한 걸 날리면 어쩌자는 거야! 조금만 늦었더라면 저렇게 되는 건 나였을 거 아냐!"

조각조각 갈라진 핏덩어리를 가리키며 바락바락 소리를 지르는 레오폴드를 상대로 나는 난처한 표정을 지었다.

"하지만… 레오폴드라면 그 정도는 당연히 피할 수 있잖아. 그건 싸워본 내가 더 잘 안다고."

"으! 그, 그거야 그렇지."

화를 내려다가 내 말을 듣고 무언가 납득하는 표정으로 고개를 끄덕이는 레오폴드를 보고 나는 속으로 웃었다. 조금 띄워주는 소리를 했다고 화가 한풀 꺾인 것이다. 레오폴드를 바라보는 내 눈이 웃는 듯하자 레오폴드는 발끈해서 소리쳤다.

"뭐, 뭐야!"

"아니, 자자, 진정하고, 검."

내가 검을 양손으로 받들어 레오폴드에게 건네자 그는 못마땅한 표정으로 검을 받아 들었다. 그런데,

팅!

"엉?"

검날에 얇은 금이 생기며 반으로 뚝 갈라져 한쪽이 바닥으로 떨어졌다.

땡그랑!

'흐억! 이, 이게 왜 이래?'

경악한 얼굴로 떨어진 반쪽을 쳐다보았지만 쳐다본다고 해서 부러진 검이 도로 붙을 리는 없다. 돌덩이처럼 굳어진 레오폴드가 뚫어질 듯한 시선으로 자신의 손에 쥐어진 검의 절단된 면을 바라보았다.

─허어~ 역시 검이 견디지 못했나?

한가로운 레스트레온의 목소리에 에레타가 한숨을 쉬듯 대답했다.

─불완전하다고는 해도 힘의 일부를 온전히 끌어냈으니까요. 평범한 검으로는 한 번 휘두른 것으로 족했겠지요.

─그나마 검기가 나가기 전에 부러지지 않은 것이 천만다행이로군.

시온이 싸늘한 목소리로 대꾸하자 나는 비명이라도 지르고 싶은 심정이었다. 그, 그런 한가한 소리 할 때가 아니라고요! 겨우 진정시켰는데! 이제 저 녀석을 어떻게 해야 되냐고!

고개를 푹 수그린 레오폴드의 몸에서는 살기라고밖에는 부를 수 없는 기운이 스멀스멀 기어나오고 있었다. 굳이 직감을 들먹이지 않더라도 지금의 레오폴드를 자극하는 것은 위험했다.

"저, 저기……."

"레……."

이 사이로 깨문 듯한 신음 소리로 무언가 중얼거리자 나는 반문하듯 그의 목소리를 흉내 냈다.

"레?"

"레플리카아아!"

"으악!"

고개를 번쩍 쳐들며 소리치자 나는 얼른 뒤로 물러났다. 한껏 경계 태세를 갖춘 채 레오폴드를 쳐다보자 녀석은 이를 박박 갈면서 나를 노려보았다. 가까이 오라는 듯이 손가락을 까닥거렸지만 난 갈 생각이 전혀 없었다. 내가 미쳤냐, 저 녀석한테 가까이 가게?

"이쪽이 홀로 이어지는데… 그쪽으로 가도 되려나?"

엄지손가락으로 어깨 너머를 가리키며 레오폴드는 얼굴 가득 득의 양양한 표정을 짓고 있었다. 나는 힐끗 그의 뒤로 통하는 통로를 바라보다 씨익 웃었다. 그러자 레오폴드는 기분 나쁜 듯이 인상을 찌푸렸다.

"뭐냐, 그 기분 나쁜 웃음은?"

"훗, 그 정도로 나를 붙잡을 수 있으리라 생각하면 오산이야!"

이젠 될 대로 돼라다! 녀석한테는 절대 잡힐 수 없어! 내가 투지를 불태우며 그렇게 소리치자 레오폴드는 순간 옛일이 떠올랐는지 식은땀을 흘리며 나를 노려보았다.

"흐응… 무투대회의 연장을 말하고 싶은 모양인데 그때처럼은 안 되지! 한 번 통한 수법이 두 번도 통할 거라 생각하는 거냐? 그것도 맨손으로?"

반으로 잘린 검을 들어 올리며 녀석이 말하자 나는 못마땅한 표정으로 그가 든 검을 가리키며 소리쳤다.

"그래 봤자 부러진 검이잖아!"

"시, 시끄러워! 그래도 절반은 남았어!"

안됐지만 검이 다 남아 있더라도 레오폴드는 내 상대가 되지 못했다. 일단 검을 부러뜨린 것은 내 잘못이라고 치고 녀석에게 손을 대지 않는다 해도 녀석이 나를 붙잡을 가능성은 제로인 것이다. 하나 레오폴드는 나를 붙잡는 것으로 결론을 내린 것인지 각오를 다지며 나를 노려보고 있었다.

─사과하면 끝날 일 아닌가?

쉰 목소리의 아리시네스의 말에 나는 고개를 저었다.

"저 녀석이 사과 정도로 끝날 리가 없잖아요! 게다가 걸어온 싸움은 피하지 않는 법!"

─이게 싸움이냐, 애들 장난이지? 게다가 매번 등을 돌리고 도망치는 주제에 무슨.

"에잇! 지방 방송은 꺼요!"

툴툴거리는 시온의 말에 얼른 제동을 걸고 나는 레오폴드를 노려보았다. 대략 삼십여 미터를 사이에 두고 나는 녀석을 향해 육박하기 시작했다. 부러진 검을 쥐고 있는 녀석은 진심으로 그것을 나에게 휘두를 작정인 것인지 푸르스름한 검기가 부러진 검을 통해 투영되고 있었다.

검을 타고 흐르는 검기와 그가 휘두르는 검로가 한눈에 들어오고 있었다. 검기가 검신을 감싸고 그 부러진 단면 위로 뻗어 나오고 있었지만 아무리 검기가 견고하다 할지라도 검로가 읽히면 소용없는 것이다.

단번에 승부를 결정 짓듯 예리한 공격이 내 가슴께로 들어왔으나 나는 능숙하게 그것을 피했다. 느리게만 보이는 그 공격을 피하는 것은 문제도 아닌 것이다. 레오폴드의 두 눈이 믿어지지 않는다는 듯이 크게 떠졌지만 그 찰나의 순간 나는 그의 팔을 잡아당기며 뒤로 돌아 팔꿈치로 그의 뒤통수를 쳤다.

빠악!

듣기 좋은 타격음이 울리며 레오폴드가 앞으로 엎어졌지만 비명을 지른 쪽은 나였다.

"으아아악!"

내가 기겁을 하며 소리치자 펜던트 안의 종속자들이 놀란 듯이 물어왔다.

─뭐, 뭐야?

─세틴님, 왜 갑자기……?

─뭐냐? 뭐야? 잘 싸우다가 왜 그래?

"으으… 때릴 생각은 없었는데 하다 보니까! 이제 어떡해요!"

복도의 카펫 위로 고꾸라져 도무지 일어날 생각을 않는 레오폴드를 가리키며 소리치자 시온이 한심하다는 듯이 말했다.

─뭘 어떻게 해? 그냥 땅에 파묻고 갈 길 가!

"안 죽었단 말이에요!"

─그럼 죽어 버리고 묻든지.

그걸 충고라고 하는 겁니까! 이젠 어떤 방향으로도 수습하기는 글렀어! 레오폴드가 눈을 뜨면 나를 아주 죽이려고 들 거야아~

─일단은 살아 있는지부터 확인하는 것이 좋지 않겠어?

세리나의 말에 나는 움찔하며 널브러진 레오폴드를 쳐다보았다. 내가 그의 뒤에서 이렇듯 소란을 떠는데도 일어나지 않는 것이다. 죽은 척을 하고 있는 것인지, 아니면 진짜로 죽은 것인지. 나는 조심스럽게 그의 곁으로 다가갔다.

"저, 저기… 레오폴드……."

손가락으로 쿡쿡 팔을 찔렀지만 녀석은 미동이 없었다. 혹시나 싶어 나는 레오폴드의 어깨를 잡고 그를 뒤집었다.

"윽."

나는 안면을 손바닥으로 감싸며 고개를 떨구었다. 아니나 다를까, 녀석은 이미…….

―기절했군.

―이 틈에 기억 조작이라도 하는 게 어때?

"조금 더 건설적이라든지 건전한 방향으로 충고해 주세요."

나의 푸념에 오웬은 가볍게 웃으며 말했다.

―아무 말 못하게 덮치는 건?

"차라리 63빌딩에서 줄 없이 번지점프를 하라고 하시죠."

나는 한숨을 쉬며 레오폴드를 어깨에 멨다. 늘어지는 녀석을 업는다는 것은 누군가의 도움 없이는 상당히 힘들거니와 여자 아이도 아닌 녀석을 안고 가고 싶은 생각은 없었다. 더군다나 녀석의 성격을 봐서는 나한테 안겨왔다는 소리를 들으면 무슨 짓을 할지…….

'이미 충분히 눈 밖에 났지만서도.'

현관 홀까지 거의 가까워져 레오폴드의 안내가 없어도 갈 수 있을 것 같았다. 혹시 다시 이을 수 있을지도 모르니 부러진 검 조각을 주워서 검집에 집어넣었다(딱 절반으로 나뉘었으니까).

레오폴드를 어깨에 메니 늘어지는 검집이 거슬렸지만 지은 죄가 있었기에 덜렁 들고 걸음을 옮겼다.

'제발 아이언이나 누굴 만날 때까지는 깨어나지 말아라.'

혹시라도 깨어나면 그 자리에 던져 버리고 도망칠 거다. 농담이 아니고 진심으로.

'히에, 오웬은 진짜 힘 좋구나. 이 녀석, 나보다 체격이 좋은데 하나

도 안 무거워.'

빈말 않고, 어린아이를 들고 있는 정도의 무게도 나가지 않았다. 쉽게 지치지도 않고 메고 있는 팔이 아프지도 않다. 어렵지 않게 홀로 내려가는 계단을 발견한 나는 걸음을 멈추었다.

"이거… 위험해 보이죠?"

—위험하긴 뭐가, 그냥 다 쓸어버리면 그만이지.

이플리트의 말에 나는 펜던트로 눈총을 보냈다.

"저기서 싸우는 사람의 절반은 인간이라고요."

나는 그렇게 말하며 인간과 하급마가 뒤얽혀 싸우는 난장판을 내려다보았다.

현관 홀은 그야말로 난장판이었다. 하급마의 시체가 바닥 여기저기에 널려 있었고 그 위에 조각난 인간의 시체 같은 것도 눈에 들어왔다. 나는 가슴 한 켠이 싸늘해지는 것을 느끼며 홀의 중앙에 모여 있는 사람들을 바라보았다. 괴물이 건물을 통과할 수 있다는 것을 간과한 것인지 그들은 영애들을 가운데에 두고 빙 둘러싸듯이 기사들을 배치하고 있었다.

"위험하게……."

—아닙니다. 자세히 보십시오.

들려오는 트레스의 목소리에 홀의 바닥으로 뛰어내릴 심산이었던 나는 멈칫하며 펜던트를 내려다보았다.

"트레스?"

—홀의 저 검은 문양은 마법진이니까요. 몇 시간 동안은 하급마들도 저 바닥을 통과하지는 못할 겁니다.

차분한 트레스의 목소리에 나는 현관 홀로 눈길을 돌렸다. 트레스의 그 말을 증명이라도 하듯이 영애들이 서 있는 바닥 위로 모습을 드러내는 하급마는 보이지 않았다. 이따금씩 마법진에 그려진 문양들이 위태로운 빛을 발할 뿐이었다.

'하급마가 바닥에서 몸을 부딪치기라도 하고 있는 건가?'

일단은! 나는 눈을 빛내며 레오폴드를 바닥에 내려놓고 인정사정없이 뺨을 때렸다.

"으… 으윽! 아얏! 그만 못… 읍!"

정신을 잃고 있던 레오폴드는 순간 눈을 번쩍 뜨며 내게 고함을 지르려 했다. 하지만 내 빠른 손놀림이 그의 입을 막았다. 현관 홀의 인간들에게 하급마의 시선이 집중되고 있기는 하지만 여기서 큰 소리를 내면 이쪽으로 쏠릴지 모른다. 레오폴드의 입을 막고 주위를 두리번거리는 내 행동에 그 뜻(?)을 알아차린 것인지 레오폴드는 간신히 얌전해졌다. 내가 손을 떼자 그는 나를 노려보며 몸을 일으켰다.

"너처럼 우왁스러운 녀석은 내 평생 처음이다."

'겨우 나보다 일 년 더 살고 내 평생은 무슨……'

탐탁찮은 눈길로 그를 쳐다보고는 나도 그를 따라 일어섰다. 레오폴드는 무슨 생각에서인지 검의 고리쇠를 단단히 하더니 검집째로 검을 풀었다.

"간다."

레오폴드는 그렇게 말하고는 단숨에 계단께로 달려나갔다.

'어이! 방금 정신이 든 녀석이 그렇게 달려나가도 괜찮은 거야?'

나한테 얻어맞은 뒤통수는 무사한 모양이었다. 레오폴드는 몇 계단씩 훌쩍 뛰어넘어 아래층에 도달하더니 계단 앞쪽에 있던 하급마의 허리를 검집으로 후려갈겼다. 날이 없는 검집째였지만 검기에 휘감긴 터라 하급마는 체액을 쏟으며 옆으로 물러났다.

"못 말려!"

나는 고개를 젓고는 그대로 레오폴드의 뒤를 따랐다. 검이 없는 나였지만 죽은 병사들의 시체에서 검을 주워 드는 것은 그리 어렵지 않았다. 잘려진 팔의 손아귀에서 검을 빼 드는 내 눈길은 차갑게 가라앉아 있었다.

―세틴…….

에레타가 나를 부르는 것 같았지만 대답하지 않았다. 창백하게 굳어져 딱딱해진 시체의 팔에서 물건을 빼내는 것은 그리 유쾌한 일이 아니었다.

'심각해지는 것은 싫지만…….'

―어이, 꼬마, 네 탓이라는 쓸데없는 생각을 하고 있는 것은 아니겠지?

"당연히 아니죠. 하지만 이 대가는 톡톡히 받아낼 거예요."

오웬의 기운을 발하는 것만으로도 하급마들은 내게 덤벼들지 않았다. 오히려 몸을 사리며 물러서는 것을 보고 하급마를 공격하던 사람들의 시선이 내게 몰렸다.

"세틴, 무사했구나!"

"세틴님!"

각각의 목소리에 나는 힐끗 기사들의 뒤에 숨어 있는 두 사람을 바라보았다. 레나는 멀쩡해 보였지만 티아 쪽은 부상병을 부축하고 있었던 탓인지 옷이 피로 붉게 물들어 있었다.

'나를 보고 그 누군가 쪽에서 먼저 움직여 준다면 좋겠는데…….'

주변에는 마력적인 기색이 넘쳐 나고 있었다. 남작의 가신들 중에는 마법사가 끼어 있지 않았지만 공주와 동행한 호위 중에는 뛰어난 실력의 마법사가 끼어 있었던 것이다. 그들이 펼치는 주문과 마법진으로 인해 하급마를 끌어들인 마법사의 기척을 찾아낼 수가 없었다.

"계약 1조 1항에 의거, 나 세르티드 레플리카는 시온 시에트로 고르도스의 힘을 빌리겠습니다."

내 속삭임에 오웬의 힘이 빠져나가고 시온의 힘이 내게 깃들었다. 펜던트를 통해 오고 가는 힘의 변화에 마나를 다룰 수 있는 자들이 이채를 띠었다. 돌변한 힘에 가장 먼저 반응한 것은 하급마들이었다. 슬슬 주위를 맴돌며 눈치를 살피던 것들이 어느새 썰물 빠지듯 사라졌던 것이다.

"이건 대체……."

누군가 내게 말을 걸려 했지만 내가 내뿜고 있는 투기에 짓눌려 다가오지 못했다. 나를 앞서 검을 휘둘렀던 레오폴드마저 할 말을 잃고 뒤로 둘러서고 있었다. 내가 앞으로 걸어가자 주위 사람들이 좌우로 비켜서겨 길을 터주었다.

"세, 세틴……."

아이언에게 팔을 붙잡힌 티아가 복잡한 표정으로 나를 바라보고 있었다. 그녀는 내게 다가오려는 것 같았지만 내 기운에 발이 떨어지지 않는 모양이었다. 티아의 곁에서 검을 세우고 있던 라힐 역시 얼빠진 표정으로 나를 쳐다보고 있었다.

'미안. 지금 투기를 거둬들이면 그것들이 돌아와 버려.'

그 다법사가 나타나지 않는다면 우선은 저택을 감싸고 있다는 결계를 깨드릴 필요가 있었다. 나는 홀을 가로질러 잠겨 있는 현관을 착잡한 표정으로 바라보았다. 전격계의 마법이 걸려 있는지 손을 대려 하자 스파크가 일었다.

─간단한 주문이군. 굳이 검을 사용할 필요도 없을 거다.

시온의 부름에 나는 그의 힘을 사용했다. 발산한 기운이 문에 걸려 있던 주문과 부딪치며 현관문이 폭음을 내뿜으며 바깥 쪽으로 터져 나갔다.

"으, 으아아!"

종잇장처럼 찢겨져 나간 문짝에 내가 경악에 찬 시선을 보내자 시온은 '훗' 하고 가볍게 웃었다.

─이 정도야 당연하지.

'감탄을 하고 있는 게 아닌데⋯⋯.'

나는 한숨을 쉬며 현관의 앞에 펼쳐진, 저택의 전부를 감싸고 있는 거대한 실드를 바라보았다. 내가 내뿜는 시온의 기운과 맞물려 그것은 푸르스름한 마나의 입자를 허공에 뿌리고 있었다. 내가 그것을 향해 한 발 한 발 다가가자 트레스가 말했다.

─견고한 주문입니다만 마족인 시온의 힘에는 대항할 수 없을 겁니다. 공격하십시오. 아마도 저것을 파훼시키면 그 반동이 시전한 이에게로 돌아갈 겁니다. 만약 저들 중에⋯⋯.

"저들 중에? 그게 무슨⋯⋯?"

"꺄아악!"

레나의 비명 소리에 나는 뒤를 돌아보았다. 호위기사들 속에서 안전히 보호받고 있어야 할 레나가 기이한 괴물의 손에 잡혀 비명을 지르고 있었다. 괴물은 사람들 속에서 솟구친 듯이 몸을 일으키고 있었다. 사람의 몸통에 양의 머리를 얹어놓은 듯한 그 모습에 나는 경악하며 그것을 올려다보았다.

"끄악! 악마상이다!"

내가 눈매를 좁히며 중얼거리자 쉰 목소리의 아리시네스가 대답했
다.

―합성수다. 인간이 생각하는 악마의 모습을 본딴 것뿐이지.

"워, 원래 저렇게 큰 건가요?"

떨리는 목소리로 묻자 시온이 부인하며 말했다.

―아니. 주문을 써서 크게 만든 거야. 갑자기 저런 개체 따위가 생겨
날 리 없지.

―본래 크기는 성인 남자 정도일 겁니다. 상황으로 봐서는 역시 마
법사들 틈에 섞여 있었던 것 같군요. 그렇다면 저 괴물체는 기사들 중
하나를 변화시킨 걸 겁니다.

그 말은… 저, 저게 사람일지도 모른다는 얘기?!

나는 마른침을 삼키며 커지는 그것을 바라보았다. 양의 머리를 얹어
놓은 사람의 형상은 점점 커져 이미 천장에 닿을 듯 높아지고 있었다.
얼어붙은 채 그것을 바라보는 내게 트레스가 속삭였다.

―손속에 사정을 두지는 마십시오. 전에 인간이었다고 해도 저렇게
된 이상 본래의 모습으로 돌아올 가능성 따위는 없습니다.

트레스의 말에도 다른 종속자들은 조용했다. 갈색 털로 전신이 뒤덮
인 괴물은 기이한 목소리로 울부짖고 있었다. 커다랗게 뜬 붉은 눈과
머리 위로 난 커다란 두 개의 뿔은 트레스의 말처럼 그 사람이 다시 본
래의 모습으로 돌아올 수 없음을 보여주는 것 같았다.

'솔직히 말하자면 트레스의 말은 거짓… 같지만……'

손아귀에 잡힌 장검이, 그 금속의 감촉이 섬뜩하게 느껴졌다.

'손속에 사정을 둘 생각 따위는 없어. 전력을 다한다.'

괴물의 손에 잡힌 레나가 위태로운 눈길로 아래쪽을 바라보고 있었
다. 커다란 산양의 머리가, 귀까지 찢어진 입이 벌어지며 이빨이 드러
나자 레나는 참지 못하고 비명을 질렀다.

"꺄아아아아악!"

찢어질 듯한 비명 소리에 검기를 일으킨 기사들이 달려들었지만 괴
물이 팔을 휘젓는 것만으로 검기를 날리던 기사 둘이 벽에 처박혀 더
이상 움직일 수 없게 됐다. 아이언이 검을 세우며 달려들듯 하자 어디
선가 티아를 노리고 불꽃 화살을 내쏘았다.

"큭!"

라힐이 티아를 감싸며 뒤로 물러섬과 동시에 아이언이 그 앞으로 달
려와 불꽃 화살을 베었다. 마나를 머금은 검격에 주문이 틀어지자 나
는 괴물의 어깨 위를 노려보았다. 주문은 거기에서 쏟아져 내려왔던
것이다.

"다른 이라면 모르지만 당신이 나서는 것은 위험하지."

누군가 괴물의 목 위에서 모습을 드러내며 그렇게 말했다. 초록색
머리칼을 늘어뜨린 남자는 힐끗 아이언과 라힐의 뒤에 선 티아를 바라
보았다.

"기왕이면… 저쪽의 공주님을 선택하고 싶었지만 손에 넣기가 까다
롭더군."

"아이작! 이게 무슨 짓인가!"

알고 있던 자인지 중년의 기사 하나가 소리쳤지만 마법사는 픽 웃으
며 내 쪽으로 고개를 돌렸다. 멀어서 확실히 보이지는 않았지만 그는
내 목에 걸린 펜던트를 바라보고 있는 듯했다.

"거래를 원한다."

“거래?”

“거래라니? 무슨 소리지?”

수군거리는 사람들의 말소리와 시선이 나를 향하고 있었다. 나는 착잡한 표정으로 마법사를 올려다보았다. 마법사는 천천히 손을 들어 올려 고물의 손아귀에 잡힌 레나를 가리켰다.

“저 공주님과 네가 가진 그 목걸이를 바꾸자.”

또 그 소리……. 역시 남작의 일은 저 녀석의 사주인가?

나는 똑바로 마법사를 올려다보았다. 어느 사이엔가 술렁이던 사람들이 조용해지고 있었다.

“목걸이를 건네면 레나… 공주님을 넘겨주겠다는 소리냐?”

“물론이다. 목걸이를 건네받는다면 너희에게 볼일은 없다. 모두 풀어주마.”

마법사는 나를 내려다보며 웃고 있었지만 그의 목소리는 차가웠다. 대체 무슨 목적이지? 저런 녀석이 어떻게 공주의 일행에 끼어 있었던 것일까? 의문스러웠지만 한 가지는 분명한 것 같았다. 저 녀석은 처음부터 이 저택 안의 누구도 살려둘 마음이 없었다.

“알았어요.”

내가 순순히 목걸이를 풀자 펜던트에 대해서 알고 있는 레오폴드와 라힐, 티아가 불안한 눈길로 나를 쳐다보았다. 수레바퀴 모양의 펜던트 안에서 종속자들은 숨을 죽이고 내가 하는 행동을 지켜보고 있었다. 내가 은색 사슬 줄과 함께 펜던트를 손에 쥐자 마법사는 만족스러운 눈길로 나를 보았다. 나는 펜던트를 쥔 채로 마법사를 향해 말했다.

“먼저 공주를 내려줘요.”

“목걸이가 먼저다.”

나는 힐끗 레나를 바라보았다. 다치게 하고 싶지 않았다. 하얗게 질려 가늘게 떨고 있는 레나는 눈물을 흘리고 있었다. 공주라고는 하지만 레나는 나보다 세네 살 정도 어린 소녀였다.

'차라리 기절해 버리는 쪽이 편할 텐데……'

내가 망설이는 듯하자 마법사는 가늘게 뜬 눈으로 나를 내려다보았다.

"공주의 목숨이 아깝지 않은 건가?"

"아깝지만… 이쪽에는 당신이 약속을 지킬 거란 확신이 없으니까요."

"홍정을 할 여유가 아직 남아 있는 모양이군."

마법사는 힐끗 레나 쪽을 바라보았다. 마법사가 눈짓을 하자 괴물은 엄지손가락을 들어 위협하듯 레나의 머리칼을 쓰다듬었다. 저놈, 인간의 의식이 남아 있다. 괴물이라면 저런 식으로 머리를 쓰다듬을 리가 없는 것이다. 스스로의 의지로 움직이는 거라면 이쪽도 정말 봐줄 이유가 없었다.

"팔이나… 다리 한쪽을 부러뜨려 볼까? 목숨과는 관계없는."

여유로운 미소를 띠며 나를 돌아보던 마법사가 굳어졌다.

"이 이상으로 그 애에게 손을 대면 죽이겠다."

차갑게 가라앉은 내 목소리가 홀 안을 울리고 있었다. 내 얼굴을 바라보고는 한순간 굳어졌던 마법사는 과장된 표정을 지으며 웃었다.

"하, 아하하하! 네가 무슨 수로 나를 죽이겠다는 거야?"

"손을 대면 죽인다! 인간이라고 해서 봐주지 않아!"

싸늘한 목소리에 마법사의 웃음소리가 잦아들고 있었다. 그는 분노에 찬 얼굴로 나를 쳐다보며 소리쳤다.

"목걸이를 던져라! 목걸이를 건네받은 다음에 공주를 놓아주겠다!"

"좋을 대로."

나는 펜던트를 괴물의 머리 위로 던졌다. 은빛 사슬이 하늘 위로 흩어지며 펜던트가 치솟았다.

"이런!"

당황한 얼굴로 마법사는 펜던트를 받기 위해 손을 뻗쳤다. 균형을 잃은 그가 아슬아슬하게 은줄을 붙잡으며 괴물의 어깨 위에서 떨어지려는 순간 나는 그의 심장을 향해 검을 던졌다. 그의 눈동자가 공포로 물드는 순간 장검이 그의 심장에 틀어박히며 힘의 여파를 이기지 못하고 칼과 함께 벽에 박혔다.

"아이언!"

타아의 짧은 고함 소리가 터져 나오기도 전에 아이언은 움직이고 있었다. 그가 바닥을 박차며 휘두른 검기가 레나를 움켜쥔 팔의 근육을 잘라냈고, 라힐과 다른 기사들이 달려들어 괴물의 손목을 끊어냈다. 잘려진 손목을 붙잡고 괴물은 미친 듯이 울부짖고 있었다.

나는 마법사가 칼에 찔리면서 떨어뜨린 펜던트를 받으며 시온의 검을 꺼냈다. 평소대로라면 묵빛의 긴 검신 위로 푸른 검기가 머금어졌겠지만 오늘은 달랐다. 마치 먹물이 퍼져 나가듯 검은 기운이 검을 휘감으며 아지랑이처럼 일렁이고 있었다.

크아아아아아악!

울부짖는 괴물의 비명을 들으며 나는 바닥을 박차고 도약했다. 머리 위로 들어 올린 검날에 맺힌 검기가 이미 주위를 검은빛으로 물들이고 있었다.

"죽어!"

냉혹한 빛을 뿜으며 검기가 괴물의 목줄기를 갈랐다. 분수처럼 솟구치는 피가 괴물의 육신을 적시고 사람들의 머리 위로 떨어졌다. 삽화로만 보았던 악마의 모습을 닮은 양의 머리가 이층의 난간을 부수며 바닥으로 굴러 떨어졌다. 천천히 뒤로 무너지는 괴물의 몸통을 보며 나는 기사들에 의해 잘려 나간 괴물의 손을 돌아보았다. 레나가 아직 괴물의 손아귀에 갇혀져 있는 것이다.

"이거, 안 돼! 잘라내야겠어!"

난처한 목소리를 울리며 기사 하나가 단도를 꺼내 들었다. 괴물의 손이 레나를 쥔 채로 굳어져 움직이지 않는 것이다. 떨어질 때 괴물의 손이 어떻게든 충격을 막아주었지만 잘라내지 않으면 레나를 쥔 손가락이 풀어지지 않을 것 같았다.

"큭! 공주님, 잠시만 참으십시오."

레나의 호위기사가 안심시키려는 듯이 그렇게 말하자 레나는 힘없이 고개를 끄덕였다. 그의 부하쯤으로 보이는 기사가 단도를 든 채 괴물의 엄지손가락으로 다가가는 것을 보고 나는 눈매를 좁혔다.

'그래 가지고 어느 천년에!'

사람들을 헤치고 다가가자 단도를 들고 있던 기사가 당황한 듯이 나를 쳐다보았다.

"잠시만."

살짝 고개를 숙이고 앞으로 나아가자 기사는 머뭇거리며 뒤로 비켰다. 레나는 눈물을 글썽거리며 나를 쳐다보고 있었다.

"괜찮으니까… 안심하고 있어."

손가락 하나가 내 팔뚝보다도 굵어 보였다. 나는 그것을 붙잡고 바깥쪽으로 구부렸다.

우드득!

날카로운 뼛소리가 울리며 엄지손가락이 꺾였다. 나머지 손가락을 그런 식으로 해서 차례로 구부리자 레나는 울먹이며 내게 안겨왔다. 아직도 눈물이 남았는지 울음을 터뜨리는 그녀를 토닥이며 호위기사들 쪽을 쳐다보자 그들은 묵인한다는 듯이 눈길을 돌렸다.

'어떻게 한숨은 돌렸는데……'

힐끗 돌아본 귀족들과 기사들의 눈빛이 따가웠다. 나는 한 팔로 레나의 등을 토닥이며 멋쩍은 웃음을 지었다.

'이거… 골치 아프게 생겼네.'

【제4화】
대장장이 랄프 & 개빈

침대 옆의 촛대에서 어슴푸레한 불꽃이 흔들리고 있었다. 레나와 내 주위에는 아무도 없다. 침실 바로 옆에 붙어 있는 방 안에서 시녀들이 대기하고 있겠지만 종을 울리거나 소리쳐 부르지 않는 한 안으로 들어오지 않았다.

─잠이 든 것 같군요.

종속자들의 목소리는 내게밖에 들리지 않는데도 에레타는 소리 죽여 말했다. 나는 고개를 끄덕이며 잠든 레나의 얼굴을 바라보았다. 곤히 잠이 든 레나의 얼굴은 평온해 보였다. 나는 조심스럽게 레나에게 잡힌 옷자락을 빼내려 했지만 옷자락을 잡아당기자 레나의 얼굴이 찡그려졌다.

"으응……."

─저거, 자는 거 맞아?

의심스러운 듯 시온이 말하자 나는 눈매를 좁히며 레나를 쳐다보았다. 반쯤 실신하여 괴물의 손아귀에서 끄집어내진 레나는 내게서 떨어지려 하지 않았다. 끌어안고 놓지 않으려는 것을 간신히 진정시켜 침대에 누인 것이다. 잠이 든 와중에도 레나는 불안했던지 내 옷자락을 붙잡고 있었다.

'애들한테 이렇게 인기있었던 적은 없는데…….'

나는 잠시 망설이다 겉옷의 단추를 풀었다. 조심스럽게 한쪽 팔을 빼고 잡혀 있던 소매에서 천천히 어깨를 뺐다. 잡혀 있던 허리 쪽의 옷자락이 느슨해지자 레나는 좀 더 옷자락을 꼬옥 움켜쥐는 것 같았지만 깨어나지는 않은 모양이었다. 나는 그대로 천천히 자리에서 일어났다.

―그 소동이 일어났는데도 왠지 조용하군요.

에레타의 말에 나는 천천히 고개를 끄덕이며 문을 열었다. 상당히 늦은 시간이었다. 하급마의 사체나 사람의 시체를 옮기기 위해 분주히 움직이는 사람의 기척도 더 이상 들리지 않았다.

나는 문밖으로 나가기 전 잠시 침실 안을 들여다보고 문을 닫았다. 협탁 위의 촛대는 레나가 어두운 것이 싫다며 켜달라고 한 것이다.

'뭐, 상관없겠지.'

문은 닫히면서 찰칵 하는 작은 소리를 냈다. 침실과 연결되는 곳에는 응접실과 같은 커다란 방이 마련되어 있었다. 벽에 세워져 있는 긴 의자 위에서 시녀 둘이 잠들어 있었지만 그녀들은 내 발소리를 듣지 못한 것인지 일어나지 않았다.

새근거리는 가느다란 숨소리를 들으며 나는 방 밖으로 나갔다.

"후우……."

"이제 나오시는 겁니까?"

들려오는 목소리에 나는 깜짝 놀라 뒤를 돌아보았다. 뒤에는 파란색 셔츠로 갈아입은 라힐이 벽에 기대서 있었다. 그는 천천히 몸을 일으키며 말했다.

"공주님께서는 이제 잠이 드신 겁니까?"

"어… 응."

나는 무심결에 떨떠름한 목소리로 대답하고 말았다. 대체 몇 시간 동안이나 이 앞에서 기다렸단 말인가. 레나는 한두 시간 사이에 잠이 든 것이 아니었다.

"…나오지 않으셔서 혼자 사라져 버리신 것이 아닌가 했습니다."

"따로 갈 생각은 했지만 아무 말 없이 갈 생각은 없어요."

내가 말하자 라힐은 잠시 말을 멈추었다.

"그, 그렇… 습니까?"

그가 당황한 기색으로 눈을 피하자 나는 그의 앞에서 비켜섰다. 라힐이 아무 생각 없이 몇 시간 동안이나 나를 기다렸으리라고는 생각할 수 없었다. 나는 그의 팔을 살짝 잡아당기며 말했다.

"나와 이야기를 할 생각이라면 다른 곳으로 가요. 여기는 장소가 좋지 않으니까."

나의 말에 라힐은 고개를 끄덕였다.

벽마다 기름 등잔이 달려 있어서 희미하게 기름 냄새가 배어 있었다. 기름 등잔은 불이 밝지도 않거니와 벽에 기름 냄새가 배인다. 나는 어슴푸레하게 빛나는 등불 사이를 걸으며 이따금씩 오가는 경비병들을 바라보았다.

급작스러운 습격으로 인해 그들은 긴장된 상태였다. 영주인 샤하스 남작은 아직 발견되지 않은 상태였고, 남작의 바로 밑에서 일하던 측근들까지 모두 사라진 터라 아직 혼란에서 벗어나지 못한 것이다. 지금 남작의 저택에서 사람들을 지휘하는 것은 레나와 동행하고 있던 랄프라는 기사였다.

'개구리인 상태에서 죽임을 당하면 저주가 풀어진다고는 했는데… 개구리의 수명이 어느 정도더라……?'

죽든 원래의 모습으로 돌아오든 나와는 상관없는 일로 여겨졌다. 내 입장에서는 죽이지 않고 살려둔 것만으로 많이 봐준 거니까.

라힐과 나는 남작의 저택에 있는 정원으로 향하고 있었다. 건물 안은 듣는 사람이 너무 많아 믿을 수가 없다. 저택의 서재는 개방되어 있었다. 서재와 연결되는 테라스를 통해 정원으로 나가자 라힐이 말했다.

"당장… 떠나실 생각이십니까?"

머뭇거리는 그의 어조에 테라스의 문을 닫던 나는 그를 돌아보았다.

"당장은 아니지만 일단 오늘 밤에 떠날 작정이에요."

"어째서입니까?"

라힐이 언성을 높이자 나는 약간 놀란 얼굴로 그를 쳐다보았다. 그러자 라힐은 얼굴을 붉히며 시선을 떨구었다.

"실례했습니다. 제가 잠시 흥분했던 모양입니다."

"아뇨. 흥분할 것까지는 없다고 생각하는데……."

내가 떠나는 데에 라힐이 화를 낼 것이 뭐가 있단 말인가? 게다가 그 정도 소리친 것으로는 크게 불쾌할 것도 없었다. 누군가 그 목소리를 듣고 달려나온다면 곤란하겠지만 말이다.

"왜… 떠나시려는 건지 물어도 되겠습니까?"

조심스럽게 건네는 라힐의 말에 나는 그를 물끄러미 바라보았다.

"완전히 떠나겠다고 말하는 것은 아니에요. 티아 공주님께서 무사히 왕궁으로 도착하셔야만이 나도 의뢰비를 받을 수 있으니까. 다만 에나시올에 갈 때까지만 따로 움직이자는 거지요."

"에나시올까지는 고작 삼 일 거리입니다. 따로 움직일 필요가 있을까요?"

라힐의 물음에 나는 눈매를 좁히며 말했다.

"불안해하고 있잖아요, 다들. 표현하지는 않지만 이번의 사건은 나로 인해 일어난 것이라고 생각하고 있어요. 그 마법사가 내게 물건을 요구했으니까. 그렇기 때문에 따로 가려는 거예요."

"그 일이라면 두 분 공주님께서도 신경 쓰고 계시지 않습니다. 게다가 세틴님께서 계셔주셨기 때문에 큰일이 벌어지지 않은 겁니다."

'아니, 좋은 쪽으로 생각해 주는 건 고마운데 그건 좀 아니라고 봐.'

그런 말을 팔마스의 기사들 앞에서 했다가는 좋은 소리를 듣지 못했겠지만 어찌 되었든 나를 위로해 주려는 라힐의 마음은 고마웠다. 문제는 ······.

'내가 그렇게 섬세한 신경을 가지고 있지 못하다는 거지.'

책임을 느끼지 않는 것은 아니지만 문제의 마법사는 팔마스 쪽에서 나타났다. 시온의 등장과 펜던트를 사용하여 그를 붙잡은 것은 내 부주의라고 할지라도 유혹을 이기지 못하고 하지 말았어야 할 일을 한 것은 그 사람 쪽이었다.

'하지만 그런 희한한 생물을 사용한 점과 기사를 괴물로 변신시켰다는 부분이 많이 걸리는데 말이야··· 그 정도 실력이라면 일개 귀족에게 고용될 필요가 없었을 텐데 왜 이런 일행에 끼어 있던 거지?

더군다나 남작을 부추겨 먼저 내 실력을 시험해 보기까지 하고 말이다. 막판에는 그냥 덤벼들었다고는 하지만 너무 쉽게 내게 당해 버린 느낌도 들었다. 그래서 일단 팔마스의 귀족들에게서 떨어져 지켜보려는 것이다.

"그렇다고는 해도 서로 불편하게 있을 필요는 없잖아요. 돌아갈 때는 확실하게 합류할 테니까."

"결심을 굳히셨군요."

별로 결심이라고 할 것도 없었는데 굳이 말하자면 지도와 나침판을 챙겼다고나 할까? 물론 필요한 옷가지도 함께 말이다. 내가 심드렁한 눈빛으로 라힐을 바라보고 있는데도 녀석은 혼자 분위기를 잡고 있었다. 그는 목의 단추를 풀더니 로켓이 달린 목걸이를 풀어내 내게 내밀었다.

"잠시 맡아주셨으면 합니다."

내가 그렇게 신용이 없나? 돌아온다니까 그러네. 의뢰비를 마저 받기 위해서는 나는 확실히 돌아올 이유가 있었다. 그게 아니라면 내 고생이 모두 물거품이 되는 것이다. 나는 눈살을 찌푸렸지만 받지 않으면 잔소리가 길어질 것 같기에 일단 받아두었다.

나는 힐끗 그의 목덜미를 쳐다보고는 말했다.

"그건… 아직 다 낫지 않은 모양이네요."

"아, 이거 말이군요."

라힐의 목에는 그 마녀가 붙잡았을 때의 화상이 아직 남아 있었다. 마력으로 일으킨 발열에 의한 상처라 쉽게 아물지 않는 것이다. 라힐은 나의 말에 옷깃을 여며 화상 자국을 가렸다.

"그, 그리 대단치는 않습니다."

그대로 내버려 두면 상처 자국이 그대로 남을 것 같았다. 거울을 들여다볼 때마다 그 마녀에게 붙잡혔던 기억을 떠올리는 것은 그리 유쾌한 일이 아닐 것이다. 나는 가만히 계약의 말을 외워 에레타의 힘을 빌렸다. 차분한 흰 빛이 펜던트에서부터 흘러나와 내 몸에 깃들었다.

내가 라힐의 곁으로 다가가자 그는 잠시 멈칫거렸으나 시선을 다른 곳으로 돌리고 가만히 서 있었다. 나는 그의 목덜미에 손을 가져가 치유의 빛을 발했다. 은은한 빛이 어둠 속으로 흘러들며 열기로 인해 일그러졌던 상처를 치유시켰다. 화상으로 인한 자국이 사라지고 원래의 모습으로 돌아가자 나는 그의 목에서 손을 떼었다.

내가 물러서자 라힐은 조심스럽게 상처가 남아 있던 자신의 목덜미를 어루만졌다.

─약간 화끈거리는 것은 남아 있더라도 하루 이틀이면 사라질 거예요. 저분께 그렇게 말씀드려 주세요.

에레타의 음성에 나는 그녀의 말을 그대로 옮겨 라힐에게 전해주었다. 라힐은 그에 미안한 듯이 나를 바라보며 말했다.

"폐를 끼쳤군요."

"폐라고 말할 정도는 아니에요. 라힐이 언제나 내게 친절히 대해주었다는 것을 알고 있으니까. 그런데 라힐의 용건은 이게 다인가요?"

"아뇨. 하지만 오늘은 이걸로 된 것 같습니다."

"되다니요?"

내가 어리둥절해하며 쳐다보자 라힐은 싱긋 웃었다. 그는 나를 지나쳐 테라스의 문을 향해 걸어가며 말했다.

"다시 돌아오실 것 아닙니까? 그때 계속하지요."

"그럼 라힐, 다른 사람들에게 잘 말해 줘요."

라힐이 테라스의 문고리를 잡았을 때 내가 그렇게 말하자 라힐은 천천히 나를 돌아보았다.

"알겠습니다. 기다리지요."

그가 그렇게 말하고 돌아서자 나는 정원을 가로질러 저택의 정문을 향해 걸어갔다. 간간이 저택의 경비병과 순찰을 돌고 있는 기사들의 모습이 보였지만 그들의 눈을 피하고 정문까지 가는 것은 일도 아니었다. 에레타 역시 시온이나 오웬만큼의 능력을 갖추고 있었다.

내가 거리낌없이 저택의 담을 넘어 유유히 시가지 쪽으로 걸어가자 오웬이 놀리는 듯이 말을 걸었다.

―후회하지 않겠어? 저들과 함께라면 각 영지에 도착할 때마다 귀족들의 환대를 받을 수 있을 텐데. 좀 더 안쪽으로 들어가면 이런 작은 영지와는 비교도 되지 않는다고.

"도착하는 족족 불청객 취급을 받고 말이죠? 기사들과 귀족들이 묘~한 눈초리로 째려보는 것은 이제 질렸어요. 게다가 곧 그믐이라고요."

―그렇군요. 어떻게 될지 모르니 알고 지내던 사람들과는 거리를 두는 것이 좋을 겁니다.

트레스의 말에 나는 불안한 얼굴로 펜던트를 내려다보았다.

"변하게 될까요?"

―확실히는 모르겠습니다. 남자로 변화한 이유를 모르니 여자로 변하게 되더라도 변하지 않는 이상은 그 이유를 알지 못하겠지요.

"남자로 변한 이유도 모르잖아요."

내가 말하자 트레스가 조용해졌다. 현 진행 상태를 봐서는 레나 일행은 그믐이 지난 후에야 수도로 입성할 것 같았다. 그동안 나는 느긋하게 휴식을 취할 생각이었다. 솔직히 여기 귀족들 사이에 있는 것은

너무 불편하다. 나는 한발 먼저 팔마스의 수도인 에나시올에 도착해
아프렌이라는 종족에 대해 알아보기로 하고 도시를 떠났다.

밤새도록 샤이시스의 등에서 찬바람을 맞아야 했기 때문에 다음날
에나시올의 여관에서 일어난 것은 상당한 시간이 흐른 뒤였다. 거의
새벽에 가까운 시간에 여관을 잡고 잠을 청했기 때문에 아침이라고는
해도 식사 시간이 훨씬 지난 후였다.

나는 길게 풀어헤쳐진 내 검은 머리칼을 쓸어 올리며 침대 위에서
몸을 일으켰다. 예상대로 샤이시스는 방 안에 없었다. 팔마스의 수도
인 에나시올까지 태워주는 대신 다른 이들을 제치고 그에게 먼저 자유
시간을 주었던 것이다.

"흐암~"

늘어지게 하품을 하고 목 언저리를 더듬자 펜던트의 줄이 만져졌다.
나는 펜던트를 들여다보며 말했다.

"잘 잤어요?"

─잠은 무슨 얼어죽을.

시온은 왜 아침부터 신경질이래? 나는 고개를 갸웃거리고는 펜던트
를 벗어다 서랍장 위에 올려놓았다. 그 위에 베개를 얹어 펜던트를 가
려 버리자 종속자들의 비명이 들려왔지만 이 수밖에 없었다. 내가 일
인실을 잡고 있기는 했지만 방에 따로 화장실이 붙어 있지는 않은 것
이다.

나는 옷을 갈아입고는 베개를 들어 올렸다.

─너, 이 안에서 위를 올려다보면서 이야기하는 미족의 심정을 알고
는 있는 거야?

“잠깐은 상관없잖아요.”

펜던트를 목에 걸며 대답하자 오웬은 쯧쯧 혀를 찼다.

―칠칠맞긴. 칼라가 뒤집혔잖아. 제대로 좀 하고 다녀.

아, 그런가? 나는 힐끗 거울을 돌아보고는 옷매무새를 가다듬었다. 하나 오웬은 그것으로 성이 차지 않는다는 듯 손이 근질거린다는 식으로 내게 소리쳤다.

―그런 평범한 옷이라니! 절대로 예쁘긴 하지만 그것만으로는 부족해! 얼른 날 꺼내! 나라면 어떤 남자라도 널 원하도록 만들어줄 수 있어!

“내가 지금 남자라는 것은 자각하고 있는 거예요?”

―아름다운 것을 아름답다고 말하는 데에 남녀는 상관없어!

“난 상관있어요.”

내가 단호한 어조로 말하자 오웬은 내가 자길 버렸다며 흐느꼈다. 대체 가진 적도 없는데 버리기는 누가 버렸다는 말인가? 나는 찡그리며 펜던트의 동공에서 돈 주머니를 꺼냈다. 펜던트는 물건을 집어넣는 것도 꺼내는 것도 간단해서 들어가라고 말하고 나오라고 하면 쉽게 물건을 넣었다 뺐다 할 수 있었다.

“우는 척 그만 해요.”

―매정하긴. 다른 여자들한테는 그렇게 상냥하면서.

오웬의 투덜거리는 말에 나는 눈매를 좁히며 그녀에게 물었다.

“누가요?”

―네가. 유독 그 어린아이한테만은 친절했잖아. 난 좀 더 딱 잘라 버릴 거라고 생각했는데.

아아, 레나를 이야기하는 건가?

“별로 친절했던 기억은 없는데요? 지난번에도 곁에 있어주기로 해 놓고는 그냥 나와 버렸고.”

—그럼 왜 굳이 손을 써가며 구해준 거야? 펜던트를 건네달라고 했을 때 나는 네가 거절할 줄 알았어. 너에게 이 물건은 그 정도의 가치밖에는 가지지 못한 거야?

그녀의 어조는 비난하는 투가 아니었지만 나는 어쩐지 그녀가 내게 어리광을 부리고 있다는 느낌을 받았다. 그렇기에 나는 가만히 입을 다물고 펜던트를 내려다보았다.

—그런 거야?

“펜던트와… 맞바꿀 수 있는 건 자신의 운명뿐이니까요. 건네줘도 그는 사용할 수 없었어요. 그는 그만큼의 대가를 지불하지 않았으니까.”

나는 그렇게 말하며 테이블 앞의 의자에 걸쳐 두었던 겉옷을 집어 들었다.

식사 시간이 지난 터라 아래층의 식당은 한가한 편이었다. 내가 하품을 하며 계단을 타고 내려오자 여관 주인의 딸로 보이는 아가씨가 반갑게 맞았다.

“이제 일어나셨어요? 식사를 준비할까요?”

“아, 예. 간단한 메뉴로 부탁드릴게요.”

내가 말하자 아가씨는 발그레하게 뺨을 붉히며 고개를 끄덕였다. 그녀가 안쪽의 주방으로 들어가자 나는 가게 안을 둘러보고 적당한 자리에 가서 앉았다.

“샤이시스는 어제 안 들어왔어요?”

내가 묻자 펜던트 안의 시온이 퉁명스러운 목소리로 대답했다.

─흥! 돌아올 리가 있겠냐? 녀석은 삼 일가량이 되니까 끝나는 날까지 절대로 오지 않을 거다.

"그런가? 그럼 이번에는 시험 삼아 두 사람씩 보내볼까요?"

내가 묻자 이플리트가 툴툴거리며 말했다.

─하면 하는 거지 시험하는 건 또 뭐냐?

"그야 시온 같은 경우라면 감당하기가 어렵잖아요. 아직 힘을 빌리는 것도 익숙지 않고… 또 누군가 정보를 모아주었으면 좋겠는데."

─무슨 정보?

세리나의 물음에 나는 힐끗 음식을 가지고 이쪽으로 오고 있는 아가씨를 바라보았다. 그녀는 나와 눈이 마주치자 약간 주춤하는 것 같았다.

"팔마스 왕실에 대한 정보요. 내가 알기로는 레나가 현 왕의 유일한 자식이라고 들었는데 호위나 그녀에 대한 처우가 너무 허술하다는 생각이 들어서요. 게다가 펜던트를 노리고 달려든 그 마법사도 너무 대담하달까? 그런 자가 공주의 호위에 끼어들어 있었다는 것도 좀 신경 쓰이고요."

─흐응~ 이러니저러니 해도 신경 쓰이나 봐, 그 애?

오웬의 물음에 나는 피식 웃으며 다가온 아가씨에게서 음식을 받았다. 부드러운 빵과 수프, 샐러드와 몇 가지 음식이 담긴 접시가 테이블 위로 올려지자 그녀는 쟁반을 들고 테이블에서 멀어졌다.

"며칠간은 머물러야 하잖아요. 아무 일도 없다면 좋겠지만 사주를 한 사람이 왕궁과 관련있는 자라면 틀림없이 공격해 올 테니까."

─그 마법사로 끝이 아니라는 건가요?

에레타의 말에 나는 고개를 끄덕였다. 시온을 펜던트로 끌어들이는 장면을 여러 사람에게 보인 것은 확실한 나의 실수였다. 그때 여러 귀족들과 기사들이 그 광경을 보았으니 어느 정도 소문이 나는 것을 각오해 두어야 할 것이다. 하지만 그렇게 빨리 손을 쓸 것이라고는 생각하지 못했다. 틀림없이 누군가가 뒤에 있다고밖에는 생각할 수 없었다.

"그런 의미에서……."

나는 씨익 웃으며 수저를 들고 펜던트를 내려다보았다. 그러자 레스트레온이 소름 끼친다는 목소리로 소리쳤다.

─뭐, 뭐냐?

"아뇨. 이번에는 어떤 놀이로 뽑을까 해서."

내가 수프를 뜨며 그렇게 말하자 이플리트가 기운 빠진 목소리로 말했다.

─뽑기로 한다더니…….

"그거 도구를 잊어버렸거든요. 그럼 오늘은 대장간부터 갈까요?"

─어째 너, 즐거워하는 것 같다?

"그럴 리가요."

나는 피식 웃으며 식사를 시작했다. 이번에도 분분하게 말이 많았지만 나는 간단히 사다리를 타는 것으로 나올 사람들을 뽑아버렸다. 지난번에 난동을 피운 대가로 대상에서 제외된 시온이 항의의 목소리를 높였지만 그런 것이 내게 통할 리 없었다.

"흠. 세리나와 이플리트… 네요. 괜찮으시겠어요?"

─괜찮고 말고가 어딨어! 얼른 꺼내기나 해!

닦달하는 이플리트의 말에 나는 쓴웃음을 지으며 펜던트를 내려다보았다.

"우선은 방으로 들어가고 나서요. 이런 곳에서 부를 수는 없으니까."

값을 치르고 방으로 들어가기가 무섭게 나는 창에 커튼을 쳤다. 펜던트를 들여다보며 계약의 말을 외우자 동시에 두 개의 조각이 바닥으로 떨어졌다.

하나는 불길로 이루어진 듯한 사람의 형상으로, 다른 하나는 푸른 단발을 목덜미로 드리운 아름다운 아가씨의 모습으로 변했다. 일순간 불어온 바람에 커튼이 펄럭였지만 변화가 이루어진 뒤인지라 나는 그리 신경 쓰지 않았다.

"하아, 이 모습, 너무 오랜만이야!"

세리나는 감격한 표정으로 중얼거리며 팔과 손을 움직여 보았다. 세리나와 이플리트는 내가 펜던트를 가지게 된 이후로 단 한 번도 나오지 못했던 것이다. 나 이전의 주인은 단 한 번도 이들 밖으로 내보내지 않았다고 하니 이들이 밖으로 나온 것은 몇만 년 만일 것이다.

"두 분, 약속 지키셔야 해요! 자유 시간은 나중에라도 드릴 테니까."

"알았으니 걱정 붙들어 매라."

"우리 없다고 무모한 짓 말고."

싱긋 웃으며 하는 세리나와 이플리트의 말에 나는 고개를 끄덕였다. 내가 답하자 두 사람의 모습은 순식간에 내 시야에서 사라졌다.

정오가 가까운 시각이라 거리는 사람들로 북적이고 있었다. 마차가 다니는 길과 인도가 깔끔하게 분리되어 돌이 깔려 있고 그 사이사이에 가로등이 놓여 있었다. 잘 정비된 주택과 도로를 바라보며 나는 길 가던 중년의 아저씨를 붙잡아 대장간이 어디에 있는지를 물었다. 똑같은 크기의 금속 패를 만들자면 대장간보다 좋은 곳이 없는 것이다.

중년의 아저씨는 큰길에서 약간 떨어진 곳에 무기와 함께 농기구 같은 것을 수선해 주는 대장간이 있다며 자세히 알려주었다. 나는 고맙다고 인사를 하고 그곳으로 달려갔다.

대장간은 큰길 안쪽에 그릇이나 마차 바퀴를 수선해 주는 곳과 함께 있었다. 여러 개의 대장간이 늘어서 있었지만 나는 그곳에서 손님이 거의 드나들지 않는 곳으로 찾아갔다. 어차피 검을 사거나 손보자는 것이 아니므로 크게 떨어지는 실력이 아니라면 상관없었다.

'그런데……'

나는 고개를 갸웃거리며 대장간 안으로 들어갔다. 모루와 망치, 커다란 화로와 집게, 물 양동이 같은 것이 눈에 들어왔지만 어디에도 주인이 보이지 않는다.

"어디 갔나? 도둑이라도 들면 어쩌려고."

가게 한쪽에는 팔리지 않은 검과 방패 같은 것이 걸려 있었다. 내가 가게 한쪽에 전시된 방어구에 흥미가 일어 그것을 들여다보고 있자 가게 안쪽에 쳐진 천막을 걷고 우락부락한 남자 둘이 밖으로 나왔다.

"아, 주인 되세……?"

"나가! 여긴 장사 안 해!"

엥? 뭐야, 그 말투? 기분 나쁘게. 내가 머뭇거리며 서 있자 남자는 왈칵 화를 내며 나를 밀쳤다.

"나가라니까 뭘 우물쭈물하고 있어!"

"우왓!"

남자의 손에 밀려 나는 땅바닥으로 넘어졌다. 나는 벌떡 자리에서 일어나며 소리쳤다.

“뭐 하는 짓이에요!”

“장사 안 한다고 했잖아! 썩 꺼지지 못해!”

덩치는 그렇게 소리치며 벽에 걸려 있던 검이며 방패 같은 것을 떼어내기 시작했다. 뒤늦게 무언가를 사가지고 온 청년이 그 남자들을 발견하고는 소리쳤다.

“뭐 하는 겁니까? 그건 저희 가게 물건입니다!”

청년은 품에 들고 있던 꾸러미를 내던지고 사내들에게로 달려들었지만 남자는 대뜸 칼을 뽑아 청년의 목에 겨누었다.

“무, 무슨 짓을⋯⋯?”

“돈을 갚지 못하면 물건이라도 내놓는 것이 당연한 거지! 오늘로 이자가 얼마나 밀렸는 줄이나 알아?”

“원금은 다 갚지 않았습니까! 어떻게 이자가 원금의 다섯 배가 될 수 있는 겁니까!”

고리대금인가? 어딜 가도 이런 건 꼭 있네. 투덜거리며 옷에 묻은 흙을 터는데 넘어지면서 손바닥이 까진 것인지 피가 흐르고 있었다.

‘쳇, 따끔거리잖아. 어딘가 가서 씻어야⋯⋯.’

“이게 무슨 짓이야!”

어디선가 엄청난 고함 소리가 터져 나오며 나를 밀쳤던 덩치가 십여 미터가량을 붕 떠올라 과일 가게 옆에 쌓아두었던 빈 상자 위로 털버덕 하고 엎어졌다.

“응?”

손바닥의 긁힌 상처를 들여다보던 나는 눈을 동그랗게 뜨며 목소리의 주인공을 쳐다보았다. 목 아래에서 살랑거리는 푸른 단발과 선명한 황금빛이 도는 검은 눈동자를 지닌 여자가 천천히 발을 내리며 남은 사내 하나를 돌아보고 있었다. 자신의 일행이 한 방에 나가떨어지자 덩치는 마른침을 꿀꺽 삼키며 여자를 돌아보았다.

"뭐, 뭐냐, 너는? 괴물?"

"감히… 입을 그따위로 놀려?"

가당찮다는 듯 코웃음을 치는 그녀의 태도에 남자는 오기가 일었는지 허리춤의 검을 뽑아 들었다. 힘을 빌리지 않은 상태의 나로서도 읽을 수 있는 하찮은 공격이었다. 그것이 그녀에게 통용될 리 없었다. 그녀는 상대하기도 귀찮다는 듯이 달려드는 남자의 손목을 잡아 옆으로 비틀었다.

"우와아아악!"

생각하고 말고 할 것 없이 뼈가 으스러졌을 것이 분명했다. 손목을 잡고 뒹구는 남자를 가소롭다는 듯이 쳐다보며 세리나는 내게로 다가왔다. 그녀는 어정쩡한 미소를 지으며 자신을 바라보고 있는 내 손을 잡아 상처를 들여다보며 말했다.

"그러게 신경 좀 쓰라고 말했잖아. 대체 뭐야? 저런 녀석들 따위에게 밀쳐지다니."

"그야 갑자기 밀쳐질 줄 알았나요."

세리나는 내 손바닥을 보더니 대장간 한쪽에 놓여져 있는 수통을 마음대로 열어 안을 확인하더니 내 손바닥 위에 부었다. 시원한 물이 쏟아지며 내 상처 자리를 씻어냈다.

"좀 까진 것뿐인데 저렇게 할 필요까진……."

"흥! 우리의 계약자인 네게 손을 댈 수 있는 건 우리들뿐이야. 다른 녀석들로 인해 네 육신이 상하다니… 불쾌할 따름이지."

씻어낸 상처 자리를 세리나가 어루만지자 상처는 순식간에 아물었다. 손목이 부러진 남자가 억지로 몸을 일으켜 세워 달아나는 것이 보였지만 나는 상관치 않고 세리나에게 물었다.

"그런데 무슨 일이에요? 이플리트랑 같이 정보를 모으기로 했잖아요."

"이플리트는 정령왕이니까 하위 정령들을 부릴 수 있잖아. 내가 따로 정보를 모을 필요는 없을 것 같더라고. 이플리트도 그렇게 말했고. 그래서 네가 뭐 하나 싶어 따라온 거지. 넌 좀 칠칠맞은 데가 있으니까."

"…별로 그 정도는 아니에요."

내가 한숨을 짓는 찰나 웅성거리는 사람들의 목소리가 들려왔다. 아니나 다를까, 아까 도망쳤던 남자가 시 경비대를 이끌고 나타난 것이다. 십여 명의 병사들이 중무장을 하고 달려온 것을 보고 나는 멍한 표정으로 그것을 바라보았다.

"저, 저 여자요! 나와 저 친구를 이렇게 만든 것이!"

전에도 말한 적이 있지만 세리나는 입만 다물고 아무런 행동을 취하지 않으면 상당히 청순해 보이는 외모를 가지고 있는 사람이었다. 어느새 차분히 눈길을 내리깔고 다가오는 병사들을 바라보는 모습에 나는 아무 말 없이 묘~한 표정을 지었다.

"무슨 문제라도?"

아까의 고함 소리와는 전혀 다른 어조와 목소리다. 구경하던 시민들이 기겁하는 듯한 표정을 지었지만 세리나 본인은 아무렇지도 않은 표정이었다. 몰려온 병사들은 도리어 당황한 듯이 우락부락한 남자를 돌아보았다.

"이… 사람들입니까?"

"보, 보면 모릅니까? 이 여자가 한 방에 저 친구를 저기까지 날리고 나를… 이 손을 봐요! 내 손목을 이 꼴로 만들었소!"

남자의 손목은 보기에도 딱하게 심하게 부어올라 있었다. 뼈가 부러진 상황에 함부로 움직이는 것은 좋지 않을 거다. 침을 튀기며 항변하는 사나의 말에 병사들은 난색을 표하며 나와 세리나를 쳐다보았다. 세리나는 여자로서는 약간 키가 큰 편이었지만 그래도 병사들보다는 한 뼘 정도 작은 편이었다.

호리호리한 몸매에 볕을 타지 않은 새하얀 피부, 그리고 가느다란 손발을 가진 세리나가 저 덩치 좋은 남자를 날려 보냈다는 것은 직접 본 나로서도 믿어지지 않는 광경이었다. 그러니 병사들이 그 말을 믿어줄 리가 없었다. 병사는 미심쩍은 듯이 사내를 돌아보며 다시 한 번 물었다.

"그러니까, 여기 이 아가씨가 자기보다 머리 하나는 더 큰 저 덩치 좋은 남자를 발로 차서 저 상자 더미에까지 날려 보냈다 이 말이십니까?"

"그렇다니까요!"

남자가 언성을 높이자 병사는 침이 튈세라 고개를 돌렸다. 세리나는 그야말로 영문을 모르겠다는 듯이 병사와 사내를 바라보았다.

"제가 무슨 잘못이라도……?"

완전히 에레타의 말투다. 내가 돌처럼 굳어져 세리나를 바라보고 있음에도 그녀는 눈 하나 까딱하지 않고 병사에 물었다. 병사는 세리나의 미모에 호의적인 미소를 지으며 걱정할 것 없다는 듯이 말했다.

"아닙니다. 이 사람이 무언가 헛것을 본 모양이지요. 그러니 신경 쓰지 마시고 갈 길 가세요."

친절하게 웃음을 보이며 하는 말에 세리나는 화사한 미소를 지으며 방긋 웃었다. 병사의 얼굴이 발그레해지는 것을 보고 나는 속으로 혀를 끌끌 찼다.

'저 얼굴에 속으면 후회할 텐데……'

"아니, 그 여자를 왜 보내주는 거요! 저 여자가 이렇게 만들었다니까!"

"말이 되는 소리를 해야 믿을 거 아뇨! 저 아가씨가 무슨 기운으로 저 덩치를 날려요? 낮부터 술에 취하셨소?"

병사는 가당치도 않다는 듯이 매달리는 사내를 뿌리쳤다. 남자는 억울해 죽겠다는 표정으로 구경하고 있던 사람들을 붙잡았다.

"봤지? 여기서 계속 봤으니 알 거 아냐?"

사내의 닦달에 옷자락을 붙잡힌 그릇 가게 주인은 힐끗 세리나를 쳐다보았다. 그녀의 검은 색 눈동자가 싸늘한 눈빛으로 그를 바라보자 주인은 곧장 얼어붙으며 고개를 저었다.

"이, 이 사람이 낮술을 먹었나?"

'현명하시구려, 댁.'

멀리 있는 법보다 가까이 있는 주먹이 무섭다고, 세리나가 눈앞에서 떡하니 버티고 있는 상황에서 그렇다고 말할 인간은 아무도 없었다. 남자가 매달리다 못해 윽박지르자 구경꾼 하나는 대답하지 못하고 머뭇거렸고, 그에 병사는 눈살을 찌푸리며 사내를 붙잡았다.

"거 뭐 하시는 겁니까? 엄한 사람 잡지 말고 얼른 신전에 가서 상처나 치료해요! 나 원 참. 가자고."

병사가 성을 내며 돌아서자 사내는 당황한 얼굴로 병사를 붙잡았지만 도리어 핀잔을 들을 뿐이었다. 병사들이 가버리고 또다시 세리나와 사내가 남게 되자 사내는 주춤거리며 세리나를 돌아보았다. 내 곁에 서 있던 세리나가 말없이 눈빛을 달리하자 사내는 구르다시피 하며 그 자리에서 도망쳤다.

‘일행을 두고 가버렸네.’

빈 상자를 부수며 널브러졌던 사내는 아직까지 정신을 차리지 못하고 있었다. 힐끗 주위 사람들을 쳐다보니 하나같이 겁을 집어먹은 표정들이었다. 눈이 마주치자 주춤 물러서는 것을 보고 대장간에 주문을 하는 것을 포기하고 돌아서려는데 내 옷자락의 한쪽이 당겨졌다.

“어?”

눈을 동그랗게 뜨며 돌아보자 청년은 움찔하며 얼른 내 옷을 놓았다. 아까 사내에게 밀려났던 대장간 주인(?)이었다.

“왜요?”

“아, 저어, 주, 주문을 하러 오신 것이 아닌지…….”

“그렇긴 하지만 별로 반기는 분위기가 아니라서. 다른 곳을 찾아볼게요.”

내가 그렇게 말하며 돌아서자 누군가가 내 다리를 잡고 늘어졌다.

“아닙니다!”

“예? 뭐, 뭐가 아니에요? 바지 벗겨져요!”

내가 비명을 지르자 남자는 당기는 것을 멈추었지만 내 다리를 놓지는 않았다. 청년은 마치 어둠 속에서 한줄기 광명을 찾은 사람처럼 간절한 눈빛으로 나를 쳐다보았다. 부, 부담스러워! 그런 눈으로 쳐다보지 마!

―세틴이 식은땀을 흘리는 광경은 진짜 오랜만이네.

즐거운 듯한 오웬의 목소리를 들으며 나는 남자에게 이끌려 대장간 안쪽으로 끌려갔다. 대장간의 안쪽은 일반 가정집과 이어져 있었는데 아까의 덩치들이 난동을 부린 것인지 세간살이들이 부서져 있었다. 남자는 거실 한쪽에 쓰러져 있는 소년을 발견하고는 그에게로 달려갔다.

'비어 있는 게 아니었네?'

"게빈! 게빈, 정신 차려!"

의원에게 보이려는 듯 소년을 안아 들자 세리나가 그의 어깨를 잡았다. 남자가 불안한 시선으로 나를 쳐다보자 나는 피식 웃으며 말했다.

"맡겨둬요."

내가 남자에게 대답하기도 전에 세리나는 치료를 시작하고 있었다. 희미한 빛무리가 소년의 육신으로 모여들며 부어오른 곳과 멍든 곳이 하나하나 풀려가기 시작했다. 소년의 고통 어린 신음이 가라앉고 차분한 숨소리가 들리는 것을 청년은 홀린 듯한 눈으로 바라보았다.

"어, 어떻게 이런……?"

"맡겨두라고 했잖아요."

내가 말하자 세리나는 싱긋 웃으며 이제는 상처가 완전히 아문 소년에게서 손을 떼었다.

청년의 이름은 랄프라고 했다. 부모님은 어렸을 때에 마차 사고로 돌아가시고 지금은 그가 동생들과 함께 대장간을 꾸려가고 있는 것이었다. 아버지가 돌아가셨을 즈음에는 많이 힘들었지만 지금은 일도 많이 손에 익고 기술도 늘어 먹고사는 데에는 아무런 부족함이 없게 되었다고 한다.

"그런데요?"

"예?"

내 물음에 랄프는 약간 어벙벙한 표정으로 나를 쳐다보며 반문했다.

내 옆 자리에서는 세리나가 랄프의 말에는 아랑곳없이 과자를 집어 먹고 있었다. 의외로 단 걸 좋아하는 모양이었다.

"잘살게 됐다는 것은 알겠는데 그게 뭐 어떻다고요? 하고 싶은 말이 뭔데요?"

"아아, 그게 아주 뻔뻔스러운 부탁인데… 아까 저 숙녀 분의 실력을 보고 저를 도와주실 수 있겠다는 생각이 들어서……."

손가락을 비비 꼬며 하는 말에 나는 한숨을 쉬었다. 결국 그건가?

"어쩌다가 고리대금 같은 것을 쓰게 된 거예요?"

고리대금을 쓰면 안 된다는 것은 세 살배기 어린아이도 알고 있는 사실이다. 살림살이가 그리 어렵지 않고 씀씀이가 헤프지 않다면 고리대금 따위를 쓸 리 없다.

"그게… 저에게는 게빈 말고 안이라는 귀여운 여동생이 하나 있습니다. 아주 예쁘고 상냥한데다 말도 잘 듣고 음식 솜씨도 좋아서……."

"당신 동생 자랑 말고!"

내가 눈매를 좁히며 소리치자 랄프는 찔끔하며 입을 다물었다. 그리고는 천천히 쓴웃음을 지으며 이야기를 시작했다.

"벌써 이 주일 전의 이야기입니다. 안이 주일 예배를 드리고 신전의 계단을 내려오던 중 누군가에게 밀려 크게 다친 일이 있습니다. 급히 의사에게 보였지만 상태가 매우 나빴지요. 살리기 위해서는 대신전의 무녀를 불러다가 치료를 부탁해야 하는데 그것을 위해서는 큰 액수의 헌금을 드리지 않으면 안 되었습니다."

그의 말에 나는 이해가 가지 않는다는 얼굴로 물었다.

"신전에서 벌어진 일인데 치료도 해주지 않았다는 말인가요?"

"그야… 신전도 돈이 없어서는 유지할 수가 없으니까요. 게다가 귀족도 무엇도 아닌 일개 평민을 아무런 이유 없이 도와주는 마음 좋은 신관이나 무녀는 그리 많지 않습니다."

어쩔 수 없다는 듯이 웃고 있는 그를 보자니 어쩐지 마음이 편치 않았다. 생명이 왔다 갔다 하는 사이에 헌금을 낼 수 있을지 없을지를 따진다니 그게 신을 따르는 사람이 할 짓인가 싶었다.

"막대한 헌금을 내기 위해서는 돈이 필요했습니다만 수금이 되기 전이라 집안에 돈이 없었습니다. 때문에 그 사람에게 돈을 빌린 거지요. 저도 처음에는 그것이 고리대금이라고는 생각하지 못했습니다. 다만 돈을 빌렸다는 표시로 빈 종이에 사인을 해주었는데… 후에 보니까 거기에 줄줄이 문구가 덧붙여 있더군요."

당신, 바보 아냐? 빈 종이에 사인을 왜 해줘!

"수금을 해서 일차 이자와 원금을 갚기는 갚았는데 액수가 터무니없이 불어난 터라… 이대로라면 저는 그자에게 노예로 팔려가게 될 겁니다."

"노예? 그거 불법 아니에요?"

내가 정색을 하며 묻자 랄프는 약간 놀란 듯이 나를 쳐다보았다.

"타지 분이시군요. 아닙니다. 팔마스에서는 노예가 국법으로 보장되고 있습니다. 빚을 지고도 갚지 못하게 되면 몸으로 때우는 수밖에 없으니까요. 하지만……."

랄프는 씁쓸히 눈길을 내리깔며 내게 말했다.

"그들이 제가 노예가 되는 것으로 만족을 해줄는지……."

"무슨 소리에요? 빚이 많아지면 그냥 노예가 되는 거라면서요?"

내가 말하자 랄프는 힐끗 계단 쪽을 올려다보며 말했다.

"그들이 원하는 것은 명검을 만들어낼 수 있는 장인의 손이지요. 저는 아직 그 정도에 도달하지 못했는데 그들은 그것을 알지 못합니다. 그게… 제가 만든 것이라고만 생각하고 있지요. 뭐, 저희 집안의 성을 걸고 검을 팔았고, 제 동생의 나이가 아직 어리니 어쩔 수는 없다고 생각합니다만……."

그거 무슨 소리? 내가 눈을 끔벅거리며 도통 무슨 소리인지 알 수 없다는 표정을 짓자 그는 싱글거리며 내게 말했다.

"아하하, 저희 대장간이 이래 보여도 검을 잘 만드는 것으로 소문이 났거든요. 어디의 뛰어난 검사가 검을 보러 와서 큰돈을 주고 사간 적이 있었는데 그것이 소문이 나서 장사가 잘되었지요. 현재는 그 사람들의 영업 방해로 파리만 날리고 있지만요."

"그래서 무슨 소리예요? 검을 당신이 만들지 않았다는 말이에요? 그럼 지금 팔리고 있는 검은 누가 만든 건데요?"

내가 찡그리며 묻자 랄프는 머리를 긁적이며 말했다.

"저 동생… 게빈이 만든 겁니다."

"흐음… 그러니까 동생의 솜씨를 노리고 고리대금을 빌려준 것이라?"

"그런 게 아닐까 생각합니다. 단순히 돈을 받으려고 하는 게 아니라 장사 자체를 방해하고 있으니까요. 차라리 저 하나가 노예가 되고 마는 것이라면 다행입니다만 동생은 그렇게 만들 수 없습니다. 그 아이의 자능이 그런 식으로 썩지 않기를 바랍니다."

"그래서요?"

"그래서……."

랄프는 눈치를 살피듯 나와 세리나를 바라보았다. 아까부터 과자를 먹는 데에만 정신을 집중하고 있는 세리나는 접시를 거의 다 비우고 있었다.

"게빈과 안을 타국에 살고 있는 저희 외삼촌 내외에게 보내려고 하는데… 그것을 호위해 주셨으면 합니다. 저어, 보수는 그리 많이 드릴 수 없지만 뛰어난 장인이셨던 저희 할아버님께서 만드셔서 아직까지 누구의 손에도 넘겨지지 않은 검이 한 자루 있습니다. 그것을 드리면……."

뒤끝을 흐리는 랄프의 말에 나는 힐끗 세리나를 돌아보며 말했다.

"일단 여기 세리나는 검을 쓰지 않아요. 건틀릿이나 봉, 창을 쓰지요. 그리고 저는 손을 보시면 아시겠지만 검사가 아니고요."

"그……."

랄프는 잔뜩 풀이 죽은 얼굴로 고개를 수그렸다.

"그렇군요."

그가 기운 빠진 얼굴로 어깨를 푹 수그리자 나는 한숨을 쉬며 그를 바라보았다. 정말이지, 어쩔 수가 없군.

"가게에 걸려 있던 그 갑옷의 세공, 잘되어 있던데 누구 솜씨예요?"

"아, 그건 제가 만든 겁니다. 아직 게빈은 세공까지는 배우지 못했으니까요."

실망한 얼굴로 천천히 대답하는 그에게 나는 피식 웃으며 말했다.

"그럼 만들어줄 것이 있어요. 세공이 좀 복잡하기는 한데 그 정도 실력이라면 만들 수 있을 거예요. 대신 보수는 내가 당신을 도와주는 걸로 할게요. 물론……."

나는 서늘히 눈빛을 빛내며 랄프를 응시했다.

"도와주는 것은 내 방식대로고요."

생긋 웃으며 건네는 말에 랄프는 무심코 고개를 끄덕였다.

내가 방으로 돌아왔을 때는 저녁이 다되어서였다. 여관 방으로 돌아가니 이플리트가 나를 기다리고 있었다. 무표정한 얼굴로 창밖을 내려다보고 있던 그는 나와 세리나가 돌아온 것을 보고 반색을 하고 돌아섰다.

"왜 이렇게 늦은 거야?"

"별로 늦은 것 같지는 않은데… 벌써 다 끝난 거예요?"

내가 묻자 이플리트는 당연하지 않느냐는 듯이 나를 바라보았다. 정령들에게 보고 들은 인간들의 대화를 모아오라고 시킨 것이다. 그것도 자신이 정보를 정리한 것이 아니라 상급의 정령들에게 유용한 정보를 정리하라고 시키고 자신은 돌아와서 나를 찾은 것이라고 했다.

'으음, 정령왕도 왕은 왕인 거니까 마음대로 부릴 수 있는 거구나.'

종류에 관계없이 정령왕이 되면 하위의 정령을 마음대로 부릴 수 있는 모양이었다.

"네 말대로 팔마스의 권력은 왕가가 아닌 팔마스의 공작가로 집중되고 있었다. 레나의 고조부의 둘째 아들이 분가하여 만든 가문이지. 엄밀히 말하자면 공작가에도 왕실의 피가 흐르고 있었기에 다음번의 왕으로 현 공작인 키루스 데인 세이지언의 이름이 오르내리더군. 레나의 약혼자야."

"약혼자?"

내가 반문하자 이플리트는 가볍게 웃으며 의자에 앉았다.

"할아버지끼리 사촌 간이었으니 핏줄상으로는 문제가 없지. 그렇게 하면 키루스를 왕으로 올리기에도 부족함이 없고 말이야. 공주에게는 안된 일이지만 왕족으로 태어났으니 그것은 어쩔 수 없는 노릇이겠지."

“레나가 다른 남자와 결혼을 한다면……?”

“그 상대는 아마도 암살을 당할 거다. 공작의 권력 기반이 워낙 확고하니 다른 결과는 기대할 수 없지. 귀족들은 당연하단 듯이 키루스를 밀고 있으니까. 왕은 이미 칠순을 넘긴 나이다. 아직 정사를 돌보고 있기는 하지만 많이 쇠약해졌지. 공주를 지킬 수 있는 정도가 아니야.”

칠순……. 레나가 고작 열두 살쯤 된 것 같은데 그럼 부인은 몇 살이야? 머리 속이 혼란스러워지는 것 같았지만 그건 일단 접어두기로 했다. 어차피 왕이라는 작자에게 일부일처제를 바라는 것은 무리다.

“그렇다면 그 공작이라는 자는 어떤 사람이에요?”

“흠, 냉철한 인물이랄까? 올해로 스물한 살에 여자는 있는 것 같지만 입장을 생각해서인지 그리 깊게 관계를 갖는 것 같지는 않다. 뒤를 잡을 만한 스캔들도 없고 후작인 그의 외삼촌이 그를 적극적으로 밀고 있는 것 같더군. 동생이 하나 있는데 욕심이 많은 녀석이야. 형을 지지하고는 있지만 속내를 그리 잘 숨기는 성격은 되지 못하더군.”

그거 위험한데……. 괜히 레나한테 이상한 짓이나 하지 않으면 좋으련만.

“펜던트에 관한 정보는 이미 공작에게 들어갔나요?”

“그래. 널 주시하고 있는 것 같더군. 네 예상대로 레나 공주의 일행에게 사람을 붙여놓은 모양이야. 그 마법사의 일도 공작가와 관련이 있는 것 같다.”

이플리트의 말에 나는 눈살을 찌푸렸다. 그 상황에 그자는 레나를 인질로 삼았던 것이다. 그렇다는 것은 레나가 그들에게 그다지 가치없는 존재라는 소리밖에는 되지 않았다.

‘왕가의 피가 흐르고 있으니 굳이 혼례라는 형식을 취하지 않아도 왕위에 오르는 것은 문제가 되지 않는다는 건가?

어느 쪽으로도 좋게 생각할 수 없는 상대였다. 사람을 붙여놓은 것이 저주가 풀리지 않아 남자의 모습으로 남았을 때를 대비하기 위한 것이었다면 레나의 저주가 만약이라도 풀리지 않았다면 그 자리에서 죽임을 당하였을지도 모르는 일인 것이다.

"신경 써야 하는 상대는 공작인 거군요."

나는 씁쓸하게 중얼거리며 침대 맡에 앉았다. 어차피 레나와 보내게 될 시간은 그리 많지 않을 터였다. 나는 그 마녀에 대한 공판이 끝나게 되면 크라이드로 돌아갈 것이니 말이다.

"한 가지 더 부탁드리고 싶은 게 있는데……."

내가 기대 어린 눈길로 이플리트를 바라보자 이플리트는 가볍게 눈썹을 찌푸리며 나를 쳐다보았다.

"뭔데 그래?"

"토라스 어브라이언이라는 사람에 대해서 알아봐 주세요. 큰길에서 조금 떨어진 곳에서 대장간을 하고 있는 랄프라는 사람과 어떤 관계인지, 둘 사이에 무슨 일들이 있었는지 말이에요."

"지금 당장?"

어리둥절한 듯 되묻는 말에 나는 미안한 듯한 미소를 띠며 대답했다.

"되도록이면 빨리요. 그것도 한 시간 안에. 불가능할까요? 이플리트라면 가능할 것 같아서 덥석 약속을 해버렸는데."

"불가능할 건 없지만……."

이플리트는 묘하게 석연찮은 얼굴로 나를 쳐다보았다. 배시시 웃으며 마주 보는 내게 이플리트는 가볍게 손을 뻗어 볼을 꼬집었다.

"으엣! 아프잖아요!"

"아프라고 하는 거야. 어린 게 잔머리는. 아무튼 다녀오마."

이플리트는 그렇게 말하고 어둠 속으로 사라졌다. 내 곁에서 팔짱을 끼고 있던 세리나는 이해가 가지 않는다는 듯이 나를 보며 말했다.

"그 고리대금업자의 집은 랄프에게 들어서 알고 있잖아. 왜 굳이 그 두 사람에 대해서 알아봐 달라고 하는 거지?"

"그야… 랄프가 진실을 이야기하는지 어쩐지 알 수 없으니까요. 한 쪽의 이야기만 듣고는 완전히 알 수 있는 것이 아니잖아요. 게다가 상 대가 어떤 사람인지 알아야만 나도 확실히 행동할 수 있고."

"그런가? 그가 거짓말을 하고 있다는 생각은 들지 않았는데……."

어딘가 기운 빠진 목소리로 중얼거리는 것을 나는 피식 웃으며 바라 보았다. 세리나는 천족이고 헤아릴 수 없을 정도로 긴 세월을 살아온 사람이기는 하지만 순간순간에 사람을 믿으려 하는 행동을 하는 것을 보면 천족은 이런 것이구나 하는 생각이 들게 만든다.

"일을 벌이고 나서는 늦으니까요."

내가 들고 온 꾸러미를 풀어놓으며 말하자 세리나는 힐끗 그것들을 바라보며 말했다.

"랄프의 말이 맞다면… 그대로 실행할 생각이야?"

세리나의 물음에 나는 크게 고개를 끄덕였다. 랄프는 이미 원금을 갚았고 한차례 이자까지 지불하였으니 그들에게 더 돈을 줄 필요가 없 다는 것이 나의 생각이었다. 한차례 부주의한 실수를 했기 때문에 평 생을 바쳐야 한다는 것은 너무 가혹하다.

내가 침대 위에 펼쳐 놓은 꾸러미에는 여러 가지 옷가지들이 섞여 있었다. 각각 가게에서 여러 가지 옷을 사가지고 온 것이다. 한 가게에서 하나씩 검은 옷이 섞여 있었다. 그에 트레스는 피식 웃는 듯한 목소리로 말했다.

─세틴님, 신중한 것은 좋습니다만… 당신은 너무 조심스러워요.

그런가? 나는 고개를 갸웃하고는 옷을 갖추어 입었다. 이번만큼은 조용히 일을 끝낼 생각이므로 종속자들을 보낼 수는 없었다.

다행스럽게도 랄프의 말에는 거짓이 섞여 있지 않았다. 그 토라스인지 뭔지 하는 놈은 고리대금과 더불어 귀족들의 사주를 받아 하는 인신매매업을 겸하고 있었다.

한마디로 귀족의 눈에 든 여자나 남자가 있는 집에 고의적으로 큰 빚을 지게 해서 노예로 만든 다음 귀족에게 고액으로 팔아넘기는 것이다. 더불어 법을 건드리지 않아 법적으로 아무 이상이 없는 데다가 고위 공무원에게 정기적으로 뇌물을 바쳐 혹시라도 있을지 모르는 잡음을 없애고 있었다.

그 밖에도 여러 가지 폭력과 부동산 사기, 장물 매매 등으로 부를 늘려가고 있는 남자였다. 그야말로 이야기 속에 나오는 악덕 상인의 전형이랄까?

"여러 귀족의 비위를 맞추어주고 있어서 뒤가 든든한 편이지. 귀족들을 위한 지저분한 일을 마다하지 않는 인간이니 그와 연루되어 있는 인간이 꽤 되는 것 같다. 랄프의 일도 어느 귀족의 비위를 맞추기 위해 하는 일인 것 같다."

귀족이라……. 아마도 능력에 맞지 않는 검을 거액의 돈을 건네고라도 사고 싶은 모양인 거겠지. 랄프 씨는 돈에 혹해서 쉽게 동생의 작품을 건네줄 사람이 아니니까.

좀 단순하고 멍한 구석이 있기는 하지만 자신의 일에 관한 것까지 그럴 것 같지는 않았다. 스스로 실력이 없다고 말하기는 했지만 장인의 이름을 이어받고 있는 사람인 것이다. 그가 만들어내는 것이 그의 말대로 그런 싸구려는 아닐 것 같았다.

'그래 봐야 나는 검을 전~혀 볼 줄 모르지만.'

내가 그에게 부탁한 것은 크기와 모양이 똑같은 열두 개의 패였다. 설명서에서 보았던 종속자들의 모습을 그대로 설명하여 그 하나하나에 모습을 새겨달라고 부탁한 것이다.

그것 자체가 하루 만에 될 성질의 것은 아니라는 걸 알고 있었지만 내 심술이 그만 맡겨 버렸다. 사실 실패해도 그만, 실패하지 않아도 그만인 일이긴 하지만 말이다.

'심술은 부려놓았으니… 이쪽에서도 일을 확실히 처리해 주지 않으면 안 되겠지.'

나는 씩 웃으며 얼굴에 복면을 둘렀다. 이미 모든 사람들이 잠이 든 시간이었다. 여관의 정문을 이용하여 내가 나가는 것을 다른 사람에게 보일 생각은 없었으므로 나는 여관의 창을 통해 바깥으로 빠져나갔다.

거리에는 드문드문 세워진 가로등이 빛을 뿌리고 있었다. 일찌감치 샤이시스의 능력을 빌려두었으므로 지붕에서 다시 지붕으로 이동하는 것은 문제가 되지 않았다.

―왜 군이 지붕으로 이동하는 거야? 샤이시스의 능력을 빌리면 어차피 모습은 보이지 않는데.

오웬의 물음에 나는 힐끗 거리 쪽을 바라보며 대답했다.

"그거… 오래는 못할 것 같아서요. 신경을 집중해야 하는 일이라 샤이시스의 등에 타고 있을 때는 어느 정도 가능했는데 움직이고 있을 때는 몇 시간 동안 계속 유지할 자신이 없어요."

―그런가요? 하지만 트레스에게 보이지 않도록 하는 마법을 걸어달라고 해도 됐을 텐데.

헉! 거기까지는 생각하지 못했다. 내가 그대로 굳어버리자 펜던트 속의 종속자들이 마구 웃어대기 시작했다.

―캬캬~ 역시 세틴이야~ 기대를 저버리지 않는다니까아~

―크하하핫! 완전히 잊어버렸구만!

"그쪽도 잊고 있었잖아요!"

발끈하며 소리쳤지만 웃음은 사그라들 기미를 보이지 않았다. 나는 눈매를 좁히며 대로 쪽으로 발을 옮겼다. 이제 곧 토라스가 사는 저택에 도착할 것이다.

토라스의 저택은 귀족들과 부흥한 상인들의 저택이 늘어서 있는 에나시올의 중심지에 자리잡고 있었다. 왕궁의 끝 자락이라고 할 수 있는 수도의 중심부에는 예상 외로 오가는 병사들이 많았다. 심야의 순찰을 돌고 있는 것이다.

'쳇, 저쪽 주택가에 이 절반의 수라도 돌아봐라. 범죄율이 반으로 줄어들지.'

나는 툴툴거리며 병사들의 눈을 피하기 위해 일시적으로 샤이시스의 능력을 발휘했다. 몸을 투명하게 만들어 모습을 숨기는 것이다.

어느 정도 모습이 사라져 어둠 속으로 동화되었다고 느껴지자 나는 발소리가 나지 않게 주의하며 대로를 가로질렀다. 병사들의 곁을 지날 때는 아슬아슬했지만 내가 그들의 곁을 지남에도 그들은 나를 전혀 살피지 못하는 것 같았다.

나는 토라스의 저택으로 안내하는 이플리트의 목소리를 들으며 한 저택의 앞에서 멈추어 섰다. 이플리트는 이미 이 저택에 한차례 다녀온 전과가 있었다. 때문에 그의 안내로 저택을 찾아가는 것은 어렵지 않았다.

"여긴가?"

높은 담으로 둘러싸인 담장과 담장 위로 보이는 굵직한 쇠창살들에 나는 가볍게 바닥을 박차고 올라 담장 위에 박힌 쇠창살을 잡았다. 담장 위로 올라오니 저택의 광대한 부지의 일부가 눈에 들어왔다. 나는 일단 창살을 넘어 저택의 안쪽으로 뛰어내렸다. 수풀 근처로 착지하며 곧바로 몸을 낮추자 두런거리는 사람들의 목소리가 들려왔다.

"왜 그래?"

"무슨 소리 들리지 않았어?"

바스락거리며 풀숲을 헤치는 소리에 나는 급히 몸을 보이지 않게 했다. 수풀 바로 앞에서 고개를 쳐드니 횃불을 들고 이쪽으로 다가오는 두 사람이 보였다. 옆구리에 검을 차고 있는 것을 봐서는 저택의 사병인 모양이었다.

"아무것도 없는데?"

"들짐승이었나?"

남자는 다가와 창끝으로 수풀을 휘저어 보고는 물러갔다. 숨소리마저 죽이고 그들을 바라보고 있던 나는 안도의 한숨을 내쉬며 저택이 보이는 길 쪽으로 신중히 접근했다.

저택은 좌우로 커다란 가로수들이 늘어서 있고 앞쪽에는 분수와 화려하게 장식된 정원이 펼쳐져 있었다. 길을 따라 정원을 가로지르자 'ㄷ'자 형태의 커다란 건물이 눈에 들어왔다.

'과연… 잘해놓고 사네.'

저택의 주위에도 간간이 순찰을 돌고 있는 사병들이 있었다. 어차피 지금은 고습이 보이는 상태가 아니므로 나는 거리낄 것 없이 저택의 정문을 향해 걸어갔다. 한데 한 가지 내가 예상 못한 것이 있었다.

컹! 컹컹!

바닥에 납작하게 엎드려 있던 것인지 수풀 속에서 개가 튀어나오며 짖어댄 것이다. 나는 깜짝 놀라 주위를 둘러보았지만 이미 늦었다. 요란스럽게 짖어대는 소리에 저택의 불이 하나둘씩 켜져 갔던 것이다.

"뭐냐! 무슨 일이야!"

중무장을 한 사병들이 저택의 입구에서 쏟아져 나오는 것을 보고 나는 급히 정문을 피해 벽으로 붙었다. 혹시라도 누군가와 부딪치지 않기 위한 것이다. 개는 목에 쇠줄이 달린 것인지 미친 듯이 튀어 오름에도 내게 다가오지 못했다.

─줄이 있었군.

─상황을 봐서 조용히 문으로 들어가도록 해. 때마침 저쪽에서 문을 열어주었으니.

나는 천천히 고개를 끄덕이며 문 쪽을 돌아보았다. 대부분의 사병이 밖으로 나온 것인 듯 상당수의 인원이 정원을 수색하고 있었다. 정원 여기저기에서 횃불이 일렁이는 것을 보고 나는 조용히 저택의 현관 쪽으로 발을 옮겼다. 아직도 개들은 미친 듯이 나를 향해 짖어대고 있었다.

"뭐야? 어디서 너구리라도 들어온 거 아니야? 하암!"

문가에 서 있는 하인이 늘어지게 하품을 하는 것을 보며 나는 조심스럽게 그의 옆을 빠져나갔다. 옷자락 스치는 소리에 그가 힐끗 내 쪽을 쳐다보는 것 같았지만 그는 다시 머리를 긁적이며 돌아섰다.

'후에, 심장이 멎는 줄 알았다.'

이플리트의 말에 의하면 여러 가지 서류들이 쌓여 있는 토라스의 금고는 그의 침실에 있다고 했다. 그가 누워 있는 침대의 뒤쪽에 금고가 있다는 것이다.

"우, 그럼 어떻게 금고까지 가요? 침대를 밀어내야 하는 거예요?"

─침대 어딘가에 그것을 돌려놓는 장치가 달려 있겠지. 서류를 금고에 보관할 때마다 하인들을 불러다 침대를 옮긴다면 금고가 여기에 있다고 선전하는 꼴밖에는 되지 않을 테니까.

하기야 침대를 움직이는 장치를 모른다고 해도 금고의 위치만 알 수 있다면 어떻게든 꺼내는 것은 문제가 되지 않았다. 종속자들의 힘을 빌리게 되면 최악의 상황에서는 벽을 통째로 뜯어 금고를 끄집어낼 수도 있는 것이다. 문제는 조용히 일을 끝낼 수 있으냐 없느냐의 차이였다.

'모로 가도 들통만 나지 않으면 그만이니까.'

─참, 그리고 그 토라스라는 녀석, 침대 베갯속과 이불 속, 그리고 시트 밑과 침대 아래쪽까지 검을 숨겨놓고 있다니까 주의해서 상대해라.

"윽! 그 사람, 평범한 악덕 상인 아니었어요?"

위층의 계단으로 이동하며 그렇게 묻자 한심스럽다는 듯이 시온이 대답했다.

─최소한 자신이 원한을 살 만한 일을 하고 있다는 자각은 있는 모양이지.

하긴 소행을 보자면 길을 가다가 칼을 맞더라도 이상할 것이 없는 자였다. 비명횡사하면 그저 제 팔자려니 하는 것이겠지.

소란을 피운 터라 저택의 여기저기에서도 하인이 나돌아다니고 있었다. 나는 급히 복도를 가로지르는 하인들에게 부딪치지 않도록 주의하며 토라스의 침실이 있는 방으로 전진했다. 예상대로 토라스의 침실에는 불이 밝혀져 있었다. 문이 열려져 있고 사병들이 들어갔다 나오는 것을 봐서는 주인의 안색을 살피기 위해 들어갔던 모양이다.

나는 일단 토라스의 침실에서 떨어져 그 옆방으로 들어갔다.

'가만, 그러고 보니 굳이 침실로 들어갈 필요는 없잖아?

떠오른 생각에 나는 씩 웃으며 비어 있는 방 안을 바라보았다. 옆방은 서재로 사용하는 것인지 책장이 늘어서 있었다. 나는 침실과 연결되는 벽을 바라보며 이플리트에게 물었다.

"혹시 토라스의 침대가 이쪽 벽에 기대어져 있어요?"

—글쎄, 내부 구조까지는 자세히 살피지 않았는데…….

기억나지 않는다는 듯이 이플리트가 대답하자 나는 약간 말소리를 줄이며 다시 물었다. 서재의 문밖에서 오가는 사람들의 발소리를 들었던 것이다.

"그럼 침실의 반대편 방에는 뭐가 있는데요?"

—하녀가 쓰는 방이었던가?

"정부나 부인의 방이 있는 게 아니고요?"

내 물음에 이플리트는 잠시 생각하는 듯하더니 아니라는 듯이 내게 말했다.

—정부가 하나 있는 것 같기는 하지만 침실은 반대편에 있을 거다. 하인들이 그쪽으로 물건을 옮기는 것을 보았으니까.

"흠, 그렇군요."

나는 피식 웃으며 천장에까지 높게 쌓아 올려져 있는 책들을 바라보

있다. 비슷한 표지의 시리즈물에 꽤나 무거운 책들이었다. 책들이 깨끗하고 손때를 타지 않은 것을 보아 제대로 읽지 않는 책들인 모양이었다.

"제1조 2항에 의거, 나 세르티드 레플리카는 종속자 이플리트를 불러들이겠습니다."

화르륵 하고 펜던트에서 한줄기 불길이 뿜어져 나오며 사람의 형상을 만들어냈다. 어두운 서재 안이 한순간 빛으로 물들어가자 나는 당황한 얼굴로 말했다.

"이, 이플리트! 그러면 밖에서 보이잖아요!"

목소리를 죽여 이플리트에게 말하자 이플리트는 사람의 형상을 취하며 불길을 거두어들였다.

"난 갑자기 왜 부르는 거냐?"

"이쪽 벽으로 들어가서 금고가 있는지 좀 봐주세요. 금고가 있으면 위치가 어디인지 확인해 주시고요."

내가 말하자 이플리트는 알았다는 듯이 책장 속으로 사라졌다. 그가 책장 속으로 사라지자 나는 샤이시스의 힘을 보내고 곧바로 시온의 힘을 불러들였다. 내 손아귀로 잡히는 묵직한 시온의 검에 나는 그것을 테이블 위에 올려놓고 펜던트를 잡았다.

"들어가라!"

내가 펜던트를 책장으로 향하며 중얼거리자 벽 한쪽을 가득 채우던 책장이 순식간에 펜던트의 동공 속으로 빨려 들어갔다. 넓은 벽의 전면을 채우던 책장이 소리없이 펜던트 속으로 사라지자 나는 회심의 미소를 지으며 펜던트를 거두었다.

때마침 이플리트가 벽 속을 살피고는 고개를 내밀고 있었다.

“뭐, 뭐냐, 방금?”

“헤헤, 책장을 치웠어요. 금고는 그쪽에 있어요?”

내 물음에 이플리트는 상반신을 내밀며 손으로 벽의 중심부를 가리켰다.

“이쪽부터 이쪽에까지가 금고다. 어쩌려고?”

이플리트의 물음에 나는 테이블 위에 올려놓았던 시온의 검을 들어 마나를 집중했다. 검푸른 불꽃이 검날에 어리는 것을 보고 금고가 있다는 방향으로 찔러 들어가자 검은 두부를 찌르듯 부드럽게 안으로 들어갔다. 팔을 크게 움직여 반원을 그리고 마지막으로 밑둥을 비스듬히 베어내자 잘려진 부분이 스르륵 아래로 미끄러졌다. 그것을 조심스럽게 받아 아래쪽에 내려놓자 그 틈으로 금고가 보였다.

‘과연~’

나는 감탄하며 금고 안을 들여다보았다. 벽면을 가득 차지하는 금고 안에는 커다란 서류철에 가득 담겨 있는 계약서와 부동산과 관련된 증서들, 그리고 무엇이 들어 있는지 알 수 없는 무거운 상자가 여러 개 들어 있었다. 나는 서류철을 들어다 내용을 살펴보았지만 깨알 같은 글씨인데다가 주위가 어두워서 글씨를 잘 읽을 수가 없었다.

“이프리트, 어떤 것인지 알겠어요?”

내가 서류 뭉치들을 이플리트에게 내밀자 이플리트는 그것을 잠시 들여다보더니 귀찮다는 듯이 미간을 찌푸렸다.

“이걸 뭘 일일이 다 살펴봐?”

화르륵!

이플리트의 손끝에서 일어난 불길이 순식간에 서류를 집어삼켰다. 눈앞에서 한 줌의 재가 되어 후두두 떨어지는 서류를 보고 나는 눈을 크게 떴다.

"끄악! 그걸 그냥 태우면……!"

—세틴님! 목소리가 너무 커요!

에레타의 부름과 서재의 방문 밖에서 이쪽으로 달려오는 듯한 요란스러운 발소리가 들리고 있었다. 나는 급한 김에 금고 안에 들어 있는 나머지 상자들을 바라보며 소리쳤다.

"들어가라!"

—세틴, 이미 문밖에 와 있다!

레스트레온의 목소리에 나는 급히 펜던트를 바라보았다. 일곱 개쯤 되는 상자가 모조리 펜던트의 동공으로 빨려 들어갔다. 나는 급히 시온의 검을 들고 문의 뒤쪽으로 돌았다. 만약에라도 시온의 검을 사용해서는 안 되기에 잽싸게 펜던트로 돌려보내는 것도 잊지 않았다. 시온의 검은 특이한 무기이기 때문에 눈에 띄어서는 곤란했다.

"누구냐!"

벌컥 문이 열리고 검을 뽑아 든 남자들이 안으로 들어왔다. 나는 그들이 문안으로 들어서는 때를 맞추어 문짝에 몸을 부딪쳤다. 우지끈하고 경첩이 뜯어지며 두세 명의 사병이 한꺼번에 문짝 밑에 깔렸다.

"우와악!"

이미 복면은 장착된 상태. 말만 하지 않으면 정체가 들통날 일은 없었다. 문짝 밑에 깔린 사병들이 비명을 질렀지만 나는 문짝을 되게 한 번 밟아주고 잽싸게 몸을 일으켰다. 남은 사람은 두 명. 한 명은 촛대를 들고 있는 하인이고 다른 한 명은 얼굴에 칼자국이 난 젊은 사내였다.

"이, 이놈이!"

‘어림없지!’

검을 꼬나 든 사내가 나에게로 달려들었지만 그리 대단치 않은 실력이었다. 나는 손등으로 검의 옆면을 후려쳐 공격을 피함과 동시에 몸을 돌려 사내의 턱을 올려 찼다.

“컥!”

나의 날카로운 일격에 사내는 맞은편의 벽에 부딪치며 그대로 혼절해 버렸다. 나는 기절한 사내가 주르륵 미끄러져 바닥으로 쓰러지는 것을 보고 하인 쪽으로 고개를 돌렸다. 촛대를 들고 있던 하인은 나와 눈이 마주치자 들고 있던 촛대를 집어 던지며 그대로 등을 돌려 달아났다.

‘위험하게시리.’

그가 내던진 촛대를 잽싸게 받아 들고 나는 도망치는 하인의 뒤를 바라보았다. 그러자 펜던트 속의 종속자들이 목소리를 높이기 시작했다.

—뭘 우물쭈물거리는 거냐!

—이 저택의 사병이 이 녀석뿐일 줄 알아! 얼른 발을 놀려!

레스트레온의 불호령에 나는 급히 이플리트를 돌아보았다. 나를 따라 문 뒤로 돌아갔던 이플리트는 뒤에서 내가 하는 양을 지켜보고 있었던 것이다. 내가 이플리트를 바라보자 이플리트는 가볍게 혀를 차며 내게 달했다.

“나는 펜던트 속으로 돌아가마. 거의 끝난 것 같으니까 알아서 해!”

“예? 그런!”

여전히 제멋대로야! 자기가 서류는 다 태워먹고! 당황한 내 목소리는 아랑곳하지 않고 이플리트는 펜던트 속으로 돌아가 버렸다.

"저, 저기 있다!"

아까 도망친 하인이 사병들을 불러들인 모양이었다. 나는 몰려드는 그들을 발견하고는 급히 복도를 내달렸다.

"크읏! 이게 다 이플리트 때문이에요!"

—시끄럽게 군 건 너잖아?

태연한 이플리트의 목소리에 나는 억울하다는 듯이 소리쳤다.

"이플리트 때문에 놀라서 소리친 거잖아요!"

—그 정도에 놀라는 네가 나쁜 거야!

그런 말이 어디 있어요! 순 엉터리! 나는 좀 더 항의하고 싶은 심정이었지만 내 뒤쪽에서 어마어마한 숫자의 사병들이 무기를 들고 달려오고 있었기에 관두기로 했다. 나중에 보자고요, 이플리트!

【제5화】
아프렌 족을 만나다

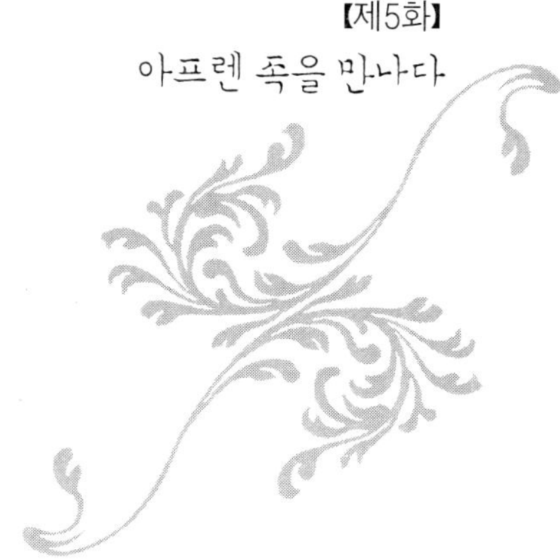

밖에서 보았을 때는 단순히 넓은가 보다 했는데 안에서 달리기 시작하니 규모가 장난이 아니었다.

오른쪽으로 꺾어져 안으로 들어가자 복도의 끝 자락이 작은 점처럼 보였다. 그 끝에서 계단을 타고 올라오는 사병들의 모습에 나는 그대로 복도를 꺾어 안쪽으로 들어갔다.

양쪽 끝에서부터 발소리가 가까워지고 있었다. 나는 힐끗 주위를 두리번거리다 뒤쪽의 복도로 도망치지 않고 근처 방문을 열고 안으로 들어갔다.

"이쪽인가?"

다급한 목소리와 함께 부산스럽게 움직이는 발소리에 나는 문짝에 기대어 귀를 기울였다. 내가 뒤쪽으로 연결되는 복도로 도망쳤으리라 생각하는 모양이었다. 발소리가 내가 숨어 있는 방을 지나쳐 복도 뒤쪽으로 멀어지는 것을 듣고 나는 조용히 문을 열었다.

‘아무도 없다.’

침입자를 쫓고 있는 사병이 그들뿐만은 아닐 것이다. 나는 조심스럽게 문을 닫고 아래층으로 내려가는 계단을 향해 달려갔다.

“저기다!”

‘으아악!’

누군가 나를 발견한 것인지 커다란 목소리가 외쳤다. 그의 목소리를 들은 것인지 내가 내려가려던 계단 쪽으로 누군가 올라오는 것을 보고 나는 그대로 등을 돌려 달아났다.

‘으아앙! 이대로라면 통로에서 멀어지는데에~’

복도를 미끄러지며 무서운 속도로 달려가는 나를 따라잡는 사병은 존재하지 않았지만 수적으로 너무 불리했다. 나는 복도를 돌아 아까처럼 어딘가의 방에 숨으려고 했지만 내가 들어간 복도의 끝에서 사병들이 달려오고 있었다.

‘이쪽도 아닌가? 무슨 저택을 이따위로 만들었어?’

나는 당황한 얼굴로 복도의 저편으로 달아났다. 얼핏 창문 밖으로 별채로 이어지는 긴 통로가 눈에 들어오고 있었다.

“혹시 저기라면…….”

—세틴, 저들이 석궁을 가지고 있습니다!

서, 서, 석궁?! 경악한 내가 뒤를 돌아볼 찰나 무언가가 내 머리카락을 스치며 저택의 기둥에 틀어박혔다. 불길이 스치고 지나간 것처럼 귀밑이 뜨거웠다.

“아……?”

슬쩍 만져 본 손끝에 피가 묻어나는 것을 보고 나는 급히 기둥을 돌았다.

'귀, 귀가… 귀가 떨어져 나갈 뻔했다.'

기둥으로 퍼벅 하고 화살이 박히고 있었다. 나는 살짝 고개를 내밀었다가 무섭게 쏟아지는 화살에 잽싸게 다시 머리를 집어넣었다. 함부로 몸을 움직였다가는 화살받이가 될 상황이었다.

"어떻게 하지요?"

—뭘 어떻게 해? 겨우 석궁 가지고. 그냥 피해!

시온의 불호령에 나는 울상을 지었다.

"하지만 화살은 무섭단 말이에요!"

—화살은 무섭고 검은 안 무서운 거냐?

레스트레온의 물음에 나는 고개를 끄덕였다. 사람이 들고 휘두르는 칼과 무서운 힘으로 벽을 뚫고 들어가는 석궁은 그 기세부터가 다르게 느껴졌다. 화살은 갑옷을 뚫지 못하더라도 석궁은 갑옷을 관통한다고 하지 않았던가!

내가 주춤거리며 기둥 밖으로 나갈 기미를 보이지 않자 석궁을 든 사병들의 발소리가 점차 가까워지고 있었다. 그에 트레스가 내게 말했다.

—그렇다면 샤이시스의 힘을 빌리십시오. 저들도 보이지 않는다면 세틴님을 맞추지 못할 겁니다.

—그래, 지금은 화살도 쏘고 있지 않잖아!

세리나의 말에 나는 얼른 샤이시스의 힘을 빌렸다. 펜던트에서 흘러나온 힘이 내 몸속으로 스며들자 나는 급히 몸을 보이지 않도록 했다.

내가 아주 조심스럽게 고개를 내밀었음에도 화살은 날아오지 않았다. 다만 기둥 가까이로 다가오는 사병들의 모습이 보일 뿐이었다.

‘으음… 석궁을 아직 겨누고 있는 것 같지만…….’

나는 살금살금 발을 움직여 별채로 이어지는 통로 쪽으로 몸을 움직였다. 보이지 않는 상황에서는 소리만 내지 않는다면 들킬 일은 없었다.

나는 포위망을 좁히고 있는 사병들을 바라보며 얼른 통로 안으로 들어갔다. 내가 통로의 중간쯤에 도달했을 때에 기둥에 도달한 사병들 사이에서 소란이 일어나는 것 같았지만 뒤를 돌아보거나 하지는 않았다.

‘윽! 왜 이런 데에 보초가 있는 거야?’

별채로 통하는 통로의 끝. 그 끝에는 창을 든 두 명의 보초가 서 있었다. 내가 다가오는 것을 모른 채 고개를 빼고 건너편을 바라보는 것을 나는 조용히 옆으로 비켜 그들 사이로 지나갔다. 건너편이 워낙 소란스러운 터라 내가 지나가는 줄도 모르는 것 같았다.

‘다행이야.’

나는 안심하며 별채의 아래층으로 내려가는 계단을 밟았다.

별채는 저택의 다른 부분에 비해 눈에 띄게 오가는 사람의 수가 적었다. 시간이 밤이기에 그러려니 했지만 이 정도의 소란이 이는데도 조용한 것이다.

‘그러고 보니 창문의 수도 적고…….’

몇 개 되지 않는 창문도 모조리 어두운 빛깔의 커튼이 쳐져 있었다. 나는 복도의 한쪽 구석에서 유일하게 빛을 밝히고 있는 촛불을 발견하고는 그 근처로 다가갔다.

“보초가 있었던 것을 보면 무언가 있는 곳 같은데… 꼭 사람이 살지 않는 듯한 분위기네요.”

―이쪽은 잡혀온 노예들이 있는 방이야.

"예?"

들려온 이플리트의 말에 나는 눈을 동그랗게 뜨며 펜던트를 내려다보았다. 노예라니? 그럼 별채에 있는 방에는 전부 노예가 잡혀 있다는 말인가?

―빚을 진 사람만을 노예로 만드는 것이 아니야. 귀족의 눈에 든 평민들을 몰래 납치해서 억지로 팔아넘기는 짓도 하고 있지.

그 토라스라는 인간, 정말 상종 못할 인종이네. 나는 한숨을 쉬며 주위에 있는 방문들을 둘러보았다.

―설마 그 사람들을 다 풀어주겠다거나 하는 귀찮은 일을 생각하고 있는 것은 아니겠지?

오원의 물음에 나는 망설이는 얼굴로 펜던트를 내려다보았다. 트레스나 다른 종속자들의 힘을 빌리면 불가능한 일도 아닌 것이다. 그러자 이플리트가 내게 말했다.

―지금 이 별채에 갇혀 있는 인간은 하나뿐이야.

"한 명……."

한 명이라면 별로 망설일 것도 없었다. 내가 펜던트의 이플리트가 있는 부분을 내려다보자 이플리트는 한숨을 쉬는 듯한 목소리로 말했다.

―오른쪽에서 가장 끝에 있는 복도, 거기서 세 번째 방일 거다. 그곳만이 밖을 내려다볼 수 있는 창이 있으니까.

창이 있다는 것은 그런대로 대우를 받고 있다는 소리인가? 이플리트가 말한 곳으로 찾아갔지만 예상대로 방문은 잠겨 있었다. 나는 잠시 문짝을 쳐다보다 손바닥으로 마나를 모아 자물쇠 부분을 움켜쥐었다.

손가락이 문짝을 뚫고 안으로 들어가며 자물쇠 부분이 뜯겼다.

'다행이다. 소리가 많이 나지 않았어.'

안심하며 문을 열자 창가에 서서 아래쪽을 내려다보고 있는 여자의 모습이 보였다. 그녀에게 내 모습을 숨길 필요는 없었으므로 샤이시스의 힘을 돌려보내고 나는 방 안으로 발을 디뎠다. 내 기척에 여자는 경계하는 듯이 나를 쳐다보고는 동시에 놀란 듯이 눈을 크게 떴다.

"밖의 소란은 당신 때문인 거군요?"

미묘한 목소리였다. 여자의 목소리치고는 낮다고 생각하며 나는 그녀를 쳐다보았다. 회색 머리카락에 푸른 눈을 가진 여자였다. 특이한 머리 색이었지만 아름다운 외모를 하고 있어서 잡혀온 이유를 짐작할 수 있었다.

그녀는 나를 보고는 머리가 아프다는 듯한 표정을 짓고 있었다. 그리고는 힐끗 커튼 밖의 창밖을 내려다보더니 내게 말했다.

"아직은 별채로 숨어든 것이 발각되지 않은 모양이에요. 이대로 잠잠해질 때까지 기다렸다가 빠져나가도록 해요."

"당신은… 나가지 않을 생각인가요?"

내가 묻자 여자는 난처한 표정을 지었다.

"나가더라도 빚이 남아 있기 때문에 다시 끌려오게 돼요."

"아, 그 차용증이나 돈에 관련된 계약서 같은 것은 모조리 타버렸는데……."

내 말에 여자는 굳어졌다.

"다… 전부 다 타버렸다고요?"

나는 고개를 끄덕였다. 내 대답에 여자는 기뻐하는 표정이 아니었다. 오히려 곤란한 듯이 미간을 좁히며 침대에 걸터앉았다.

　“이런.”

　‘이런?’

　내가 미심쩍은 듯이 여자를 쳐다보자 그녀는 내 시선을 느끼고 어색한 웃음을 지었다.

　‘뭔가 수상해.’

　내 의심스러운 시선에 여자는 얼른 표정을 바꾸어 나를 돌아보았다.

　“왜 그러시죠?”

　“아뇨, 뭐… 어쩐지 빠져나가기 싫어하는 듯한 기색이 보여서요. 혹시… 남고 싶으신 거예요?”

　내 물음에 여자의 얼굴에 순간적이지만 아차 싶은 기색이 스쳤다. 그녀는 그럴 리가 있겠냐는 듯이 나를 보며 대답했다.

　“아뇨. 다만 빠져나간다는 것이 너무 무서워서……. 도망쳤다가 다시 잡히게 되면 무슨 일을 당하게 될지 알 수도 없고요.”

　그녀는 그렇게 말하곤 조심스럽게 나의 표정을 살피고 있었다. 얼굴은 쓸쓸한 표정을 짓고 있었지만 눈동자는 ‘혹시라도 날 데려간다는 소리는 하지 마’였다.

　‘뭐야, 대체 이 사람?’

　나가기 싫다는 사람을 억지로 붙들어 맬 생각은 없었다. 본인이 좋다는데 누가 말리겠는가? 나는 그녀의 말대로 잠잠해지기를 기다렸다가 빠져나가면 그만인 것이다.

　“어이, 이쪽에는 아무것도 안 보여?”

　갑작스럽게 들려오는 사병의 목소리에 나는 화들짝 놀라며 문을 돌아보았다. 경비를 서던 보초가 아래층으로 내려온 모양이었다. 방 가까이로 왔다면 부서진 자물쇠를 볼 수 있을 터였다.

"어이! 문이 부서져 있어!"

멀리서 들려오는 사병의 외침에 여자는 당혹스러운 얼굴로 나를 쳐다보았다.

"정말이지……."

여자는 지끈거린다는 표정으로 이마를 짚더니 문가를 쳐다보고 있던 내 팔을 잡았다.

"어?"

"어가 아니야! 대체… 남이 고심해서 쌓아놓은 계획을 하루아침에 뭉개놓다니! 아무튼 너, 이 빚은 확실히 받아낼 테니 각오해!"

가느다란 미성으로 말하던 여자의 목소리가 아니었다. 소년의 그것과 같은 활달한 목소리로 기세등등하게 소리치는 말에 내가 얼어붙은 표정으로 그를 바라보자 그는 한숨을 쉬며 내 팔을 잡은 채 나머지 팔로 내 허리를 끌어안았다.

"제기랄! 이게 무슨 꼴이람! 워프!"

날카롭게 소리치는 그의 목소리에 일순간 어그러지는 듯이 주위의 풍경이 달라졌다. 시야가 검은 빛으로 물들어 어지러운 듯이 고개를 내젓자 소년은 내 허리를 휘감았던 팔을 풀며 내게 물었다.

"이봐, 괜찮아?"

어느새 주위는 사방이 꽉 막힌 방이 아니라 대로의 길 모퉁이였다. 귀족들이 사는 주택가를 벗어난 어두운 거리의 풍경에 나는 그녀가 아닌 그를 돌아보았다.

"대체 왜 여장을 하고 있는 거야? 게다가 방금 그건 뭐야? 마법을 쓸 수 있어? 언제든지 밖으로 나올 수 있는 거였잖아!"

멱살을 잡을 듯 달려들며 하는 소리에 소년은 눈살을 찌푸리며 나를 쳐다보았다.

"무슨 상관이야? 그건 네가 상관할 바가 아니니까 네 숙소로나 안내해. 너, 이 도시 사람은 아니지?"

"숙소로 안내하라고? 무슨 근거로 그런 뻔뻔스러운 요구를 하는 거야!"

내가 언성을 높이자 소년은 다가와서 내 복면을 벗겨냈다.

"무, 무슨 짓이야!"

"흐흥, 여자 같은 얼굴이네? 말투도 좀 여자 아이 같더니… 몇 살이야?"

"내가 왜 그런 걸 너한테 말해야 하는데?"

질린 어조로 대답하자 녀석은 눈매를 좁히며 힐끗 하늘을 올려다보았다. 하늘에는 가늘게 휘어진 초생달이 걸려 있었다. 녀석은 그것을 바라보고는 내게 고개를 돌렸다.

"내가 아는 녀석은 그믐에 관계없이 성별을 변화시킬 수 있었어. 너도 그래?"

"뭐?"

"뭐라니? 마법 쪽으로도 자질이 있는 것 같은데 배우는 것은 아직이야?"

제멋대로 떠들어대는 녀석의 말에 나는 어리둥절한 표정을 지을 수밖에 없었다. 그믐에 관계없이 성별을 변화시킬 수 있다고? 그게 무슨 소리지?

"이봐, 모른 척할 수도 있는 걸 같은 아프렌 족이라서 구해준 거란 말이야. 고맙다는 인사 정도는 할 수 있는 거 아니야?"

"네가 참견하지 않았어도 난 혼자서 빠져나올 수 있었어!"

　내가 성을 내며 소리치자 녀석은 얼굴을 찌푸렸다.

　"그래? 그렇다면 난 괜히 널 도운 셈이 되는군. 어찌 되었든 너 때문에 내 계획이 틀어진 것만은 틀림없으니까 확실하게 책임져 줘야겠어."

　"누구 마음대로 그런 소리를 해? 정말 웃기지도 않아."

　설레설레 고개를 저으며 여관을 향해 걸어가자 녀석이 터벅터벅 나를 따라 걸었다. 뒤를 돌아보며 그를 노려보자 녀석은 방긋 웃으며 내게 말했다.

　"나 무일푼인데."

　"그게 나랑 무슨 상관이야?"

　"에이이~ 같은 종족을 만난 것도 인연인데 그렇게 섭하게 굴면 안 되지. 나도 아프렌 족을 만난 것은 그 녀석과 우리 어머니를 제외하고는 처음이란 말이야."

　"처음이고 말고 간에 나와는 상관없어!"

　내가 소리치자 녀석은 처음으로 뚱한 표정을 지었다.

　"그래?"

　"그래!"

　나는 단호히 소리치며 녀석에게서 등을 돌렸다. 아프렌 족이든 아니든 내가 녀석을 책임져 줄 이유는 없는 것이다. 더군다나 저런 귀찮은 녀석과는 괜히 얽히고 싶은 생각도 없었다. 그러자 녀석은 걸어가는 내 뒤통수에다 대고 말했다.

　"그럼 토라스 나리의 저택에서 도둑질을 한 것이 너라고 소문을 퍼뜨려도 돼?"

　뭐? 방금 뭐라고……! 내가 드드득 고개를 돌려 녀석을 쳐다보자 녀석은 빙글거리며 웃었다.

"나 이래 뵈도 그림은 꽤 잘 그리는 편이니까 네 몽타주 확실하게 그려줄 수 있는데."

의미심장한 웃음을 머금으며 하는 말에 나는 파르르 떨며 녀석을 노려보았다. 이 비열한! 네가 그러고도 같은 종족 운운할 수 있냐! 돌아서기가 무섭게 달려들어 녀석의 멱살을 잡자 녀석은 빙긋 웃으며 나를 바라보았다.

"이제 마음 좀 달라졌어?"

"너 살인멸구라고 들어는 봤냐?"

"이래 보여도 내가 도망치는 것 하나는 잘하거든. 문제없지."

씩 웃으면서 하는 말에 나는 한숨을 쉬며 손을 놓았다. 협박 정도로 통할 녀석이 아니었다. 그렇다고 정말로 죽일 수도 없고… 어떻게 하지?

'산 너머 산이라더니 이건 또 뭐야!'

내가 어깨를 축 늘어뜨리며 길게 한숨을 쉬자 녀석은 걱정 말라는 듯이 내 어깨를 두드렸다.

"그리 오래 신세를 지지는 않을 테니까 너무 그렇게 빼지 말라고. 옷깃만 스쳐도 인연 아니겠어?"

무슨 얼어죽을 인연이야! 이딴 인연 필요 없으니까 너 다 가져라!

녀석의 이름은 아시트였다. 그 스스로가 밝힌 것처럼 아프렌 족이라고 하지만 내 눈으로 보기에는 인간과 별다를 것이 없어 보였다. 사실 나 자신도 다른 인간과 그리 다른 점은 없다고 생각하고 있었으니까. 하지만 아시트의 말은 달랐다.

"종족마다 마나를 다루는 자질이 다른 것처럼 아프렌 족은 마법 생물체이기 때문에 마나의 파장이 달라. 우리들의 피는 강한 마력을 띠고 있어서 마법 의식의 촉매로 사용될 수도 있으니까."

…라고 말해 봤자 마법을 전혀 배운 적이 없는 나에게는 이상한 소리로 밖에는 들리지 않는다.

"정말이에요, 트레스?"

내가 슬쩍 펜던트의 트레스에게 묻자 펜던트의 돌이 희미하게 빛났다.

—사실입니다. 세틴님의 파장은 오히려 드래곤의 것과 가까우니까요. 촉매가 된다는 말도 아마 사실일 겁니다.

'그런 건 전혀 기쁘지 않은데…….'

아시트는 내 앞에서 태연하게 옷을 벗어 내가 건넨 옷으로 갈아입었다. 계속 치마를 입고 있어서 여자로 오해받는다는 이유였다. 나와 체격이나 키가 거의 비슷해서 내 옷을 입어도 무방할 것 같기에 나는 그냥 내 옷을 건네주었다.

"조금 작았으면 싶었는데……."

아쉬운 듯이 중얼거리는 말에 나는 눈살을 찌푸리며 그에게 말했다.

"옷은 안 사줘!"

"누가 옷 사달라고 그랬냐?"

아시트는 피식 웃으며 내가 앉아 있는 침대의 맞은편 의자에 털썩 주저앉았다. 우리는 지금 내가 묵었던 여관 방으로 돌아와 있었다. 물론 여관 주인이나 종업원에게 들통나서는 안 되므로 창문으로 들어왔다.

"그런데 나 어디에서 자?"

방긋 웃으며 묻는 말에 나는 눈매를 좁히며 녀석을 쳐다보았다.

"방바닥, 지붕, 길거리. 그중에 하나만 골라."

"윽! 침대 넓은데 같이 자면 안 되는 건가?"

당연히 안 되지! 내 방에서 재워주는 것도 크게 양보한 거란 말이다! 내가 말없이 인상을 쓰자 녀석은 알았다며 모포를 바닥에 깔았다. 이 방에는 긴 의자나 소파 같은 것이 없어서 의자 위에서는 잘 수가 없었다.

'생각 같아서는 방을 하나 더 잡고 싶지만 이 밤에 여관 주인을 깨울 수도 없고……'

밤늦게 찾아온 손님으로 주인의 머리 속에 각인시킬 수는 없었다. 당장 저택이 털려 수사가 시작될 마당에 그런 위험한 짓을 할 생각은 없었다.

"세틴."

"왜?"

나는 방 불을 끄고 침대에 누우며 퉁명스럽게 대답했다. 그러자 아시트가 슬쩍 내 쪽으로 고개를 돌리며 물었다.

"진짜 침대 속으로 들어가면 안 돼?"

"안 돼."

"남자끼리니까 상관없잖아."

"남자끼리라서 더 싫어. 아무튼 나는 이제 잘 거니까 더 이상 말 시키지 마. 그리고 나 잘 깨니까 건드리지 말고."

늦은 시간에 밖에 나갔다 온 것이라 겹겹이 피로가 쌓이는 것 같았다. 게다가 몇 시간씩 뛰어다니기도 했고 침대에 몸을 눕힌 이상 몰려드는 졸음에 저항할 필요 같은 것은 없었다. 스르륵 감기는 눈꺼풀에 이불을 폭 뒤집어쓰자 저절로 정신이 몽롱해졌다. 아시트 녀석이 그 이후로도 무어라 내게 말을 거는 것 같았지만 나는 그것에 대답할 새도 잠이 들고 말았다.

"우와아악! 세틴!"

자지러질 듯한 비명에 나는 눈을 번쩍 뜨며 주위를 둘러보았다. 이 목소리는 전에도 한 번 들은 적이…….

"어? 흐암~ 샤이시스? 일찍 왔네요오."

샤이시스였다. 쏟아지는 태양 빛을 뒤로하고 샤이시스가 여관 방의 한가운데에 우뚝 서 있었던 것이다. 창으로 비치는 태양 빛이 마치 역광처럼 그의 몸으로 쏟아지고 있어 은빛 털이 더욱 아름다운 빛을 발했다.

"세틴! 살려줘어!"

숨 막힐 듯한 비명을 지르는 아시트의 모습에 나는 뺨을 긁적이며 샤이시스를 쳐다보았다. 샤이시스가 아시트의 머리를 덥석 물고 있었던 것이다. 머리가 송두리째 샤이시스의 입 안으로 들어간 아시트는 필사적으로 버둥거리며 샤이시스의 입을 떼내려고 했지만 아시트의 힘으로는 어림도 없었다. 아시트의 비명에 샤이시스는 황금색 눈을 들어 나를 바라보았다.

―아는 녀석이냐?

"잠깐 봐주기로 했어요."

내가 한숨을 쉬며 대답하자 샤이시스는 약간 미심쩍은 듯이 아시트를 내려다보고는 입을 떼었다. 머리가 샤이시스의 침에 범벅이 되어 굴러 나온 아시트는 파랗게 질린 얼굴로 헉헉거렸다.

"어이, 괜찮은 거야?"

"뭐, 뭐, 뭐야, 저⋯⋯."

"샤이시스다. 인간."

샤이시스는 가볍게 코웃음을 치며 아시트에게 그렇게 말했다. 샤이시스가 말을 하자 아시트의 눈은 더 더욱 커졌다.

"대, 대체⋯⋯!"

"나랑 계약한 환수야. 적이 아니면 공격하지 않을 테니까 무서워할 필요 없어."

하지만 아시트의 표정은 공포 그 자체였다. 끈적한 타액에 뒤덮인 자신의 얼굴을 손으로 쓱 문지르더니 여관에 있는 공중 목욕탕에서 몸을 씻겠다며 밖으로 나갔다. 아시트가 옷가지들을 들고 밖으로 나가자 나는 침대 아래쪽에 앉아서 자신의 털을 고르고 있는 샤이시스를 돌아보았다.

"던저 저를 깨우셨으면 좋았을 텐데⋯⋯."

"녀석이 침대 곁에 앉아서 물끄러미 네 얼굴을 쳐다보고 있잖아. 그래서 그냥 한번 맛을 봤지."

맛이라⋯⋯. 아시트가 들었다면 뒤집어져라 펄펄 뛰었을 소리였다. 나는 부스스 일어나 침대에서 내려왔다.

"아직 시간이 남아 있을 텐데 왜 벌써 돌아왔어요?"

"돌아온 거 아니야. 시간이 꽤 됐으니까 무사한가 얼굴 보러 온 거지. 무사한 거 같으니까 나는 그만 가마."

샤이시스가 의자를 훌쩍 뛰어넘어 창가에 올라서자 나는 세숫대야에 세숫물을 따르며 말했다.

"내일 밤까지니까 잊지 말고 돌아오셔야 해요~"

"그래!"

홀쩍 창밖으로 뛰어내리는 샤이시스의 모습에 나는 몸을 돌려 세수를 시작했다. 물기를 닦고 옷을 갈아입자 목욕을 끝마친 아시트가 들어왔다. 그는 벗어놓은 옷을 들고는 방 안을 두리번거리더니 나에게 물었다.

"그… 환수는?"

"볼일이 있다고 나갔어. 왜?"

"아니, 그냥."

그냥이 아닐 텐데. 눈에 띄게 안심한 모습을 보이는 아시트를 보고 나는 피식 웃고 말았다. 나는 아시트에게 먼저 밖으로 나가라고 말하고 얼마간의 돈을 꺼내 아래층으로 내려왔다. 아침 시간이라 식사를 하는 사람들로 인해 일층은 눈코 뜰 새 없이 바빴다.

"나가서 먹자."

작게 속삭이자 아시트는 고개를 끄덕이고는 밖으로 나갔다. 아침이기는 하지만 늦은 아침이라 오가는 사람들이 그리 많지 않았다. 나는 근처 식당으로 들어가 가벼운 아침 메뉴를 시켰다. 아시트도 비슷한 메뉴를 시키고 메뉴판을 내려놓았다. 녀석은 메뉴판을 종업원에게 건네고는 나를 지그시 바라보며 물었다.

"너, 사실은 여자지?"

"하?"

물컵을 입으로 옮기며 반문하는 말에 아시트는 씨익 웃으며 나에게 말했다.

"지금 말고 원래를 묻는 거야. 처음 태어났을 때의 성별은 있는 법이니까."

아시트의 물음에 나는 물을 목구멍으로 넘기며 물컵을 내려놓았다.

“…없었어.”

“없다고? 그게 무슨 소리야?”

아시트의 물음에 나는 눈살을 찌푸리며 말했다.

“중성이었다고.”

내 조그마한 목소리에 아시트의 눈이 커졌다.

“…어? 뭐… 라고? 무, 무성? 그럴 수도 있어?”

“있으니까 내가 있는 거겠지. 최근 몇 주 전까지는 어느 쪽의 성도 아니었어.”

내가 말하자 아시트는 심각한 표정으로 나를 쳐다보았다.

“너… 그러면 몇 살이야?”

대뜸 묻는 말에 나는 인상을 찌푸리며 그를 노려보았다.

“너부터 말해 봐.”

“난… 이백스물한 살.”

엑! 이, 이백스물한 살?! 내 눈이 커지자 아시트는 쑥스러운 듯이 얼굴을 붉혔다.

“뭘 그렇게 놀라는 거야? 넌 나보다 더 나이가 많을 거 아냐.”

“무슨 헛소리를 하는 거야! 나는 열여섯이란 말이야!”

이번에는 아시트의 눈이 커졌다. 그는 믿어지지 않는다는 듯이 나를 쳐다보며 말했다.

“거, 거짓말! 네가 나보다 연하라고?”

“그게 어째서 거짓말이 되는 거지? 어딜 봐도 나는 십대 이상으로는 보이지 않아!”

내가 소리치자 아시트는 무언가 이해가 되지 않는다는 듯이 나를 보다 납득했다는 듯이 고개를 끄덕였다.

"그래, 그럴 수도 있겠다."

"뭐가?"

내가 부루퉁한 얼굴로 묻자 아시트는 피식 웃으며 말했다.

"나는 인간과 혼혈이니까. 너는 아마도 나보다 순수 혈통에 가까울 거야. 나는 이백스물한 살이라고는 하지만 아직 성별이 변한 적은 없거든. 그런데 성별이 변했다는 네가 나보다 연하라고 해서 놀랐던 거야."

그런 거였나? 하지만 듣기에는 아시트의 어머니도 혼혈인 것 같았다. 아프렌 족은 상당히 긴 세월을 산다고 했는데도 조부모님이나 어머니의 다른 형제들에 관한 이야기는 하지 않았으니 말이다. 내가 그런 식으로 묻자 아시트는 천천히 자신이 알고 있는 나머지 두 명의 아프렌 족에 대해 이야기하기 시작했다.

"네 말대로 내 외할아버지나 외할머니는 인간이었다고 해. 아프렌 족의 피를 얼마간 이어받은 인간이었던 거지. 어머니의 형제는 많았지만 아프렌 족의 특성을 나타낸 것은 어머니뿐이었다고 해. 아, 우리 어머니는 올해로 칠백여든 살이 되지."

"실례가 되는 말일지도 모르겠지만 어마어마하구나."

"그런가? 그래 봤자 외견은 이십대 중반으로 보이니까 별 감흥은 없어. 아프렌 족의 가장 큰 특징은 십대 중반쯤에서 성장이 느려지면서 이십대 중반이 되어서는 외견이 거의 나이를 먹지 않는다는 것이니까."

흠, 그거 신기하네. 내가 눈을 동그랗게 뜨며 흥미진진하게 아시트의 이야기를 듣자 아시트는 피식 웃으며 말했다.

"아프렌 족에 대해서는 거의 알지 못해? 너희 부모님도 인간이었던 모양이지?"

"응."

나는 순순히 고개를 끄덕였다. 하지만 우리 부모님이 인간이라도 나는 아마도 순수한 아프렌 족일 것이다. 이 세계에 오면서 육체가 변했다고 하니까. 아시트는 이런 나의 생각을 알아차리지 못했는지 알겠다는 듯이 고개를 끄덕였다.

"하긴, 그러면 아무것도 모를 수도 있겠다. 우리 어머니도 처음에는 혼자서 찾아보았다고 하니까."

"저기, 그 아무 때나 변할 수 있다는 그 사람은? 그믐이 아니어도 성별을 변화시킬 수 있다며?"

내가 그—혹은 그녀—에 대해서 묻자 아시트의 인상이 노골적으로 찌푸려졌다. 별로 좋은 인상을 주는 사람은 아니었던 모양이다.

"아아, 그 자식? 그 자식은 거의 괴물 수준이야."

"허어~ 상당히 싫어하는 모양이구나?"

내가 말하자 아시트는 탁 하고 가볍게 테이블을 내려쳤다. 그의 눈동자에서 화르륵 하고 분노의 불길이 용솟음치는 것을 보고 나는 움찔하며 몸을 뒤로 뺐다. 아시트는 바로 앞의 내가 주춤하고 있다는 것을 아는지 모르는지 흥분한 목소리로 소리쳤다.

"녀석은 단순히 싫은 정도가 아니야! 나는 놈을 증오한다고! 녀석은 끔찍스러워!"

그, 그 정도로? 내가 아시트를 의아한 듯 쳐다보는 사이에 여종업원이 음식을 테이블 위에 올려놓았다. 그녀는 아무 생각 없이 음식을 테이블 위에 내려놓다 아시트를 쳐다보고는 깜짝 놀라며 몸을 떨었다.

"괜찮으니까 신경 쓰지 마세요."

배시시 웃으며 하는 말에 그녀는 고개를 끄덕이고는 얼른 음식을 내려놓고 도망치듯 주방으로 돌아갔다. 하나 아시트는 서빙을 보러왔던 그녀가 겁을 먹고 도망쳤다는 사실도 알아차리지 못한 모양이었다. 녀석은 흥분한 얼굴로 이렇게 떠들어댔다.

"거의 이천 살이 가까운… 아니, 넘었을 거야! 하는 짓은 인간 같지 않은데다가 저도 평소에는 남자의 모습을 하고 있는 주제에 남성 혐오증이라니까! 그런 주제에 무슨 나랑 약혼은 해가지고……."

"헤? 약혼했어? 남자랑?"

내가 아무 생각 없이 묻자 아시트의 얼굴에 화르륵 불이 붙었다.

"아, 아니야! 그건… 그건 그냥 어머니가 억지로 시킨 거란 말이야! 나는 아직… 그 둘에 대항할 수 있을 만큼의 마력이 없으니까."

어째 요즘따라 내 주위에 약혼한 것들이 많아지는 것 같은 기분이 드는데? 나는 문득 떠오른 생각에 스푼을 들며 아시트에게 물었다.

"그럼… 혹시 가출?"

"내 나이에 가출이 어디 있겠냐! 독립이지!"

'나한테 빌붙은 주제에 독립은 무슨…….'

나는 가볍게 눈을 흘기며 버섯 수프를 떠먹었다. 내가 베이컨 조각이 들어간 샐러드를 우물거리자 그제야 아시트도 포크를 들었다. 그는 양상추에 포크를 찔러 넣으며 내게 말했다.

"그 녀석도 인간의 피가 흐르고 있기는 하지만… 우리 어머니와 함께 주의해야 할 인물이야."

"왜?"

감자를 목구멍으로 삼키며 급히 묻자 아시트는 입 안에 들어간 것을 우물거리며 대답했다.

“너도 여자로 변할 수 있으니까. 게다가 순수 혈통에 가깝고.”

“그래 봤자… 네 약혼자잖아.”

내가 달하자 아시트는 버럭 소리를 질렀다.

“나는 녀석을 인정하지 않는다니까 그러네!”

“그래도 약혼은 약혼이잖아.”

내가 말하자 아시트는 눈살을 찌푸리며 빵을 북 찢어서 입에 넣었다.

“우물. 녀석은… 우물우물, 그래 봤자…….”

“다 먹고 말해.”

내가 소세지에 포크를 찔러 넣으며 투덜거리자 아시트는 우물거리며 고개를 끄덕였다.

“그래 봤자 녀석은 제멋대로야. 자기 내키는 대로 행동하니까. 내 일만 해도 사내아이로는 품을 수 없다고 내가 성을 변화시킬 수 있게 되면 찾아오겠다고 했으니까.”

“흠, 넌 그게 싫단 말이지?”

“당연하지! 이백 년 동안 유지되어 왔던 내 성별이 어떤 놈팡이의 취향 때문에 하루아침에 바뀐다면 기분이 좋겠냐? 게다가… 놈은 어렸을 때부터 내겐 공포의 대상이었다고! 이제 와서 좋은 감정 따위가 생길 리 있냐? 그런데다가 여자의 모습으로 꼬셔도 될까 말까인데 나보고 여자가 되라고? 차라리 죽고 말지 그렇게는 못해!”

“그래? 그런데 그거 안 먹을 거면 나 줘.”

녀석의 그릇 안에 있는 오징어 튀김을 바라보며 말하자 녀석은 투덜거리며 내게 말했다.

“듣는 척이라도 해주면 안 되냐?”

하지만 녀석의 신변잡기 쪽으로는 그다지 흥미가 일지 않는 것을 어쩌겠는가. 아시트는 투덜거리면서도 먹으라며 그릇을 내밀었다. 나는 그것을 냉큼 포크로 찍어 먹고는 아시트에게 말했다.

"그래서 어떻게 하려고? 그냥 당신한테는 흥미가 없으니 날 포기해 주십시오 하고 거절하면 되잖아."

"그런 게 통하는 상대라면 고민하지도 않아. 이쪽의 의사는 전혀 신경 쓰지 않으니까 문제지."

아시트는 그렇게 말하며 힐끗 나를 쳐다보았다. 뚫어져라 바라보는 시선에 내가 고개를 갸웃거리자 아시트는 한숨을 쉬며 말했다.

"네가 있으니까 어머니는 어떻게든 내 편으로 끌어들일 수 있겠지만 문제는 놈이 어떻게 나올지……. 그렇기 때문에 나는 성을 변화시킬 수 있게 되기 전에 놈을 능가하는 힘을 손에 넣지 않으면 안 돼!"

"흠, 순결을 지키기 위해 필사적이구나."

"꼭 그런 식으로 이야기해야겠냐?"

가재미눈을 하고 째려보는 아시트를 무시하고 나는 빈 그릇들을 치우도록 부탁했다. 후식으로 나온 과일 푸딩을 우물거리자 아시트는 희한하다는 듯이 나를 쳐다보며 말했다.

"그게 맛있냐? 나는 그거 물컹거려서 싫던데."

"그래? 난 맛있는데. 물컹거려도 입 안에서 부서지잖아."

"스푼으로 뜰 때의 느낌이 싫어. 입 안에서 씹을 때도 그렇고. 난 좀 더 바삭한 게 좋더라."

흐응, 넌 물컹물컹한 걸 싫어하는 건가?

아시트는 후식으로 나온 차를 마시고 있었다. 아까 들은 '네가 있으니까 어머니는 내 편으로 끌어들일 수 있다'는 소리가 조금 신경 쓰이

기는 했지만 대화의 초점이 거기에서 많이 비켜간 뒤라 다시 물어보기
가 뭐했다.

"그런데 그 인간의 집에는 무슨 이유로 침입한 거야? 단순히 무언가
를 훔치려던 것은 아닐 것 같고… 무슨 원한이라도 있어?"

"아니. 난 그 사람의 얼굴도 모르는데? 이름도 며칠 전에야 들었고."

내가 고개를 젓자 아시트의 표정이 기묘해졌다.

"그럼… 단순히 물건을 훔치려고?"

"아는 사람이 조금 난처한 상황에 처해진 것 같아서… 그것 때문에
들어갔던 거야. 서류를 전부 태워 버린 건 그냥 실수였지만."

그러고 보니 그 일곱 개나 되는 상자를 열어보지 않은 것이 생각났
다. 시커먼 철제 상자가 상당히 무겁게 보였는데 그게 뭐였을까?

'설마 무슨 시체 같은 것이 들어 있는 건 아니겠지?

그런 거라면 얼른 꺼내서 버려 버리고 싶었다. 금고 속에 들어 있었
으니 아마도 금화나 돈이 아닐까 싶었지만 열어보기 전에는 알 수가
없는 것이다. 아시트는 내 묘한 표정을 다른 쪽으로 해석한 것인지 이
렇게 말했다.

"…신경 쓸 필요 없어. 그런 방법으로 번 돈은 그런 식으로 사라지
는 것이 옳은 거지. 게다가 그 작자한테 돈을 빌린 사람들은 대부분 원
금을 다 갚고 이자를 갚지 못해 허덕이고 있는 사람들이니까 좋은 일
했다 생각하고 잊어버려."

"어? 으응."

나는 무심결에 고개를 끄덕이고는 다 먹은 푸딩 그릇을 내려놓았다.

아시트는 그곳을 나와서는 정말로 할 일이 없는 건지 나와 함께 다

니겠다고 말했다. 그는 머리는 뒤로 묶어 늘어뜨렸는데 화장을 하지 않았는데도 하얗고 곱상한 얼굴이라 혼자 내버려 두면 남자들이 와서 집적거렸다. 남자 옷을 입고 있는 여자인 줄로만 아는 것이다. 그 대부분은 남자라는 것을 알고 물러갔지만 일부는 벗겨서 안을 확인해 봐야겠다고 덤벼들어서 화를 자초했다.

"너도 참 여러 가지로 피곤한 인생이다."

가까운 골목 어귀에 기절한 남자를 떨구어놓는 아시트를 바라보며 나는 그렇게 말했다. 가벼운 전격 마법을 손아귀에 엉겨붙게 해서 상대를 기절시키는 것이다. 대부분이 무기 없이 달려드는 상대라 웬만한 녀석은 이것 한 방이면 해결되었다.

"너도 마찬가지야. 너랑 같이 다니면 아가씨들이 얼마나 흘겨보는지 알아? 이쪽에 이렇게 잘생긴 남자를 두고 이런 사이비한테."

'그랬던가?'

나는 뚱한 표정을 지으며 이쪽을 바라보고 있던 젊은 처자에게로 고개를 돌렸다. 그녀는 나와 눈이 마주치자 얼굴을 붉히며 황급히 시선을 내리깔았다.

'잘 모르겠는데……. 딱히 좋은 표정 같지도 않고.'

나로서는 아시트를 째려보는지 어쩐지를 확실히 알 수 없었다. 내가 고개를 돌리면 다들 화들짝 놀라서 눈을 피하니까. 이번의 아가씨도 내가 물끄러미 바라보자 얼굴이 빨개져서는 어쩔 줄 몰라 했다. 그러자 곁에 있던 아시트가 그녀를 힐끗 바라보고는 내게 물었다.

"뭐 하는 거냐?"

"별로……."

나는 멋쩍은 얼굴로 시선을 돌리며 대장간이 있는 길목으로 안내했다. 이미 시내에는 그 토라스의 저택에서 있었던 일로 소문이 쫙 퍼져 있었다. 꽤나 악명을 떨치던 사내였던 모양이다. 길을 건너서 모퉁이를 돌자 랄프의 대장간이 눈에 들어왔지만 어쩐 일인지 대장간은 문이 잠겨 있었다. 때문에 나는 뒤로 돌아 그의 집이 있는 곳으로 갔다.

"이쪽이 맞아?"

"응. 나갈 때는 이쪽으로 나갔었으니까."

대장간의 뒤에는 집뿐만이 아니라 조그마한 정원도 있었다. 내가 정원의 울타리 문을 열고 안으로 들어가자 빨래를 널고 있던 어린 소녀가 빨래를 내려놓고 나에게 다가왔다. 결이 좋은 금발을 양 갈래로 묶어 내리고 단정히 앞치마를 두른 모습이 꽤나 귀여워 보였다. 소녀는 녹색 눈동자를 굴리며 나와 아시트를 올려다보았다.

"무슨 일이세요? 대장간 일 때문이라면 오늘은 쉬기 때문에……."

"랄프 씨를 만나러 왔는데. 오늘이 물건을 건네받기로 약속한 날이거든."

"아아, 그분이군요?"

이 아이가 안인 모양이었다. 안은 화색을 띠며 빨래 바구니도 내팽개치그 안으로 뛰어들어 갔다. 요란스럽게 오빠를 부르는 소리에 작업복을 입고 있는 랄프가 밖으로 나왔다.

"오, 세틴님이시군요? 이쪽 분은……?"

"아시트예요. 참고로 여자가 아니라 남자요."

내 소개에 랄프는 잠시 눈을 크게 떴지만 곧 부드럽게 눈빛을 바꾸었다. 그는 미안한 듯이 웃으며 문을 열었다.

"막 여덟 개째의 세공을 끝마친 참이었습니다. 못해도 저녁때까지는 끝마칠 수 있을 듯싶은데……."

벌써 여덟 개? 내가 그렇게 하도록 시키기는 했지만 랄프는 정말로 알아들은 모양이었다. 잠을 한숨도 자지 않고 만든 것인지 눈이 충혈되어 있었다. 거실로 안내하면서도 연신 미안한 표정을 감추지 못하는 그를 보고 나는 괜찮다고 말했다.

"그렇게 급할 건 없는데… 하루 이틀 정도는 더 늦어도 되니까. 아… 대신에 검을 한 자루 주세요. 제가 친구의 검을 빌렸다가 부러뜨려 버렸거든요."

"검을… 말입니까?"

어? 실수한 건가? 랄프의 표정이 심각해지자 나는 서둘러 말을 덧붙였다.

"대대로 내려온다는 그런 검 말고요. 그냥 적당한 검이면 되는데……."

내가 당황한 듯싶자 랄프는 피식 웃었다.

"그럼 실례가 되지 않는 선에서 그 친구 분에 대해 여쭈어보아도 되겠습니까? 어느 정도의 실력을 가지고 계시는 분인지 말입니다."

"어… 글쎄요. 확실히는 모르지만 무투대회의 결승전에 진출할 정도의 실력은 돼요."

"무투대회라면 어떤……?"

랄프의 물음에 나는 그가 권하는 대로 그의 맞은편에 있는 소파에 앉으며 대답했다.

"크라이드의 왕실에서 주최하는 거요."

내가 말하자 내 옆 자리에 앉았던 아시트가 알았다는 듯이 말했다.

"요 몇 주 전에 결승전이 무산되었다던 그거 말하는 거지? 경기 중에 웬 마녀가 난입했다는……."

“헤에, 잘 아네?”

내가 놀랍다는 듯이 아시트를 쳐다보자 아시트는 그 정도는 당연한 것 아니냐는 듯이 말했다.

“그야 이곳의 공주도 비슷한 꼴을 당했으니까 소문이 빨리 퍼졌지. 왕족의 이야기는 서민들의 주 관심사이기도 하고. 최근에는 그 공주님께서 저주를 풀기 위해 직접 크라이드까지 건너가셨다는데 어떻게 되었는지 몰라?”

그 말에 나는 속으로 웃을 수밖에 없었다. 공주가 이쪽으로 돌아오고 있다는 사실은 누구보다도 내가 제일 잘 아니 말이다.

한편 랄프는 레오폴드에 대한 내 어설픈 설명을 듣고는 안심한 모양이었다. 나한테 부실한 검을 건넬 수는 없고, 그렇다고 본인이 아닌 다른 사람에게 건네는 것을 좋은 검을 주기도 뭐해서 망설이고 있었던 모양이다.

랄프의 대장간에서 팔리는 검은 대부분 랄프 본인이 만든 것이고, 랄프의 동생인 게빈은 성에 차지 않으면 만들다가도 검을 반으로 부러뜨린다고 했다. 그의 검은 알아볼 수 있고 실제로 실력을 가진 사람에게만 건넸다는 것이다.

“하지만 난 검을 전혀 못 보는데…….”

내가 옆 자리의 아시트를 쳐다보자 아시트는 할 수 없다는 듯이 한숨을 쉬었다.

“내가 조금 볼 줄은 알지만 나는 마법사야. 검사 정도는 못 된다고.”

“그런 부분에 있어서는 걱정하지 않으셔도 좋습니다. 동생에게 직접 추천해 달라고 할 거니까요.”

랄프는 그렇게 말하며 자리에서 일어나 위층으로 동생을 부르러 올라갔다. 잠시 앉아서 기다리고 있는데 안이 차를 들고 다가왔다.

"애플 티예요. 천천히 쉬었다 가세요."

상냥한 웃음에 나는 고개를 끄덕이며 차를 들었다. 찻잔을 들어 올려 입술을 댈 찰나 계단을 밟는 소리가 울리더니 랄프가 동생과 함께 모습을 드러냈다. 계단을 내려오는 게빈은 잠을 자다가 깨어난 것인지 눈이 반쯤 감겨 있었다.

"이 사람들이야? 파란 머리 여자가 있다더니 회색이네?"

게빈의 중얼거림에 랄프는 황급히 그에게 말했다.

"저쪽 분은 다른 사람이야. 더군다나 남자고."

"에엑! 남자?!"

경악하는 게빈의 모습에 나는 슬쩍 아시트를 쳐다보았다. 한두 번 있는 일이 아닌지 아시트는 아예 포기한 얼굴이었다.

게빈은 랄프에게서 내 이야기를 모두 들은 것인지 자신의 작업실로 가자고 말했다. 나와 아시트가 자리에서 일어나자 게빈은 지하에 있는 자신의 작업실로 안내했다. 등에 불을 켜고 지하실 문을 열자 어두컴컴한 내부가 드러났다.

게빈은 등불로 계단을 비추며 앞서 걸었다. 나와 아시트는 발을 조심하며 지하실로 내려갔다. 지하실은 쇠와 기름 냄새, 그리고 숯 냄새가 가득했다.

"완성품은 이쪽에 있어요."

게빈은 조금 쑥스러운 듯이 말하며 작업실 한쪽에 걸려 있는 검을 내게 보여주었다. 여러 자루의 검이 걸려 있었지만 게빈이 뽑아서 보여준 것은 단 세 자루였다.

"저는 세공에는 그리 조예가 없는 터라 장식은 모두 형님의 솜씨입니다.”

나는 조심스럽게 게빈이 건네는 검을 하나하나 살펴보았다. 검에 대해서는 알지 못하는 내 눈에도 그의 검은 훌륭해 보였다. 유려한 검신과 섬세한 세공에 나는 찬찬히 그것들을 들여다보았다.

‘레오폴드한테 주고 싶지 않아. 어쩐지 아까워.’

내가 검을 들고 고심하는 듯이 보이자 게빈은 의아한 듯이 나를 보았다.

“마음에 들지 않아요?”

“아니, 어쩐지 녀석한테 건네주기 아깝다는 생각이 든다고나 할까⋯⋯.”

받으면 당연히 좋아하겠지만 녀석에게 건네는 것은 과분하다는 생각이 들었다. 그러자 게빈은 피식 웃으며 말했다.

“그렇게까지 좋은 검은 아니에요. 이것 말고도 다섯 자루 정도는 제가 아끼는 검이 있으니까 부담 갖지 말고 고르세요.”

⋯다섯 자루? 그것도 많은 것은 아니잖아! 여전히 레오폴드에게 건네주기는 아깝다는 마음을 떨치지 못하는 가운데 나는 한 자루의 검을 골랐다. 레오폴드에게 어울리는 검이라기보다는 손에 잡히는 감각이 좋은 것으로 선택했다.

내가 한 자루를 고르자 게빈은 고개를 끄덕이며 나머지 검들을 원래의 자리로 돌려놓았다.

“그것으로 좋겠어?”

아시트의 물음에 나는 고개를 끄덕였다. 한데 게빈에게는 그걸로 끝이 아닌지 안쪽의 선반을 뒤져 천에 감싸인 무언가를 꺼내 들었다. 내민 것을 받아보니 팔 길이의 단검이었다.

"여자가 가지기에는 조금 크고 남자가 지니기에는 작은 물건이라서 마음에 드실지 모르겠습니다."

"근데 이건 세공이 조금 다르네?"

내가 검집을 들여다보며 묻자 게빈은 조금 얼굴을 붉혔다.

"이건 제가 처음으로 혼자서 만든 물건이기 때문에 세공도 제가 했거든요. 형님께 부탁드리지 않고."

게빈의 세공은 확실히 랄프의 것보다 투박했지만 그렇다고 해서 모자라다고 말할 수 있는 것은 아니었다. 비교 대상이 랄프의 것이기에 부족하게 느껴지는 것이다. 나는 매끄러운 칼날을 들여다보다 다시 고개를 들어 게빈에게 물었다.

"근데 이건 왜? 단검은 부탁하지 않았잖아."

"제가 드리고 싶어서요. 장검은 사용하지 않으시니 드릴 수 없고, 이건 저에게도 의미가 있는 물건이니까요."

의미가 있다는 말에 나는 당황하여 게빈을 쳐다보았다. 하나 게빈은 내가 그것을 받아 든 것으로 만족한 모양이었다. 나는 당황한 얼굴로 게빈을 쳐다보며 물었다.

"어… 저기, 내가 받아도 되는 거야?"

"예, 받아주세요. 받아주셨으면 좋겠어요."

게빈의 말에 나는 가만히 단검을 들여다보았다. 폭이 좁고 날카롭게 뻗은 단검은 날카로운 만큼 잘 들 것 같았다. 나는 천천히 고개를 끄덕이며 단검을 검집에 집어넣었다.

"고마워."

"아니에요."

내가 장검과 단검, 두 자루의 검을 받아 들자 게빈은 등불을 들고 자

리에서 일어났다. 지하실 밖으로 나오니 안이 점심 식사를 준비했다며
아시트와 나를 붙잡았다. 안은 랄프의 말대로 요리를 잘했고, 나와 아
시트는 즐겁게 점심을 들 수 있었다. 랄프는 저녁까지면 물건이 완성
된다고 했지만 나는 내일 점심쯤에 찾아오겠다고 말하고 대장간을 나
왔다.

【제6화】

음모는 계속된다?!

"아이고, 손님들, 왜 지금 오십니까? 지금 난리가 났습니다!"

여관 주인의 하소연에 나는 놀란 눈으로 객실로 통하는 계단의 위쪽을 올려다보았다. 무슨 소란인지 말다툼을 하는 남자와 소리를 지르며 악을 쓰는 남녀의 목소리가 들려오고 있었다. 나는 힐끗 아시트를 쳐다보고는 서둘러 위층으로 올라가는 계단을 밟았다.

여관은 길게 이어진 복도의 좌우로 방이 늘어서 있는 형식으로 되어 있었다. 대여섯 명쯤 되어 보이는 병사가 둘씩 짝을 지어 방을 뒤지고 있었다. 내가 쓰는 방문도 열려 있었기에 슬쩍 안을 들여다보니 형편없이 방이 뒤집어져 있었다.

슬며시 화가 치밀어 오르는 것을 느끼며 나는 다른 사람들의 방을 뒤지고 있는 병사들을 바라보았다. 어디에다 무슨 물건이라도 숨긴 줄 아는지 욕설 섞인 항의를 들어가면서도 그들은 열심히 방 안을 뒤지고 있었다. 그러다가 누가 먼저 발견했는지 계단 위에 서 있는 나를 발견하고는 일제히 돌아섰다.

'에? 나를 찾던 거였어?'

병사들 틈에서 기사쯤으로 되어 보이는 작자가 당당히 나를 향해 걸어오자 나는 낯빛을 흐리며 그를 바라보았다. 그러자 아시트가 내 앞으로 나서며 물었다.

"무슨 일입니까?"

"어젯밤에 벌어졌던 도난 사건에 대한 제보가 들어왔소. 거기 아가씨 뒤의 소년이 낮에 그 집 하인과 마찰을 빚었다더군. 저택에 숨어들었던 도둑과 머리 색도 일치하고 말이오."

"…영장은 가지고 오셨습니까?"

아시트의 물음에 기사는 의기양양하게 품에서 서찰 같은 것을 꺼내나와 아시트에게 보여주었다. 나는 힐끗 그 안에 있는 내용을 읽어 내려가며 중얼거렸다.

"…작센 후작이라는 사람이 서명한 거네?"

"자, 동행해 주셔야겠소!"

기사는 그렇게 말하며 힐끗 나를 쳐다보더니 내 목에 걸린 펜던트를 바라보고 눈을 빛냈다. 한걸음에 내게 다가오며 내 목에 걸린 펜던트를 채가려는 것을 나는 뒤로 물러서 피했다.

"뭡니까?"

"그건 도난당한 물품에 들어 있는 거요! 도둑이 맞는 모양이로군! 현행범으로 체포해!"

기사가 소리치자 기사의 뒤에서 대기하고 있던 병사들이 내게로 다가왔다. 내가 찡그리며 그들을 바라보자 이플리트가 말했다.

—작센 후작이라는 작자가 그 공작의 외숙부다. 게다가 저놈은 작센 후작의 밑에 있는 기사야!

'내가 이곳에 있다는 사실이 벌써 그 작자들의 귀에 들어간 건가? 빠르기도 하지.'

나는 피식 웃으며 병사들의 뒤에서 나를 바라보고 서 있는 기사를 노려보았다.

"후작님을 모시는 기사가 어째서 시 경비대의 흉내를 내고 있는 건지 모르겠군요. 게다가 이 목걸이가 도난 물품이라고요? 증거라도 있습니까?"

"말이 많군. 시답잖은 변명 따위를 들어줄 필요는 없다! 잡아들여라!"

기사가 호령하자 병사들이 일제히 검을 뽑아 들었다. 내가 쉽사리 잡혀줄 생각이 없다는 것을 알아차린 모양이었다. 그러자 아시트는 당황한 얼굴로 소리쳤다.

"잠간만 기다려 주십시오!"

"들을 필요 없다! 저 계집도 한 패인 모양이니 잡아들여라!"

"거, 여자 아니라니까!"

아시트는 마침내 버럭 소리를 지르며 품속에서 무슨 문양이 그려진 패 같은 것을 꺼내 들었다. 들여다보니 독수리가 그려진 휘장이었다. 병사들은 그것을 알아차리지 못하는 것 같았지만 뒤의 기사는 그것을 알아보고는 얼굴이 흙빛이 되었다.

"그, 그건……."

"알아봐 주셔서 고맙군요. 아시다시피 이 패를 가지고 있으면 사신으로서 면책특권을 가집니다. 이 사람은 제 동행이니 저와 같은 대우를 받을 수 있지요. 안 그렇습니까?"

"그, 그렇기는 하지만은……."

기사는 떨떠름한 표정으로 나를 쳐다보았다. 그대로 물러날까 말까에 대해서 망설이는 것 같았다.

"알아들으셨다면 저 병사들에게 물러나라고 해주시겠습니까? 제대로 된 증거가 잡히지 않은 상황에서 이렇게 사람을 모함하다니 불쾌하기 짝이 없군요."

아시트가 냉담한 목소리로 말하자 기사는 서둘러 병사들에게 물러나라고 소리쳤다. 기사가 그대로 병사들을 데리고 사라지자 분위기가 묘해졌다. 여관에 숙박하는 사람들은 물론 여관에서 일하는 사람들마저 경이로운 눈길로 아시트를 쳐다보았던 것이다. 아시트는 그게 거북했던지 나를 끌고 방 안으로 들어갔다.

"아주 엉망으로 만들어놓았군."

헤집어진 짐을 바라보며 한숨을 짓는 아시트에게 나는 미심쩍은 눈길을 보냈다.

"방금… 그건 뭐야?"

내 물음에 아시트는 어색하게 웃었다.

"말했잖아. 사신들에게 건네지는 패라고."

"그럼 네가 사신이란 말이야?"

"사신은 아니지만……."

"아니지만?"

눈매를 좁히며 집요하게 묻자 아시트는 툴툴거리며 나를 돌아보았다.

"아무 일 없이 끝났으면 그것으로 좋은 거잖아. 나도 여러모로 사정이 있어서 숨기고 있던 거니까 더 이상은 묻지 말아줘. 방금만 해도…
난 내 일이었으면 그걸 꺼내 들지 않았을 거야."

"…알았어."

그렇게까지 말하는데 더 이상 추궁할 수 없었다. 나는 미심쩍은 듯
이 아시트를 째려보았지만 더 이상은 묻지 않았다. 아시트의 덕으로
아까의 일이 조용히 무마될 수 있었던 것은 사실이니 말이다.

여러 가지 일로 소란스러웠기 때문에 나는 방값을 지불하고 여관을
나왔다. 다른 곳으로 숙소를 옮기려는 것이다. 이에 무일푼인 아시트
는 여전히 뻔뻔스러운 얼굴을 하고 따라붙었다.

"최소한 밥값 정도는 벌 생각을 해야 하는 것 아니야?"

"쫀쫀하기는. 너 돈 많잖아. 미래를 위해서 투자라는 거라고 생각하
고 기쁜 마음으로 써달라고."

너한테 돈을 써서 어디가 기쁜데? 빙글거리며 웃는 말에 나는 싫은
표정을 지으며 녀석을 째려보았다.

"네 어디를 보고 기쁜 마음으로 써달라는 거… 우왓!"

나는 비명을 지르며 나동그라져 버렸다. 웬 꼬마 녀석 하나가 내게
정면으로 부딪쳐 왔던 것이다. 퍽 하는 소리와 함께 내 어깨에 부딪쳤
던 녀석은 넘어졌다가 다시 몸을 일으키고 쏜살같이 달아났다.

"뭐야, 저 녀석?"

—세틴!

오윈의 비명 소리에 나는 눈을 크게 떴다. 펜던트의 목소리가 멀어
지고 있었던 것이다. 황급히 내려다본 나의 가슴 언저리에는 있어야
할 펜던트가 보이지 않았다.

"저 꼬마 녀석!"

튕기듯 몸을 일으키며 도망치는 소년의 뒤를 쫓았다. 뒤늦게 아시트가 나를 따라오며 내 이름을 부르는 것 같았지만 그것에 신경 쓸 여유는 없었다. 오후가 지나 저녁때가 가까워지고 있었기에 견습 마법사들이 가로등에 불을 붙이고 있었다. 나는 골목을 돌아 인파가 많은 시장 쪽으로 도망치는 녀석을 끈덕지게 쫓았다.

"계약 1조 1항에 의거, 나 세르티드 레플리카는 시온 시에트로 고르도스의 힘을 빌리겠습니다!"

시험해 볼 생각으로 중얼거린 내 계약의 말에 어디에선가 힘이 흘러 들어 오고 있었다. 펜던트의 힘을 빌리는 데에 거리는 상관없는 모양이었다. 나는 힘의 기척을 쫓아 무섭게 속력을 올렸다. 키가 내 가슴께에 닿는 녀석이라 사람들 속에 파묻히니 금세 모습이 사라졌다.

"윽! 어떻게 하지?"

무작정 사람들 사이로 파고드는 것으로는 녀석을 찾을 수 없었다. 나는 급한 김에 벽 옆에 쌓아 올려진 상자를 밟고 건물의 지붕 위로 뛰어올랐다. 위쪽에서 살피면 좀 더 쉽게 녀석을 찾을 수 있지 않을까 하는 생각에서였다.

'있다!'

시장통의 사람들이 웅성거리며 지붕 위로 올라선 나를 쳐다보았지만 나는 상관치 않고 지붕에서 뛰어내렸다. 비명을 지르며 손으로 얼굴을 가리는 젊은 아가씨의 옆에 착지하며 나는 사람들 틈으로 뛰어들었다. 상상 이상의 속도로 달려오는 내 모습에 도망치던 녀석은 기가 질린 모양이었다.

"거기 서!"

내 고함에 지나가던 사람들이 한 번씩 뒤를 돌아보았다. 필사적으로 도망치던 녀석이 손에 닿을 듯 가까워지고 있었다.

"이 녀석!"

나는 모퉁이를 돌 때를 노려 녀석의 목덜미를 잡았다. 버둥거리는 녀석의 옷자락이 잡히면서 나는 녀석을 확 잡아끌었다.

"우와아악!"

녀석은 내 힘을 이기지 못하고 뒤로 넘어졌다.

"세틴!"

헐떡이는 아시트의 부름에 나는 뒤로 자빠졌던 꼬마 녀석의 팔을 잡아 억지로 일으켰다.

"내 물건 어쨌어?"

녀석을 붙잡았음에도 종속자의 목소리가 들리지 않는다는 것은 이 녀석이 펜던트를 가지고 있지 않다는 소리와 같았다. 녀석이 펜던트를 가지고 있다면 틀림없이 내게 그들의 목소리가 들려야만 하는 것이다.

"나, 난 몰라! 생사람 잡지 마!"

'근처에 동료가 있었던 건가?'

도망치는 와중에 동료에게 펜던트를 넘겼다면 찾을 도리가 없었다. 나는 미간을 찌푸리며 녀석에게 다시 한 번 물었다.

"같은 소리 하게 하지 마! 물건을 넘겼다면 녀석들이 너한테 볼일이 있을 것 같아? 살고 싶다면 말해!"

내가 윽박지르자 그제야 녀석의 얼굴이 새파랗게 질렸다. 내 육신일지라도 담겨 있는 기운은 시온의 것인 것이다.

"도. 돈을 주고… 중간에 던져 주면 된다고……. 누, 누군지까지는……."

"어떻게 생긴 남자지?"

곁에 있던 아시트가 묻자 녀석은 아시트 쪽으로 고개를 돌리며 말했
다.

"갈색 머리에… 모자를 눌러쓴……."

갈색 머리에 모자라면 시장으로 들어오는 길목에 서 있었던……. 나
는 급히 시장의 어귀를 쳐다보았지만 그런 녀석은 보이지 않았다. 그
러자 아시트가 녀석의 멱살을 잡으며 말했다.

"어디로 간다고 했지? 무슨 소리를 들었어?"

"아, 아무것도 듣지 못……."

꼬마는 필사적으로 고개를 젓고 있었다. 나는 찡그리며 녀석을 바라
보고는 잡고 있던 팔을 놓아주었다.

"세틴?"

여전히 꼬마 녀석의 멱살을 붙잡고 있던 아시트가 묻자 나는 고개를
저었다.

"놔줘. 어차피 녀석들은 그 물건을 사용할 수 없어. 게다가 이 녀석
은 거짓말을 한 것 같지 않으니까. 하지만!"

나는 눈매를 좁히며 꼬마 녀석을 노려보았다.

"놈들한테 받은 돈은 나한테 주어야겠어. 당연히 선불로 받았겠지?"

내 추궁에 그런 것을 물을 줄은 몰랐는지 녀석의 눈이 커졌다.

"그, 그런 건 없어! 내가 그렇게 큰돈을 가지고 있을 줄 알아!"

"이런 일을 며칠씩이나 뜸을 들여가며 했을 거란 말이야? 웃기지
마."

나는 녀석의 품을 뒤져 돈 주머니를 꺼냈다. 녀석이 버둥거리며 소
리쳤지만 나는 눈썹 하나 까딱하지 않았다.

"거, 거긴 다른 돈도 끼어 있단 말이야!"

"그럼 내 물건을 도로 찾아와 주든지. 그럼 돌려주지."

싸늘히 말하며 아시트에게 놓아주라고 하자 아시트는 손을 뗐다. 꼬마 녀석은 분한 듯이 나를 노려보다가 내 무서운 시선과 마주치고는 뒷걸음을 치더니 곧바로 줄행랑을 쳐버렸다. 아시트는 도망치는 녀석의 뒷모습을 바라보더니 내게 물었다.

"저렇게 보내줘도 돼?"

"돼. 찾을 방법이 없는 것은 아니니까."

간단히 펜던트에서 종속자들 중 하나를 불러내면 되는 것이다. 기본적으로 펜던트의 조각에서 종속자가 불려지는 것이기 때문에 펜던트가 있는 곳에서 종속자가 불려질 수밖에 없었다. 문제는 그 종속자가 펜던트를 들고 내게로 돌아오느냐 마느냐다.

'강제 집행은 펜던트를 들고 있는 상황에서만 가능한데… 풀려난 그 누군가가 펜던트를 가지고 와줄까?'

오웬이든 에레타든 그 속내를 짐작할 수 없었으므로 확신할 수가 없었다. 샤이시스라면 펜던트가 어디에 있는지 본능적으로 알 수 있겠지만 이 상황에서 도와줄 것 같다는 생각은 들지 않았다.

'어쩌지? 곤란하게 돼버렸네.'

가장 의심스러운 것은 그 작센 후작이라는 작자지만 지금은 그자의 손에 있는 것인지, 아니면 다른 자의 손을 거치고 있는 것인지도 확인할 수 없다.

"그게 그렇게 중요한 물건이야?"

의아한 듯 묻는 아시트의 말에 나는 애매모호한 표정을 지을 수밖에 없었다.

"중요… 하긴 해. 일단은."

어차피 그 사람들은 펜던트를 가져간데도 제대로 사용조차 할 수 없다. 펜던트를 사용하기 위해서는 기본적으로 종속자들의 목소리를 들을 수 있어야만 하는데 펜던트를 집어 들었던 그 누구도 종속자들의 목소리를 들은 적이 없는 것이다. 게다가 먼 곳에 있음에도 힘을 부르는 데에는 아무 이상이 없는 것을 봐서는 그 물건은 나밖에는 사용하지 못하는 것 같았다.

'응? 가만.'

그러고 보니 펜던트를 찾지 않아도 생활하는 데에는 아무런 지장이 없다는 생각이 퍼뜩 들었다. 물론 펜던트의 동공 안에 집어넣었던 금화 상자라든지 게빈에게 받은 검이라든지 하는 것은 상당히 아까웠지만 일단은 조용하게 살 수 있는 것이다.

종속자들이 쉴 새 없이 떠드는 소리를 듣지 않으니 마음 편히 잘 수 있고, 잔소리도 없고, 참견도 없고, 때때로 꺼내달라며 소리치는 목소리도 없을 것이다. 게다가 잠시도 놓치지 않고 내 일거수일투족을 따라다니는 시선들도 없는 것이다.

'이건… 그야말로 천국이잖아!'

금화는 잃어버렸지만 그 국왕님께 돌아가면 나머지 액수를 받을 수 있고 아까의 그 꼬마 녀석에게 빼앗은 돈만으로도 당분간은 생활이 되는 것이다.

'안 찾은 채로 그냥 생활하는 것도 나쁘지 않을지도.'

핑크빛 오라에 감싸여 망상에 빠져 있는 내 모습에 아시트는 이상한 듯이 고개를 갸웃거렸다.

"어이, 이봐?"

"괜찮겠어, 이쪽도."

─세틴.

"우와악!"

난데없이 들려오는 레스트레온의 목소리에 나는 화들짝 놀라며 비명을 질렀다. 도둑이 제 발 저린다고, 괜히 찔린 것이다.

내 곁에 서 있던 아시트가 이상한 시선으로 나를 바라보며 천천히 물러서는 것이 보였지만 무시하고 주위를 두리번거렸다.

"레스트레온, 어디 있는 거예요?"

─여기! 여기야!

─세틴님, 아무래도 당신의 옷에 달린 주머니들 중 하나에 있는 것 같아요.

들려오는 세리나와 에레타의 음성에 나는 급히 몸을 뒤졌다. 바지 주머니를 뒤지고 조끼, 그리고 겉옷의 주머니까지 뒤지자 안쪽의 주머니에서 딱딱한 물체가 잡혔다.

"어? 어떻게 여기에 있는 거지?"

안쪽의 주머니에서 나온 것은 잃어버렸던 펜던트였다. 내가 그것을 꺼내자 아시트의 눈이 커졌다.

"어떻게 된 거야?"

"어떻게 된 거냐고 물어도……."

나는 멍청히 펜던트를 바라보며 대답했다. 비록 줄은 끊어져 있었지만 펜던트인 것만큼은 분명했다. 종속자들의 목소리가 선명하게 들려오고 있었으므로.

─어째 기분 탓인지도 모르겠지만 별로 기쁘지 않은 것 같다?

오웬의 물음에 나는 속으로 찔끔했지만 태연한 얼굴로 웃어 보였다.

"기, 기분 탓이에요."

―그렇겠지?

어딘가 미심쩍게 생각하는 듯한 목소리였지만 그 정도 추궁에 꿈쩍할 내가 아니었다.

―갑자기 주위가 어두워지면서 너의 기척이 느껴졌어.

세리나의 목소리에 나는 펜던트의 동공을 들여다보았다. 기척이라……. 나는 펜던트의 기척 같은 것은 느낄 수가 없었다. 내가 할 수 있는 것은 종속자들의 목소리를 듣는 것뿐이다.

'설명서를 꺼내서 살펴보면 되겠지만 녀석이 아직…….'

슬쩍 아시트를 쳐다보자 아시트는 설명을 요구하는 얼굴로 나를 쳐다보았다. 나는 한참 동안 그를 응시하다가 말했다.

"잠깐 화장실 좀."

―좀 다른 걸로 따돌릴 수는 없었냐?

굳어져 있는 아시트를 내버려 두고 근처 가게에 있는 화장실로 들어가자 시온이 그렇게 말했다. 하지만 순간적으로 생각난 것이 그것밖에 없었다.

"따돌렸으면 된 거잖아요. 다른 건 생각나지도 않았고. 설명서."

가볍게 부르자 내 오른 손바닥 위로 묵직한 것이 잡혀졌다. 다행히 화장실은 남녀 공용의 깔끔한 곳이었기에 문을 잠그고 설명서를 펼쳐 들었다. 새하얀 종이 위로 글자가 떠오르지 않는다는 사실을 알고 나는 잠시 눈살을 찌푸리다가 페이지를 넘겼다.

'뭐야? 이유 없음이야? 도둑맞았던 게 어떻게 겉옷 안주머니에 들어갈 수 있는 건데? 물리 법칙을 벗어났단 말이다!'

인상을 쓰며 설명서를 노려보자 느릿느릿 글자가 떠오르기 시작했다. 마치 뿌연 수면 위로 글자가 떠오르는 것 같았다.

펜던트는 그 자신의 의지를 지니고 계약자를 따른다.

"……."

나는 조용히 설명서를 내려다보았다. 그리고 눈을 깜박였다.

"이거… 무슨 소리예요?"

내가 떨리는 손가락으로 페이지의 글자를 가리키며 묻자 종속자는 모르겠다는 대답만을 해왔다. 그러니까… 이게 무슨 소리냐고! 자신의 의지? 살아 있다는 소리잖아!

―뭐, 잃어버릴 염려는 없겠네.

가볍게 내뱉는 이플리트의 말에 나는 펜던트를 변기 속에 처놓고 물을 내려 버리고 싶은 충동을 느꼈다.

'아무리 생각해도 이건 귀신 붙은 물건이야.'

설명서의 말과 오늘의 일을 결부시켜 보면 내가 어디에 던져 놓아도 펜던트는 나에게로 다시 돌아온다는 소리가 아닌가. 내가 싸한 얼굴로 화장실 한쪽 구석에 주저앉자 위로하듯 오웬이 말했다.

―그나마 말은 할 줄 모르잖아. 그냥 따라다니기만 하는 거라면 상관없지 않아? 우리도 계속 네 곁에 있을 수 있고.

그 말은… 평생 따라다니면서 날 참견하겠다는 소립니까? 내 자유는, 내 인생은 어떻게 되는 거냐고!

내 소리없는 절규는 문밖에서 빨리 나오라며 두드리는 소리에 의해 끝나고 말았다. 나는 싸한 얼굴로 화장실을 빠져나와 나를 기다리고 있는 아시트에게로 귀환했다. 펜던트도 찾고 그 안에 들어 있던 내 금화도 무사했기에 나는 근처에 있는 호텔 중 가장 호화로운 곳으로 들어가 이인실을 잡았다. 방에 욕실이 딸려 있는 곳은 호텔밖에 없기 때문이기도 했지만 이제는 될 대로 되라는 심정이 컸다.

'그믐… 어쩐지 달이 작다 했더니 그믐이 가까워지고 있었어.'

몸에는 딱히 별다른 이상이 느껴지지 않았다. 평소대로 자리에서 일어나 세수를 하고 얼굴을 닦는데 문득 그믐이 가까워졌다는 사실이 떠오른 것이다. 같이 있는 녀석이라고는 아시트뿐이었지만 녀석은 어차피 아프렌 족이니 상관없을 것이다.

오늘은 랄프의 대장간에 물건을 가지러 가는 것을 제외하고는 특별한 일이 없었다. 나는 아시트와 함께 간단히 아침 식사를 마치고 호텔 밖으로 나왔다.

호텔 밖으로 나온 나를 기다리고 있는 것은 이 나라의 공주가 오늘 저녁 수도에 도착한다는 소문이었다. 농담이 아니다. 이틀이나 더 걸려 그믐에나 도착해야 할 그들이 빠르면 오늘 저녁에 수도로 입성한다는 것이다. 때문에 수도는 갑작스럽게 돌아오는 그들을 환영하기 위해 정신이 없었다.

'대체 무슨 수를 쓴 거야? 못해도 엿새는 걸린다는 길을 삼 일 만에 주파? 급한 환자라도 생겼나?'

하지만 내 걱정과는 달리 수도는 축제 분위기에 들떠 있었다. 집집마다 꽃으로 장식하고 축제 준비에 열중인 그들을 지나치며 나는 랄프의 대장간으로 향했다. 시간보다 일찍 온 것이었지만 물건은 이미 다되어 있었다.

'우와! 이 인간, 정말 이틀 만에 다 해버렸잖아! 더군다나 잘 만들었어!'

나는 종속자들이 그려진 패를 차례로 테이블 위에 펼쳐 놓았다. 펜던트 속의 종속자들이 자기들도 보게 해달라며 소리쳤던 것이다. 단지 내 짤막한 묘사만을 듣고 이 정도로 만들어낸 것을 보면 랄프는 정말 재능이 있기는 있는 모양이었다. 본인은 전혀 그런 자각이 없는 것 같았지만.

"마음에 드십니까?"

걱정스러운 눈길로 나를 바라보는 것을 보고 나는 피식 웃었다.

"마음에 들다마다요. 갑옷의 세공을 봤을 때도 생각한 거지만 정말 잘 만드시네요."

"아, 아니요. 별말씀을. 마음에 드신다니 다행입니다."

랄프는 손수 끓인 차를 내밀며 쑥스러운 듯이 웃었다. 안은 축제 준비를 위해 밖으로 나갔고, 대장간은 게빈이 보고 있었다.

"그런데 그 작자들, 다시 와서 행패를 부리지는 않았어요? 이자를 내놓으라며 설친다든지."

증서가 없어졌다고는 해도 없어진 사실을 모르는 쪽에서는 그대로 당할 수도 있는 것이다. 그러나 생각해 보니 내가 와서 말하기도 전에 랄프는 내가 도와준 것으로 생각하고 있었다. 랄프는 아시트의 찻잔에 차를 따르며 말했다.

"아니요. 그 저택의 금고가 털렸다고 시내에 소문이 퍼졌으니까요."

"흐응, 입 단속을 못 시켰나?"

"드나드는 하인들을 통해 이야기가 샌 것이겠죠. 부리는 사람들에 대해서도 그다지 평이 좋지 못한 사람이었으니까요. 혹시나 세틴님이 의심을 받지 않을까 걱정했었는데 토라스 씨 쪽에서 수사를 원하지 않는다고 했다더군요."

엉? 잠깐만. 방금……. 나는 찻잔을 내려놓으며 랄프를 응시했다.

"지금 뭐라고……?"

"수사를 하지 않는다고요. 경비대의 에드가 말해 준 것이니 확실할 겁니다."

수사를 하지 않는다? 그럼 나를 찾아왔던 그 녀석은? 처음부터 펜던트를 노리고 접근한 거였나? 하지만 녀석이 보인 영장은 진짜였다. 곁에서 그것을 보았던 아시트가 그에 대해 이의를 제기하지 않았으니 말이다.

'쳇, 훔쳐 가려면 훔쳐 가라지. 사용도 못하고 잃어버릴 게 뻔한데.'

날 귀찮게만 하지 않으면 무슨 짓을 해서 자폭을 하든 상관하고 싶은 생각이 없었다. 어디까지나 나와 내 주위 사람들을 건드리지 않는 선에서는 말이다. 알아서 무리라는 사실을 알아차리고 떨어져 주면 좋겠지만 이쪽에서 아무리 말해 봤자 믿어줄 리가 없다.

'제풀에 지쳐 떨어지면 좋을 텐데…….'

나는 멍하니 그런 생각들을 하며 랄프의 집에서 점심까지 얻어먹고 밖으로 나왔다. 벌써부터 성으로 이어지는 대로에는 사람들이 나와 있었다. 랄프의 집에서 나왔을 때 무슨 나팔 소리 같은 것이 들렸는데 그게 신호였던 모양이다. 중앙로에는 행렬을 구경하기 위한 사람들이 가득했다.

나는 색색깔의 옷을 입고 꽃잎이 가득 담긴 바구니를 들고 있는 소녀들의 모습에 순간이었지만 얼빠진 생각을 했다.

'…무슨 속셈이지? 설마 마차가 지나가면 그 위로 꽃잎을 뿌린다든지 하는… 걸 할 생각인가?

참고로 말하자면 저 여자 아이들의 머리에는 화관도 씌워져 있었다.

‘무언가 내가 이해할 수 없는 세계가 저 앞에……’

스윽 지나쳐 호텔로 돌아가려는 나를 아시트가 붙잡았다.

“그냥 가려고? 어차피 인파가 밀려서 지금 돌아가긴 힘들어. 구경하고 가자.”

“기다려야 되잖아. 게다가 난 별로 구경하고 싶은 생각도……”

“오오! 저기 온다!”

인파 저편에서부터 들려오는 함성에 나와 아시트는 발길을 멈추며 돌아보았다. 중앙로의 저편에서부터 사람들의 함성과 함께 깃발을 세우고 거리를 달리는 마차와 말들이 눈에 띄었다. 앞서 말을 달리는 기사들과 마차의 좌우를 호위하듯 감싸며 말을 모는 기사들을 보며 나는 인파의 뒤로 물러섰다. 길 양쪽에는 까맣게 몰려든 사람들이 소리를 지르며 행렬을 바라보고 있었다.

“마차에 누가 있는지 잘 보이지 않는데… 저 위로 올라가 보자!”

이미 벽에 쌓아둔 나무 상자라든지 술통 같은 것들은 아이들이 점령하고 있었다. 아시트가 낮게 드리운 지붕을 가리키며 하는 말이라는 것을 깨닫고 나는 난색을 표했지만 아시트는 기어코 내 팔을 잡고 그 위에까지 올라갔다.

기사들이 탄 말이 지나가고 마차가 점점 가까워지고 있었다. 마차는 휘장이 걷혀져 있고 창도 열려 있었다. 무사히 저주가 풀려 원래의 모습으로 돌아왔음을 모두에게 보이려는 것이었다. 마차의 창으로 레나와 티아의 모습이 보이는 것을 나는 상점의 지붕 위에 앉아 바라보았다. 마차에는 레오폴드와 그 외 다른 귀족이 레나와 티아와 함께 앉아 있었다. 아이언과 라힐은 각각의 말을 타고 다른 기사들과 함께 마차의 곁을 지키고 있다. 나는 멍하니 그들을 바라보다 다시 저들에게 돌아가야 할 것인가에 대해 망설이게 되었다.

그때였다. 마차 밖으로 자신들을 환영하는 사람들을 바라보고 있던 레나가 이쪽으로 고개를 돌렸다. 순간이었지만 눈이 마주친 것 같은 생각이 들었다.

'그럴 리가……. 거리가 얼만데…….'

내가 쓴웃음을 지으며 고개를 돌린 순간 사람들의 환호성이 터져 나왔다. 왕녀가 탄 마차의 문이 열린 것이다.

"어?"

천천히 달리고 있던 마차에서 왕녀가 뛰어내리자 마차의 곁에서 말을 몰고 있던 기사가 당황하여 그녀를 저지하려 했다. 고개를 돌려 이쪽을 바라보는 눈길에 나는 더 이상 그녀의 눈에 띄지 않게 지붕 위에서 뛰어내렸다.

하나 그것이 기폭제가 된 듯 레나는 말을 몰아 자신의 앞을 가로막은 기사의 앞으로 달려나갔다. 말이 놀라 공주를 다치게 해서는 안 되므로 기사는 무의식적으로 말을 뒤로 몰았고, 레나는 기사의 앞을 지나쳐 군중들을 향해 다가갔다. 뒤따라오는 기사들의 모습에 군중들은 서로의 얼굴을 바라보며 황급히 좌우로 갈라졌다.

"세틴님!"

레나의 목소리가 터져 나왔다. 뒤로 물러서 사람들 사이로 섞이려던 나는 그 목소리를 듣고 멈추어 섰다. 흩어지듯 길을 피하는 사람들 사이로 레나가 걸어오고 있었다. 나를 바라보는 눈길에 눈물이 맺히는 것을 보고 나는 적지 않게 당황했다.

"아, 저……."

"영영 가버리신 줄 알았어요."

아니, 저기… 이 상황은 뭔가가… 심상찮아.

내가 슬쩍 주위의 눈치를 살피자 주변 사람들의 따가운 시선들이 쏟아졌다. 레나의 뒤에서 그녀의 호위기사가 무서운 눈길로 나를 쳐다보고 있었지만 그도 레나에게 함부로 손을 댈 수는 없는 모양이었다. 그렇게 엉거주춤하게 서서 레나를 내려다보고 있는 나에게 레나는 눈물 어린 시선으로 바라보며 말했다.

"이번 한 번뿐이니까요. 이해해 주세요."

"뜬금없이 무슨……."

으앗! 잠깐만! 주춤하는 내게 레나가 안겨든 것이다. 내가 얼어붙었음은 물론이거니와 뒤따라오던 기사들과 마차에서 내리던 귀족들 모두 굳어졌다. 구경하던 사람들은 일제히 함성을 울리며 좋아했지만 말이다.

'이건 뭔가 상당히 위험해.'

나는 식은땀을 흘리며 내 품에 안긴 레나를 바라보았다.

호위기사들의 살기 어린 눈빛과 팔마스 국민들의 선망 어린 시선을 받으며 나는 레나와 함께 마차 안으로 이끌려 들어갔다. 잠시 당황하여 아시트를 찾았지만 어디에도 녀석의 모습은 보이지 않았다. 내가 머뭇거리며 마차에 오르자 마차는 빠른 속도로 성을 향해 달려갔다.

'뭔가 묘해. 이런 게 아닌데 말이지.'

무언가 단단히 결심한 듯한 레나는 티아나 다른 사람들이 쳐다보고 있음에도 내 손을 꼭 잡고 놓지 않았다. 묘한 분위기에 침묵이 감도는 것을 보고 나는 힐끗 맞은편에 앉은 두 사람의 눈치를 보았다. 티아는 난처한 얼굴로 나와 레나를 보고 있었고 레오폴드는 어딘가 곤혹스러운 얼굴로 내 시선을 피하고 있었다.

─어째 뭔가 이상하네?

세리나의 목소리에 나는 무어라 말을 하고 싶었지만 레나는 몰라도 다른 귀족이 끼어 있는 상태에서 말을 걸 수가 없었다. 레나의 옆 자리에 앉은 귀족은 무언가 생각하는 듯한 표정으로 내 얼굴을 찬찬히 뜯어보다 눈이 마주치자 실례했다는 듯이 눈짓을 보냈다. 다른 기사들과는 달리 딱히 나를 경계하는 태도를 보이지 않은 것이다.

침묵 속에 마차가 달리는 사이 열려진 성문 안으로 마차가 들어갔다. 나는 내심 왕궁으로 들어가자마자 공주 희롱죄 내지는 백주에 공주를 품에 안았다는 이유로 당장에 치도곤을 당하는 것이 아닌가 생각했지만 그것은 아닌 모양이었다.

마차의 문이 열리자 팔마스의 귀족인 듯한 중년의 아저씨가 먼저 내리더니 레나를 향해 손을 뻗었다. 하나 레나는 나를 돌아보는 것이 아닌가.

'…어쩌라고?'

나는 잠시 주춤하다 먼저 마차에서 내려 레나의 손을 잡았다. 그제야 마차에서 내린 레나는 마차 안의 티아를 향해 돌아서는 나의 손을 잡았다.

"공주님."

주의를 주는 듯한 호위기사의 목소리에 레나는 약간 어깨를 움찔하는 것 같았지만 잡은 손을 놓지는 않았다. 얼어붙은 표정으로 내 손을 잡고 있는 모습에 나는 물끄러미 레나를 바라보았다. 그러자 마치 정적을 끊듯 누군가 입을 열었다.

"무사히 돌아오셔서 다행입니다. 본래의 모습을 찾으셨군요."

다정한 목소리에 눈길을 돌리자 검은 머리칼의 남자가 이쪽으로 다가오는 모습이 보였다. 그는 레나의 옆에 서 있는 나를 발견하고는 손을 내밀었다.

"자네가 세르티드 레플리카라는 자인가?"

남자의 부름에 레나는 당황한 얼굴로 내 앞을 막아서며 남자를 바라보았다.

"공작, 어쩐 일이시지요?"

"어쩐 일이라니요? 왕녀께서 돌아오셨으니 만사를 제쳐 두고 찾아뵙는 것이 당연하지요."

공작은 그렇게 말하며 묘한 눈길로 나를 쳐다보았다. 그러자 불안한 얼굴로 내 팔을 잡는 레나의 손길이 느껴졌다. 뒤따라오던 마차에서도 사람이 내리고 이어 귀족들이 모여들자 궁전에서 일하는 듯한 사람이—뒤로 여덟 명이나 거느리고 있었다—앞으로 나와 레오폴드 등에게 말했다.

"크라이드 분들은 따로 거처를 마련해 놓았습니다. 우선은 방으로 드시지요."

깍듯한 말투로 대하는 귀부인의 말에 나는 레나를 쳐다보았다. 그러자 레나는 천천히 내 팔을 놓았다. 공작은 그런 레나에게 다가서며 말했다.

"폐하께서 기다리고 계십니다."

"여……."

풀이 죽은 얼굴로 고개를 끄덕이는 모습에 나는 힐끗 그녀의 옆 얼굴을 쳐다보고는 귀부인을 따라 돌아섰다.

왕성의 내부는 그 하나가 작은 도시라고 해도 믿어질 만큼 넓은 곳이었다. 자세히 보아두지 않으면 길을 잃어버릴 것만 같았기에 나는 휘둥그레진 눈으로 여기저기를 살펴보았다. 왕성의 어디쯤인지도 모를 넓은 홀을 지나 이층의 복도에 다다르자 귀부인은 걸음을 멈추며 우리들을 돌아보았다.

"티아 공주님께서는 이쪽으로, 다른 분들께서는 이쪽 방으로 가주십시오."

그녀가 그렇게 말하며 거느리고 있던 귀부인들을 쳐다보자 그녀들은 각자 사람들 앞에 섰다.

"다른 분들은 이쪽으로."

아이언만이 티아를 호위하기 위해 따라가고 레오폴드와 라힐, 그리고 나는 각각 시녀로 보이는 사람들의 안내를 받아 어떤 방으로 옮겨졌다. 나는 모두와 헤어지게 되어서 많이 불안했지만 종속자들의 목소리에 그나마 평정을 되찾을 수가 있었다.

내가 안내되어진 방은 욕실이었다. 시녀들이 살짝 얼굴을 붉히며 나를 바라보는 것을 보고 나는 기겁했다.

"뭐, 뭐, 뭐, 뭐, 뭡니까!"

내가 기겁하며 소리치자 우두머리쯤 되어 보이는 시녀가 방긋 웃으며 나를 향해 말했다.

"긴 여행으로 피로하셨을 테니 목욕으로 피로를 풀으셔야죠."

"아니, 난 저어… 별로 피곤하지 않은데……."

나보고 저 여자들이 보는 앞에서 목욕을 하란 말이야?! 그렇게는 절대 못해!

내가 도망갈 기세로 돌아서자 양쪽에서 시녀들이 매달리듯 내 팔을 붙잡았다. 그녀는 당혹감에 어쩔 줄 모르는 나를 보고 살풋이 웃으며 말했다.

"사정은 이미 들어 알고 있습니다. 걱정하실 필요 없으세요. 저희들은 다 이해하니까."

이해? 무슨 이해? 이해는 당신들이 아니라 내가 해야 하는 거라고! 대체 이건 무슨 상황이야! 분명 레오폴드와 라힐은 시종, 그러니까 사내 녀석들이었는데 왜 여자가?

"자아, 이쪽으로 오세요. 저희들이 알아서 씻겨 드릴게요."

"피, 필요없거든요! 제가 알아서 할 테니까!"

"같은 여자끼리 뭘 부끄러워하고 그러세요?"

같기는 뭐가 같아! 당신들, 지금 그 눈은 즐기는 거지?

방긋방긋 웃으며 내 옷의 단추를 풀고 옷을 벗기는 손길에 나는 '으아악' 하고 비명을 지르며 손을 뿌리쳤다.

"돼, 됐으니까! 나가요! 내가 알아서 씻을 테니까!"

내가 소리치자 그녀들은 아쉽다는 눈길로 나를 바라보더니 얌전히 물러났다. 문을 닫고 밖으로 나갈 때까지 내가 그들을 쳐다보자 그녀들은 종종걸음으로 욕실 바깥으로 나갔다. 나는 문이 닫히는 것을 보고 나서야 안심할 수 있었다.

'다행이다. 의외로 쉽게 물러났어.'

내가 안도의 한숨을 쉬며 가슴을 쓸어내리자 뭘 사양했느냐는 식으로 레스트레온이 말했다.

―쯧, 알아서 씻겨준다는데 웬 거부씩이나.

"전 필요없네요!"

나는 단호히 소리치며 펜던트를 겉옷에 덮어두고 옷을 벗은 다음 성큼성큼 욕조 안으로 들어갔다. 약초 향기가 풍기는 물에서 후닥닥 몸을 씻고 가운을 걸치자 밖에서 문을 두드리는 소리가 들려왔다.

"세틴님, 아직도 끝내지 못하셨나요? 도와드릴까요?"

"다 끝났어요!"

나는 겉옷 밑에서 펜던트를 거머쥐며 소리쳤다. 내가 소리치기가 무섭게 문이 열리며 시녀들이 커다란 수건을 들고 내게 다가왔다.

"머리를 말려 드릴게요. 잠시만."

수건을 들고 싱긋 웃으며 하는 말에 나는 고개를 끄덕였다. 두 명의 시녀가 달라붙어 머리를 만지고 나머지는 내 옷가지를 가져가더니 다른 옷과 장신구들을 받쳐서 안으로 들였다. 가만히 앉아서 머리를 말려주는 대로 있던 나는 그녀들이 들고 오는 옷을 보고는 다시 한 번 눈매를 좁혀야 했다.

"어? 어째서……?"

"본래는 여자 분이시잖아요. 폐하께서 특별히 신경을 써주신 옷이랍니다."

'아뇨. 저 여자 아니거든요? 그거 다 거짓말이었어요' 하고 소리치고 싶었지만 이미 벌여놓은 일이 있는지라 할 수가 없었다. 펜던트 속의 종속자들은 그 소리를 듣고 키득거리며 웃고 있다. 이게 다 오웬 때문이라고! 내가 경계 어린 눈으로 들어오는 드레스를 바라보자 한 시녀가 내 곁에 앉으며 말했다.

"걱정하실 필요 없으세요. 꾸미고 치장하는 일은 저희가 다 알아서 할 테니까요."

그러자 내 머리카락을 빗어내리던 시녀가 살풋 웃으며 그녀의 말을 거들었다. 머리카락은 거의 다 말라서 그녀들은 내 긴 머리카락을 빗어내리고 있었다.

“이런 피부에 이런 외모라면 여장을 한데도 알아차리는 사람은 없을 거랍니다.”

“체즈도 늘씬하신 편이고요. 옷으로만 잘 커버한다면 세틴님의 모습에서 남자를 떠올릴 사람은 없을 거예요.”

…꼭 더듬으면서 말해야 하는 거예요, 그거? 좀처럼 신뢰가 생기지 않는 나에게 시녀들은 옷을 입힌다, 머리를 다듬는다, 장신구를 달아야 한다며 생난리였다. 그녀들의 틈에 끼인 나는 이리저리 휩쓸리며 옷이 갈아입혀지고 구두에 갖가지 장신구로 치장되었다.

‘그나마 화장은 시키지 않아서 다행이네.’

완성품을 바라보는 듯한 그녀들의 뜨거운 눈길에 나는 한숨을 쉬며 고개를 돌렸다. 시녀들은 이렇게 잘 어울릴 줄 몰랐다며 꺅꺅거리고 있었다.

검은 머리칼을 틀어 올리고 파란색 드레스를 걸친 나는 한마디로 죽을 맛이었다.

‘코, 코르셋이 너무 꽉 끼어서 숨이 막혀.’

허리를 가늘게 해야 한다며 인정사정없이 코르셋의 줄을 잡아당겼던 것이다. 불편한 것도 불편한 거지만 이래저래 옷이 불편해서 제대로 걸을 수나 있을지 걱정이었다. 일단 치장이 끝나자 시종이 나타나 나를 어딘가로 안내했다. 순간이었지만 나를 보던 시선이 당혹감에 젖은 것을 봐서는 남자인 줄 알았는데 여장을 하고 있어 놀란 모양이었다.

‘이제 이런 취급 받는 게 익숙해져서 놀랍지도 않수.’

―서틴, 우리는 계속 손에 들고 다닐 거야?

오윈의 투성 섞인 물음에 나는 힐끗 손에 감아두었던 펜던트의 줄을 내려다보았다. 드레스와 함께 목걸이와 귀걸이를 받았기에 펜던트를 목에 걸지 않은 것이다. 나는 힐끗 앞서 걸어가는 시종의 뒷모습을 바라보고는 소곤거렸다.

"그래야 될 것 같아요. 목걸이를 두 개나 할 수는 없고."

―그럼 주머니에 넣으시…….

무심코 하는 듯한 에레타의 말에 오웬이 커다란 목소리로 가로막았다.

―안 돼! 주머니 속에서 무슨 재미를 느끼란 말이야!

―나도 그건 반대다. 손에 쥐어져 있으면 시야가 한정되기는 해도 어느 정도 볼 수는 있잖아. 목소리만 들리면 얼마나 답답하겠냐!

―하지만 세틴의 성격으로 봐서 손에 들고 다니다가는 떨어뜨리기 십상인데…….

이플리트와 고민하는 듯한 레스트레온의 말에 나는 찡그리며 펜던트를 내려다보았다.

"걱정할 필요 없어요. 드레스라 주머니가 없으니까."

―하지만 펜던트를 든 채로는 춤을 출 수 없을 텐데요?

트레스의 물음에 나는 고개를 갸웃거렸다.

"춤… 이라뇨?"

―아니야? 파티가 있어서 드레스를 준 거 아닌가?

세리나의 물음에 불안을 느낀 나는 시종을 불렀다.

"뭐 필요하신 것이라도……."

"저기… 혹시 파티……."

내가 머뭇거리며 말을 꺼내자 시종은 순순히 고개를 끄덕였다.

"이제 거의 다 도착했으니 걱정하지 마십시오."

거의… 다… 도착? 그대로 파티장으로 가는 거였어? 삽시간에 파랗게 질린 나를 시종은 의아한 표정으로 쳐다보았다.

"갑자-기 안색이……. 어디 불편하신 곳이라도 있으신 겁니까?"

'머리, 허리, 다리에 발까지 다~ 아프다!'

코르셋은 조이는데다 폭이 좁고 굽이 높은 구두도 신경 쓰였다. 게다가 무엇보다 나는 춤을 전혀 출 줄 몰랐다. 학교에서 배운 것은 포크 댄스 정도니 그것이 도움이 될지 안 될지는 미지수다.

'안 될 거야. 안 되겠지. 난 무용 점수도 그리 좋지 않았다고.'

긴장감에 눈이 핑핑 돌아가는 가운데 나는 대기실과 비슷한 곳으로 들어가게 되었다. 거기에서 초조하게 서 있던 라힐이 나를 보더니 눈을 크게 떴다.

"아, 세틴… 님?"

반신반의하는 그의 물음에 나는 그 즉시 한 발 뒤로 물러났다.

"아, 저기 나는… 파티 같은 것은 그다지……."

"어울리십니다!"

불편한 걸음으로 뒤로 물러나던 내 팔을 잡고 라힐이 말했다. 다급한 그의 목소리에 내가 눈을 둥그렇게 뜨고 그를 올려다보자 라힐은 내 시선을 피하며 손을 놓았다.

"그 그러니까… 옷이……."

"세틴!"

가벼운 부름에 나는 라힐의 어깨 너머로 목소리의 주인공을 바라보았다. 티아였다. 와인 빛의 드레스를 걸친 그녀가 내게 다가왔다. 그녀는 내 모습을 보고 수긍한다는 듯이 고개를 끄덕였다.

"흐응, 그런 건가? 하긴 이쪽이 납득하기 쉽겠지."

“세틴이 온 겁니까?”

레오폴드의 목소리에 나는 약간 주눅이 든 얼굴로 그를 돌아보았다. 레오폴드는 한순간 굳은 듯이 나를 쳐다보더니 곧바로 얼굴을 찡그렸다.

“뭐냐, 그 꼴은?”

“실례잖아, 레오폴드!”

곧바로 이어지는 티아의 질책에 레오폴드는 못마땅한 표정으로 나를 쳐다보고는 고개를 돌렸다. 티아는 그런 그를 책망하듯 쏘아보곤 내 손을 잡았다.

“레오폴드의 말은 신경 쓸 필요 없어. 미 의식이 잘못되었다고밖에는 생각할 수가 없으니까!”

“아니, 제대로 된 거라고 생각하는데? 지금 나는 남자니까 여자 옷을 입으면 이상할 수밖에.”

“아니야!”

티아는 단호히 말하며 고개를 저었다.

“여자인 내가 봐도 질투가 날 정도로 예쁘다고. 레오폴드의 말에 기죽을 필요는 없어. 레오폴드는…….”

티아는 돌아선 레오폴드의 뒷모습을 바라보며 은근한 목소리로 말했다.

“…관심있는 사람한테는 원래 심술궂게 대하니까.”

“누, 누가 그렇다는 말입니까?!”

레오폴드가 벌컥 화를 내며 소리치자 티아는 싱긋 웃으며 내게 말했다.

“봤지? 안 듣는 척하면서 다 듣고 있다니까. 좀 더 솔직히 말해 주면 좋을 텐데."

"윽! 그, 그 무슨 말도 안 되는 소리를……."

얼굴이 벌게진 레오폴드가 당황하여 소리치는 것을 나는 한 귀로 흘려듣고 있었다. 티아는 내가 본래 여자였다고 철석같이 믿고 있지만 본래의 나는 중성이었던 것이다. 솔직히 남자로 보이든 여자로 보이든 별로 관심없다. 기사단이 예복을 걸치고 티아에게서 한 발 물러난 곳에 서 있던 아이언은 나와 눈이 마주치자 살짝 눈인사를 했다.

'잘 어울리시네요. 나도 거울을 봤어야 하는데…….'

이 모습으로 여장을 한 것이 처음은 아니니 대충은 예상할 수 있었지만 남자의 몸으로 여장이라는 것은 꺼림칙했다. 여자 취급을 받고 있다고는 해도 결국 몸은 남자가 아닌가. 내게 드레스를 건넨 이유는 짐작할 수 있었지만 난처한 상황일 뿐이었다.

'레나, 와 있을까?'

얼마 지나지 않아 파티가 시작된 것인지 시종이 우리를 부르기 위해 대기실로 찾아왔다. 에스코트를 하듯 레오폴드가 티아의 손을 잡고 내 곁에는 라힐이 섰다. 이미 파티가 시작되어 음악이 흐르고 있었다. 티아가 레오폴드와 함께 파티장 안으로 들어서자 잠시 음악이 멈추며 무어라 소리치는 시종의 목소리가 울려 퍼졌다.

―타국의 왕녀가 왔다고 말하는 건가?

시온이 말했지만 나는 대답하지 않고 파티장 안을 돌아보았다. 자연스럽게 귀빈을 맞는 듯이 레나가 그 공작과 함께 다가오고 있었다. 티아와 레오폴드의 뒤에 선 내 모습이 보일 정도로 가까워졌을 때쯤 레나는 우뚝 멈추어 섰다.

'역시… 이런 모습은 보고 싶지 않은 건가?'

굳어버린 레나를 보고 공작은 힐끗 나를 쳐다보았다. 놀라는 것도 경멸하듯이 쳐다보는 것도 아닌 무덤덤한 눈길이었다. 그만은 내가 드레스를 입고 들어올 줄 알고 있었다는 듯한 모양이었다.

'저 녀석이로군, 내게 드레스를 보낸 사람이.'

딱히 공주를 설득할 필요도 없이 이런 모습을 보이는 것만으로도 효과는 클 것이다. 레나는 그동안 내가 여자의 모습으로 돌아가기 위해 팔마스로 간다는 사실을 잊고 있는 듯했으니까. 그것을 각인시키는 것만으로도 그녀의 마음을 진정시킬 수 있는 것이다.

티아는 그런 레나는 바라보더니 천천히 앞으로 나아갔다.

"초대에 감사드립니다, 레나 공주님. 이쪽 분은……."

소개를 바라듯 공작 쪽을 바라보자 공작은 내민 티아의 손을 잡고 살짝 허리를 굽혀 그녀의 손등에 입을 맞추었다.

"키루스 데인 세이지언이라고 합니다, 크라이드의 공주님."

"세이지언… 공작이시군요. 이쪽은 공작가의 자제인 레오폴드예요. 레나 공주님과는 이미 동행했기 때문에 알고 있지요."

티아가 말하자 레오폴드는 힐끗 레나 쪽을 바라보고는 세이지언에게 눈을 맞추었다.

"레오폴드 페오드로라고 합니다. 만나서 반갑습니다, 세이지언 공작님."

레오폴드가 말하자 티아는 아이언 쪽으로 고개를 돌렸다.

"이쪽은……."

티아가 아이언에 대해 말하는 와중에도 레나는 내 쪽을 바라보고 있었다. 금방이라도 눈물을 쏟을 듯한 그녀를 무표정한 얼굴로 바라보자 레나 쪽에서 먼저 시선을 피했다.

‘어쩔 수 없어, 이건.’

아이언과 라힐에 대한 소개가 끝나고 티아는 자연스럽게 공작에게 나를 소개했다. 공작은 유리알 같은 보라색 눈으로 나를 바라보며 마지못해 내민 내 손등에 입을 맞추었다.

“즐거운 시간을 보내시길……”

공작이 내게서 돌아서자 누군가 악단을 향해 신호를 보냈다. 그러자 다시 음악이 흐르기 시작했다. 나는 공작이 우두커니 서 있는 레나를 데려가는 것을 보고 눈길을 떼었다.

“팔마스는 세이지언 공작가에서 실권을 잡고 있다더니 사실인 모양이야. 공주를 제쳐 두고 자신이 주빈이라도 되는 것처럼 굴고 있으니 말이야.”

나직한 목소리로 속삭이는 티아의 말에 나는 말없이 고개를 끄덕여 보였다.

공작이 물러서자 티아와 레오폴드의 곁에는 팔마스의 귀족들이 모여들고 있었다. 나는 그들과 이야기를 하며 인사를 나누는 티아와 레오폴드를 보고는 슬쩍 뒤로 빠졌다. 별로 아는 사람도 없거니와 팔마스의 귀족들과 굳이 어울릴 필요를 느끼지 못했다. 크라이드에서 만났던 기사단 사람들이라면 정겹게 놀겠지만 이런 가식적인 파티에는 흥미를 느끼지 못했다.

“세틴님, 어딘가 불편하신 겁니까?”

나를 따라온 것인지 라힐이 말하자 나는 그를 돌아보았다.

“아뇨. 뭐… 레오폴드 등과 있을 거라고 생각했는데……”

내가 말하자 라힐은 싱긋 웃으며 나를 보았다.

“파트너를 무료하게 만들어서는 안 되니까요.”

“아아, 그런 건가요? 하지만 그렇다고는 해도 무리예요.”

나는 지루하다는 표정으로 파티장 안의 인물들을 바라보았다. 솔직히 말해 느릿한 음악은 귀에 들어오지도 않고 술잔을 들고 이야기를 나누는 사람들에게도 또한 흥미가 없었다. 그나마 눈길을 끄는 것은 음식 정도였지만 불편한 자리인만큼 쉽사리 손이 가지 않았다.

“…저도 팔마스에는 아는 귀족이 없습니다. 크라이드 밖으로 나간 것은 이번이 처음이니까요.”

“공주님의 곁에 있었다면 소개시켜 주었을 텐데…….”

내가 말하자 라힐은 어색한 표정으로 웃었다.

“그렇다고는 해도 타국의, 그것도 지방 영주의 아들에 불과한 저에게 관심을 두는 귀족은 없을 겁니다. 그저 간단히 인사만 나눌 뿐이지요.”

그렇게 되는 건가? 권력이란 무섭군. 이런 게 무슨 의미의 파티인지 모르겠어. 나는 잠시 파티장 안을 바라보다 입을 열었다.

“그럼 돌아갈래요? 별로 재미도 없는데.”

“아쉽지만 그건 안 됩니다. 두 공주님들께서 자리를 뜨시기 전까지는 어느 귀족도 파티장을 나갈 수 없으니까요.”

‘그, 그런 것까지 있는 거야?’

나는 투덜거리며 귀족들에게 둘러싸여 있는 티아를 바라보았다. 저들을 헤치고 다가간다면 돌아가자고 말을 할 수 있겠지만 그래서는 티아에게 폐가 될 것 같았다. 나는 다시 고개를 돌려 레나 쪽을 바라보았다. 공작과 함께 한 귀족의 이야기를 듣고 있는 레나는 어딘가 풀이 죽어 있는 듯이 보였다.

“펜던트… 역시 목에 걸고 있는 것이 좋겠죠?”

"예?"

곁에 있던 라힐이 반문했지만 내 물음은 라힐을 향한 것이 아니었다. 나는 목에 걸고 있던 목걸이를 풀었다. 루비가 박힌 아름다운 것이었지만 목걸이를 두 개씩이나 걸고 있을 수는 없었다. 사람들의 눈을 피해 목걸이를 펜던트의 동공 안으로 집어넣고 나는 펜던트를 목에 걸었다.

"신발도 편한 것으로 갈아 신었으면 좋겠는데……."

불만스러운 표정으로 구두를 바라보며 중얼거리자 트레스가 말했다.

―잠시 동안이라면 모양을 바꾸는 것은 가능합니다만…….

"하지만 파티장 안에서는 트레스를 부를 수가 없잖아요."

내가 말하자 시온이 퉁명스러운 목소리로 말했다.

―파티장 밖으로 나가면 되잖아. 테라스도 괜찮고. 애시당초 네가 인간들의 법도를 따를 필요가 뭐가 있어?

'그런가?'

나는 조금 당황한 듯이 나를 보고 있는 라힐에게 말했다.

"테라스로 나갈래요?"

"아, 예."

뭐가 뭔지 모르겠다는 얼굴로 라힐은 고개를 끄덕이며 나와 함께 테라스 쪽으로 나갔다. 파티장이 오층에 있었기 때문에 테라스 바깥은 발코니로 이어지고 있었다. 아직 파티가 시작된 지 얼마 되지 않은 터라 발코니에는 사람이 없었다.

시원한 바람이 불어오는 발코니에 서서 계약의 말을 외우자 펜던트에서 트레스가 들어 있던 조각이 바깥으로 떨어졌다. 라힐은 한 발자국 떨어진 곳에서 놀라운 듯이 그 광경을 지켜보았다. 검은 로브를 걸친 트레스는 본래의 자신의 몸을 되찾자 내 앞으로 허리를 숙여 신발에 손을 댔다.

"어? 갑자기 그러면……."

"다 됐습니다. 걸어보십시오."

"에? 벌써요?"

가볍게 발을 굴렸지만 트레스의 말대로 편한 느낌이었다. 슬쩍 드레스를 걷어 구두를 들여다보자 모양이 많이 달라지지는 않았다.

"세틴님, 이 사람은?"

라힐이 당혹감에 젖은 얼굴로 나를 돌아보자 나는 트레스를 가리키며 말했다.

"에레타와 같이 나와 계약한 트레스예요. 트레스, 이쪽은 라힐."

"반갑군."

나를 대할 때와는 다른 싸늘한 목소리로 말하자 나는 움찔하며 트레스를 돌아보았다. 하나 트레스는 태연한 얼굴로 라힐에게 손을 내밀고 있었다. 라힐은 곤혹스러운 표정을 지으면서도 트레스가 내민 손을 거부하지는 않았다.

'무언가… 분위기가 이상하네.'

레나를 대할 때와는 또 다른 긴장감에 나는 힐끗 둘을 바라보았다. 라힐과 악수를 나눈 트레스는 나를 돌아보며 말했다.

"이런 귀족들끼리의 가식적인 파티는 지루하시겠지요."

"아, 뭐… 일단은 그다지 재미없다는 생각이 들기는 하는데……."

"그럼 제가 지루하지 않도록 해드려도 되겠습니까?"

트레스의 의미심장한 말에 나는 눈을 동그랗게 떴다. 친절한 미소를

띠고 있는 트레스의 모습은 시온과는 또 다른 의미로 위태롭고도 위험
스러워 보였지만 나는 천천히 고개를 끄덕였다.

"단, 사람들이 다치지 않고 물건이 부서지지 않는다는 조건 하에
서!"

"물론이지요."

트레스는 싱긋 웃으며 테라스의 문 쪽으로 돌아섰다.

파티가 열리고 있는 커다란 홀에서는 감미로운 음악이 흐르고 있었
다. 천장의 샹들리에에서 쏟아지는 빛이 홀 안을 가득 비추고 음악 소
리에 겹쳐 사람들의 웃음소리와 말소리가 들리고 있었다. 호화롭게 차
려입은 사람들과 그 사이사이로 음식과 음료를 나르는 시종을 바라보
며 트레스는 천천히 테라스의 문을 열었다.

검은 로브를 머리 끝까지 걸치고 있는, 파티장에서는 눈에 띄는 차
림새였지만 아직 그에게 주의를 기울이는 사람은 없었다. 발코니의 난
간에 기대어 나는 가만히 트레스를 응시했다.

'뭘 하려는 거지?'

트레스는 무표정한 시선으로 파티장 안의 사람들을 바라보고 있었
다. 그의 시선이 사람들에게서 벽으로, 천장으로 옮겨졌다.

─트레스는… 웬만한 마법이라면 주문을 외우지 않아도 시전이 가
능하지.

레스트레온의 목소리에 나는 힐끗 펜던트를 바라보았다.

─잘 봐둬라. 마법사로서 인간이 오를 수 있는 최대의 자리에 오른
남자다.

'그렇게 거창하게 말할 것까지는……'

부드러운 미풍이 불어오는 것처럼 테라스의 커튼이 펄럭였다. 환하게 홀을 비추고 있던 여덟 개의 샹들리에서 천천히 빛이 사그라들고 있었다. 처음에는 그것을 알아차리지 못했던 사람들도 밝던 홀이 점차 어두워지자 의아한 얼굴로 천장을 올려다보았다.

"오오오!"

사람들의 입에서 탄성이 흘러나왔다. 어둠에 의해 지워지듯 사라졌던 천장 위로 별빛이 쏟아지고 있었던 것이다. 멀리 있는 별빛이 아니라 손에 닿을 듯 가까워지는 빛무리에 사람들은 황홀한 듯이 바라보았다.

검은 하늘의 저편에서부터 희미하고도 엷은 빛무리가 커튼처럼 펼쳐졌다. 나부끼는 천사의 옷깃처럼 하늘을 뒤덮은 빛무리가 붉은 빛과 흰 빛, 녹색과 푸른 빛으로 차례대로 변했다.

황홀한 빛의 휘장에 숨소리조차 죽이며 바라보는 사람들 틈에서 나는 가만히 서서 천장을 올려다보고 있는 트레스를 바라보았다. 그 역시 나의 시선을 느낀 듯이 힐끗 뒤를 돌아보았다.

"북극광, 실제로 본 적이 있는 거예요?"

내 물음에 트레스는 조금 놀란 듯이 나를 쳐다보았다.

"아시는군요. 처음 보시는 것일 거라 생각했는데……."

"이런 식으로 보는 것은 처음이에요. 제가 본 것은 화면을 통해서니까."

소리 죽인 내 음성에 라힐은 혼란스러운 듯이 나를 쳐다보았다.

"저런 것이 실제로 존재하는 겁니까?"

"예. 아무 데서나 볼 수 있는 것은 아니지만요."

내가 긍정하자 라힐은 복잡한 표정으로 천장을 올려다보았다. 저런 것이 대륙 안에 실제로 존재한다는 것이 믿어지지 않는 모양이었다.

작은 점처럼 보이던 빛무리가 점차 커지며 새하얀 빛을 뿜어내는 새의 형상으로 변했다. 수십 마리의 새들이 파티의 참가자 위로 낮게 비행하며 그 깃털이 사방으로 흩날렸다. 머리 위로 하늘하늘 떨어져 내리는 황금빛 깃털에 사람들은 손을 뻗었지만 깃털은 손에 닿자마자 눈처럼 스러져 버렸다.

"이것도 본 적이 있는 거예요?"

손바닥 안에서 스러지는 깃털을 바라보며 말하자 트레스는 고개를 저었다.

"제가 상상한 것입니다. 이런 빛깔의 새가 존재했다면 알려지지 않았을 리 없지요."

"흐응, 그렇군요."

나는 고개를 끄덕이며 위를 바라보았다. 무리 지어 날아다니는 새들이 마치 지면 위로 내려앉으려는 듯이 귀빈들의 사이로 몸을 낮추고 있었다. 탄성을 지르며 그것을 바라보고 있는 귀족들 사이를 지나 새는 홀의 중앙으로 모여들었다. 빛이 뒤엉키는 것처럼 한데 모인 새들의 빛이 진해지며 지면에 낮게 깔렸던 빛이 무언가의 형상을 휘감으며 솟구쳐 올랐다.

물결을 털고 일어나듯 빛이 흩어지자 그 안에서는 눈부신 한 쌍의 날개를 가진 천사의 형상이 모습을 드러냈다. 홀의 천장에 그려져 있던 천사의 형상이었다. 날개로 몸을 감싸며 웅크리고 있던 천사는 조용히 날개를 퍼덕이며 자신을 구경하고 있는 사람들을 향해 미소 지었다.

'어쩐지 에레타를 닮은 것 같네. 금발이라서 그런가?'

　홀 안의 귀족들은 넋을 놓고 그것에 집중하고 있었다. 나 역시 그것을 향해 시선을 돌리려는 순간 어디선가 미약한 비명이 흘러나왔다.

　"세틴님!"

　가냘픈 목소리에 몸을 돌린 순간 얇은 칼날이 내 어깨를 관통했다.

　"세틴!"

　누구의 것인지 모를 찢어질 듯한 비명 소리가 들려왔다. 천사의 영상이 순식간에 부서지며 어두웠던 주위가 환하게 밝혀졌다.

　마치 모든 사물이 정지되어 있는 것처럼 시간이 천천히 흘러가는 것 같았다. 뒤를 찔린 것인지 나를 찌른 녀석의 얼굴을 볼 수가 없었고, 내 어깨를 관통한 칼날만이 붉은 피에 물들어 반짝이고 있었다. 주위 사람들의 비명과 라힐의 고함 소리를 들으며 나는 내 어깨에 박힌 칼날이 천천히 근육을 휘저으며 아래쪽으로 움직이는 것을 느꼈다. 단번에 나를 죽이려는 것이다.

　"세틴!"

　두 줄기의 빛이 펜던트 안에서 뿜어져 나왔다. 검은 빛 줄기와 선명한 푸른 빛이 팅기듯 펜던트 안에서 빠져나와 사람의 형상을 만들었다.

　"감히!"

　시온의 고함 소리와 함께 분수 같은 피가 솟구쳐 올랐다. 단숨에 달려든 시온이 내게 검을 지른 누군가의 목을 비틀어 뽑아낸 것이다. 분수 같은 핏줄기가 홀의 바닥으로 투두둑 떨어지며 피 냄새가 사방으로 퍼졌다. 비명을 지르다 못해 기절하는 귀부인들의 모습에 내가 쓴웃음을 지을 찰나 따뜻한 팔이 나를 감싸 안았다.

　"세……."

　"움직이지 마. 말하지도 말고."

싸늘한 그녀의 목소리에 굳이 묻지 않아도 화가 났다는 것을 알 수 있었다. 세리나가 내 어깨에 박힌 칼을 잡자 그에 의한 진동에 몸이 떨려오는 것 같았지만 세리나의 말이 있었기에 움직이지 않으려 애썼다. 세리나는 검을 잡아당겨 뽑지 않고 그것을 다른 곳으로 전이시켰다. 그녀의 오른손에 쥐어졌던 칼이 사라져 다시 왼손에서 나타나는 것을 보고 나는 한숨을 쉬었다.

세리나는 내 어깨에 박힌 칼을 뽑자마자 내 상처 위로 손을 가져갔다.

"정신을 놓지 마. 내가 지금부터 쓰려는 것은 정신이 온전하지 않으면 소용없는 것이야. 최악의 경우 몸만 나아버리는 일도 있으니까."

그게 무슨 소리지? 몸만 나아버리다니? 혹 성불해 버린다는 이야기?

내 상처 자리를 누르고 나를 감싸다시피 한 세리나의 몸이 무섭도록 선명한 흰 빛을 발하기 시작했다. 눈을 찌르는 아픈 빛에 타는 듯한 고통이 더해지자 나는 참지 못하고 미약한 신음 소리를 내었다. 불에 덴 듯한 상처 자리가 타는 듯이 아파왔다.

"세, 세리나!"

"낫는 거야. 나는 에레트레스님처럼 통증까지 완화시킬 수는 없으니까."

그녀의 전신으로 흐르던 빛이 나의 상처 자리로 흘러들고 있었다. 마치 상처를 태우는 듯한 통증에 나는 이를 악물며 내게 등을 보이고 있는 시온을 쳐다보았다. 왼손으로 암습자의 목을 붙들고 다른 손으로는 그의 머리를 붙잡고 있는 시온은 무서운 눈길로 홀 안의 귀족들을 바라브고 있었다.

암습자의 몸에서 솟구친 피를 고스란히 뒤집어쓴 시온은 이미 악귀 같은 형상을 하고 있었다. 그에 홀 안의 귀족들이 도망치려 했지만 무슨 일인지 무서운 소리를 내며 닫힌 문은 열릴 기미를 보이지 않았다. 트레스가 손을 쓴 것이다.

샘솟듯이 끊임없이 흐르는 피가 시체를 타고 바닥으로 흘러넘치고 있었다. 시온은 암습자의 시체를 피 웅덩이 속으로 내던졌다. 철퍽 하고 피가 사방으로 튀어 올랐다.

"누구냐?"

찬물을 끼얹은 듯이 조용한 파티 홀 안으로 시온의 싸늘한 목소리가 흘렀다. 가늘게 흐느끼던 어느 귀족의 아가씨마저 시온의 눈길이 닿자 숨을 삼키며 울음을 멈추었다.

"누가 사주한 것이냐!"

쩌렁쩌렁한 그의 목소리에 홀이 울리고 차갑게 냉각된 공기가 떨리는 것 같았다.

시온은 무시무시한 눈길로 홀 안을 바라보며 움츠러든 귀족들 하나하나의 눈동자를 들여다보았다. 시온의 얼음장 같은 시선이 자신에게로 꽂히자 누군가는 눈길을 피하며 고개를 돌렸고, 누군가는 다리에 힘이 풀린 듯 자리에 주저앉았다.

"앞으로 나와라! 그렇게 한다면 네 일가를 멸하는 것으로 그쳐 주겠다. 아니라면……!"

시온은 싸늘한 눈빛으로 겁을 집어먹은 귀족과 왕족들을 돌아보았다.

"이 왕궁의 모든 인간들을 비롯하여 이 나라를 대륙 안에서 지워주마!"

차가운 일갈에 홀 안에 모여 있던 인간들의 얼굴이 창백해졌다. 시온의 옷자락이 뒤로 젖혀지며 두 장의 검은 날개가 그의 등을 덮었다. 박쥐의 그것을 닮은 피막 날개는 천장을 향해 높게 뻗어 있었다. 그 날개와 그의 전신에서 뿜어져 나오는 기운이 그를 더욱 무서운 형상으로 만들고 있었다.

"예가 필요한 거냐?"

싸늘한 비웃음을 흘리며 시온은 테라스를 돌아보았다. 테라스의 유리 문짝이 바깥을 향해 터져 나가며 발코니 바깥으로 유리 조각이 부서졌다. 난데없는 폭음에 귀족들은 비명을 지르며 몸을 움츠렸다.

'시온! 그만둬요!'

나는 몸을 일으키려 했지만 단숨에 기운이 빠져버린 것처럼 손아귀로 힘이 들어가지 않았다. 나를 끌어안고 있는 세리나는 시온의 행동이 빤히 보이면서도 막을 생각이 없는 것 같았다. 그것은 내 곁에 서 있는 트레스도 마찬가지였다.

시온은 귀족들의 비명을 들으며 발코니로 걸어가고 있었다. 발코니 아래로 보이는 전경을 냉험한 눈초리로 바라보며 시온은 어느 한 부분으로 시선을 고정시켰다. 많은 사람들이 모여 있는 광장인 듯 어둑한 저녁이었지만 불빛이 반짝이고 있었다.

"똑똑히 봐둬라. 죄에 대한 대가가 어떤 것인지를."

그의 손아귀로 뭉치는 선홍빛 열선이 팽창하듯 부풀어 오르고 있었다. 생각할 것도 없이 그의 힘을 담은 주력이리라. 나는 시온이 허풍을 떠는 일 따위는 본 적이 없었다. 틀림없는 진심… 진짜로 저 사람들을 다 죽일 생각인 건가? 시온!

파아아앙!

그의 손에서 발사된 열선이 수도의 광장을 향해 떨어졌다. 내가 눈

을 부릅뜨며 몸을 일으킬 찰나 광장으로 떨어지던 그것이 어디선가 쏘
아진 빛줄기에 맞아 허공에서 폭발했다.

"으갹!"

격렬한 충격파가 왕궁을 덮치면서 유리창이 터져 나가고 천장의 샹
들리에가 심하게 흔들렸다. 전신을 때리는 듯한 충격파에 세리나는 급
히 나를 끌어안아 충격파로부터 보호해 주었다. 몇몇의 귀족들은 쏟아
지는 유리 파편을 피하지 못해 부상을 입었고, 비명 소리와 신음 소리
가 홀 안을 가득 메웠다.

"뭐야, 난데없이!"

불만스러운 목소리가 발코니 바깥에서부터 터져 나왔다. 상당히 거
리가 있는 듯 멀리서 들려오는 목소리에 나는 조심스럽게 고개를 들어
그쪽을 바라보았다. 분명 전에도 들은 적이 있는 목소리다.

'샤이시스… 가 아닌가?'

점점 가까워지는 형상이 샤이시스가 아니자 나는 어리둥절한 얼굴
로 그를 쳐다보았다. 은발을 늘어뜨린 미청년의 모습이었던 것이다.
그는 이마 위로 흘러내리는 머리칼을 쓸어 올리며 이쪽으로 험악한 시
선을 보냈다.

"휴식은 오늘 밤까지로 알고 있는… 음?"

가까워지던 미청년의 몸이 움찔하며 눈을 부릅뜨듯 나를 쳐다보았
다. 선명한 황금색 눈동자가 나를 응시하자 나는 잠시 몸을 움츠렸다.

"너 꼴이 왜 그 모양이야!"

샤이시스의 것이 분명한 고함 소리에 나는 눈을 동그랗게 뜨며 그를
쳐다보았다. 그는 발코니에 발이 닿자마자 후닥닥 달려와 나의 상태를
살폈다.

"어떻게 된 거지? 상처는? 다 치료가 된 건가?"

곁에 있던 세리나는 눈에도 들어오지 않는지 내 어깨를 붙잡고 이리저리 살피며 소리쳤다. 샤이시스 덕분에 내게서 조금 밀쳐진 세리나는 노골적으로 눈살을 찌푸리며 그에게 소리쳤다.

"내가 있는 거 안 보여? 당연히 다 치료됐어!"

"상처는 다 나은 것 같은데… 목숨에는 지장이 없는 거지?"

하나 내가 대답하기도 전에 세리나가 샤이시스의 손에서 나를 빼앗았다.

"피를 많이 흘려서 당분간은 쉬어야 해! 체력이 떨어져서 정신도 없을 텐데 왜 애를 흔들고 그래?"

세리나가 나를 품에 안으며 소리치자 샤이시스는 눈을 크게 떴다.

"피를 흘려? 인간은 가뜩이나 쉽게 죽는데 너희들은 뭐 하고 있……"

무섭게 폭사되는 기운에 샤이시스는 한순간 말을 멈추며 뒤를 돌아보았다. 시온이 파티장 가득 살기를 내뿜으며 샤이시스의 어깨에 손을 올려놓았던 것이다.

"이… 털 달린 도마뱀……!"

끓어오르는 분노를 그 한마디에 담은 듯한 목소리에 샤이시스는 의아한 듯 눈썹을 찌푸리며 몸을 일으켰다. 그런데 털 달린 도마뱀? 개 아니고?

"뭐냐, 박쥐 날개?"

"박쥐 날개라고 부르지 마!"

이 우습잖은 일갈에 부서진 창틀에서 그나마 달려 있던 유리 조각들이 후두두 바닥으로 떨어졌다. 샤이시스는 가소롭다는 눈길로 시온을 처다보며 무슨 일이냐는 듯이 물었다.

"뭐가 불만이야?"

"왜 내 공격을 방해한 거냐? 기껏……."

—분위기 잡았는데 말이지?

냉큼 대답하는 오웬의 목소리에 시온의 무서운 시선이 내 쪽으로 돌아왔다.

'나 아닌데…….'

내가 움찔하며 그를 보자 시온은 못마땅한 표정으로 샤이시스에게 시선을 돌려 그를 노려보았다. 그러자 샤이시스는 그런 시온의 모습에 한숨을 지으며 말했다.

"머리 위로 주문이 날아오길래 날려 보냈지. 그게 네가 보낸 거였나? 난 웬 놈인가 싶어서 날아온 것이었는데……."

샤이시스는 그렇게 말하며 주위를 둘러보았다. 샤이시스는 한눈에 상황을 파악했다는 듯이 고개를 주억거리며 말했다.

"그런 것인 줄 알았다면 그냥 피할 걸 그랬군. 뻔한 상황이었던 것 같은데 말이야. 한데……."

샤이시스는 이상하다는 듯이 트레스를 보며 말했다.

"주모자를 알기 위해서였더라면 트레스 너의 주문으로도 충분하지 않은가? 죽은 녀석을 언데드로 만들면 알아서 말해 줄 텐데?"

샤이시스의 말에 나는 숨을 삼켰다.

'설마… 트레스…….'

내 눈에 비친 트레스의 얼굴은 무표정하기 그지없었다. 그는 가늘게 눈매를 좁히며 샤이시스에게 말했다.

"다만 괜찮지 않을까 생각했을 뿐입니다. 악취를 풍기고 있는 것이

이 왕국 자체라면 통째로 없어진다 해도 상관없지 않겠습니까? 이와
비슷한 수준의 왕국이라면 이 대륙 안에 차고 넘칠 만큼 많으니까요."

왕국 자체를 깎아내리는 말에 팔마스의 고위 귀족들의 얼굴이 하얗
게 질리는 것 같았지만 그 누구도 그 말에 대꾸하지 못했다. 아니, 말
만 하지 못하게 된 것이 아니라 움직이지도 못하게 된 것 같았다. 그것
이 트레스의 영향임을 깨닫고 나는 세리나의 품에서 벗어나 몸을 일으
켰다.

"상관없지 않아요!"

내가 소리치자 트레스가 나를 돌아보았다. 피에 젖은 드레스가 무겁
게 느껴졌지만 나는 몸을 곧추세웠다.

"그런 식으로 말하지 말아주세요. 하나의 나라일지 몰라도 그것을
구성하는 개개인은 그렇지 않잖아요. 곪았다면 환부를 도려내지 팔 전
체를 잘라내지는 않아요."

"…환부가 썩어 들어가고 있다면 피해를 보더라도 팔을 잘라내야지
요."

트레스는 차갑게 말하며 거치적거리는 내 드레스의 어깨 부분에 손
을 댔다. 그러자 피가 빠지는 것처럼 드레스의 푸른 빛이 바래지며 전
혀 다른 질감을 가진 옷감으로 변하기 시작했다. 푸른 드레스가 짙은
빛깔을 지닌 평상복으로 변하는 것을 보고 나는 제자리에 멈추었다.
드레스가 간편한 바지와 재킷으로 변한 것이다.

내가 잠시 당황하여 내 옷을 들여다보자 트레스가 내 어깨를 붙잡으
며 말했다.

"세틴님, 우유부단한 것과 친절한 것은 다른 것입니다. 이종족의 눈
에 보이기에는 인간은 모두 같은 욕망을 지니고 있는 존재로 보이지요.

그것이 인간을 같게 만듭니다. 오늘과 같은 일이 다음에도 일어나지 않으리라는 보장은 없습니다. 세틴님께서 존재를 감추고 스스로를 드러내지 않는다면 모르지만 이것은 몇 번이고 반복될 겁니다.”

나는 가만히 그를 올려다보았다. 그가 하려는 말이 무엇인지 알 것도 같았다.

“선례를… 남기자는 건가요? 대가를 치르게끔 해서 그들 스스로 경계하게 만들자는… 그런 거예요?”

“…당신은 이제 저들과 다릅니다. 같을 수가 없어요.”

나는 눈살을 찌푸렸다.

“싫어요!”

“세틴님…….”

“그렇게 어린아이 다루듯이 말하지 말아요. 다르긴 하지만 트레스가 말하는 그런 다름은 아니에요! 더군다나 내가 저들과 다른 것은 지금의 이 문제와는 전혀 다르다고요! 그게 대량 학살로 이어지는 결과를 낳는다면 절대로 용납할 수 없어요!”

나는 트레스를 또렷이 노려보며 말했다.

“트레스가 말하는 것은 알겠어요. 같은 일이 반복되리라는 것도 이해할 수 있고요. 하지만 난 아무것도 하지 않을 생각이에요.”

―세틴, 그게 무슨 소리야?

오웬이 소리쳤지만 그것에 나는 그녀의 목소리를 묵묵히 듣고만 있었다. 선례를 남긴다든지 미리 위협을 해서 겁을 주는 것 따위는 마음에 들지 않았다.

“걸어온 싸움은 막지 않는다는 주의지만 겨우 그런 인간들에게 경고를 하기 위해서 별 상관도 없는 사람들에게 피해를 준다는 것은 말도 되지 않아요. 그런 죽음 같은 것은 내가 받아들일 수가 없다고요. 내가 아플 수 있는 것처럼 타인도 아플 수 있다는 것을 알고 있는데 어떻게 그렇게 할 수 있겠어요?"

당연하다는 듯이 하는 내 말에 시온은 얼굴을 찡그렸고, 샤이시스는 희한한 것을 본다는 듯이 나를 쳐다보았다.

"왜요?"

"아니… 건강하다 싶어서."

샤이시스의 대답에 나는 멀뚱한 시선을 보냈지만 샤이시스 쪽은 할 말이 없는 모양이었다. 시온은 그에 눈살을 찌푸리며 말했다.

"그래서 결론은 뭐야? 저 인간들을 용서하자는 거냐?"

"아뇨. 그건 절대로 아니지요. 칼에 찔려본다는 흔치 않은 경험을 선물해 준 작자인데 될 수 있는 한의 성의를 담아 복수해 주지 않으면 성에 차지 않잖아요."

간만에 좋은 태도라는 듯이 시온은 고개를 끄덕였다. 나는 그것을 보고 역시 마족이라는 생각이 들었지만 그건 뒤로 접어두고 귀족들을 돌아보았다. 내 시선이 닿는 그들의 눈동자에는 공포와 두려움이 섞여 있었다. 나는 멈추어 서 있는 아이언과 레오폴드 등을 바라보았다.

"티아나 크라이드 사람들은 상관없잖아요. 풀어줘요."

내가 트레스를 바라보며 말하자 트레스는 한숨을 쉬더니 힐끗 그들을 바라보았다. 시선만으로 마력의 범위를 제한한다는 것은 대단한 일인 것 같았다. 석상처럼 굳어 있던 그들이 숨이 풀리는 듯 풀어졌다. 어지러운 눈빛으로 나를 바라보는 그들의 모습에 나는 뺨을 긁적였다.

"미안."

어색하게 웃으며 말하는 내 모습에 티아는 멀거니 나를 쳐다보더니 바람이 빠지는 것처럼 그 자리에 풀썩 주저앉았다. 드레스 차림이고 뭐고 간에 전혀 신경 쓰지 않는 모습이었다. 그녀는 그렇게 자리에 주저앉아서는 한숨을 쉬는 듯한 목소리로 말했다.

"하아~ 죽는 줄 알았다."

'…무언가 공주의 모습이 아니야.'

내가 싸한 얼굴로 고개를 돌리자 티아는 살짝 얼굴을 붉히며 항의하듯 나를 바라보았다.

"하지만 다리에 힘이 풀렸단 말이야. 이번에는 정말로 죽는 줄로만 알았으니까."

티아의 말에 나는 슬쩍 레나를 쳐다보았다. 그녀는 혼란스러운 눈으로 나를 바라보고 있었다. 나는 그 얼굴 위에 떠오른 감정의 편린들을 알아보고 피식 웃었다. 그녀의 얼굴 위에 떠오른 그것은 틀림없는 두려움이었다. 나는 다시 티아 쪽으로 고개를 돌렸다.

"이곳에 와서 가장 좋았던 기억은 전부 크라이드에서 있었던 것 같아. 뭐, 대부분의 시간을 크라이드에서 보낸 탓도 있겠지만 좋은 사람들이 있었으니까. 그래서 일단은 크라이드의 보호를 받았으면 해. 그럴 수 있을까?"

내 말에 티아는 잠시 눈을 깜박였다.

"내가 함부로 결정할 수 있는 사항은 아니지만 가능할 거야. 왕녀를 구한 영웅… 쯤으로 들어오면 어느 정도의 지위를 보장받을 수 있겠지. 작위를 원하는 거야?"

그 말에 나는 고개를 저었다. 어차피 나는 이 세계의 기사들처럼 왕에게 헌신한다든가 그의 말에 절대 복종하는 것은 불가능하다. 본질적인 인식의 차이랄까? 그렇게 해주고 싶은 생각도 없으니까 말이다. 그러자 티가는 그럴 줄 알았다는 듯이 웃었다.

"그래, 네가 아바마마의 가신이 된다는 것은 무리일 거야. 너 정도의 힘이라면 나라를 세우는 것도 문제가 되지 않을 테니까. 그렇다면 아바마마와 신관들과 상의해서 네가 움직여도 괜찮을 정도의 지위를 받을 수 있도록 할게. 그 정도면 되지?"

"응."

티아가 말하는 어느 정도의 지위라는 것이 어떤 것인지는 모르겠지만 그 정도면 될 것 같은 생각이 들었다. 영리한 그녀이니 자국의 이익과 내 이해관계가 잘 얽혀들도록 해줄 것 같았다.

"이제는 이 사람들을 어떻게 하느냐인데……."

내가 물끄러미 팔마스의 귀족들을 쳐다보자 그들의 얼굴이 창백해졌다. 자신들의 차례라는 것을 알아차린 모양이었다. 나는 피식 웃으며 트리스에게 말했다.

"트레스, 저들이 가지고 있는 나에 대한 기억을 모조리 지울 수 있을까요?"

"정신 계열이라면 저보다는 에레타님에게 부탁하시는 것이 좋을 겁니다. 그녀라면 저들 모두의 기억을 조작할 수 있을 테니까요."

그의 말에 나는 지그시 샤이시스를 쳐다보았다. 들어가 달라는 내 무언의 사인에 샤이시스는 '쳇' 하고 혀를 찼지만 눈치 빠른 환수답게 펜던트 안으로 들어가 주었다. 그의 모습이 펜던트 안으로 사라지자 나는 곧바로 에레타를 불러냈다. 에레타는 펜던트 안에서 내 이야기를 듣고 있었기에 따로 설명할 필요가 없는 듯했다.

"하지만 기억을 지우기 전에 이런 일을 사주한 사람이 누구인지 알고 싶은데……."

내가 말하자 시온은 힐끗 귀족들을 바라보았다.

"왕궁 안에서 암살자를 부린다는 것은 아무나 할 수 있는 일이 아니지. 일단 범위가 좁혀질 테니 싸그리 몰살시켜 버리면 그 안에 끼어 있을⋯⋯."

"그래도 억울한 사람은 생기잖아요! 절대 안 돼요!"

내 외침에 시온은 절대 안 될 것은 없지 않느냐면서 은근슬쩍 귀족들을 바라보았다. 그 눈길에 닿은 일부의 귀족들이 허옇게 질리는 것을 보고 에레타는 그만 좀 하라는 듯이 시온을 쳐다봤지만 시온은 홱 고개를 돌려 버렸다. 그러자 안 되겠는지 에레타가 말했다.

"그렇다면⋯ 좀 무례한 방법이기는 하지만 제가 저들의 기억을 들여다보고 세틴님께 말씀드릴게요. 정신을 조작하기 위해서는 그들의 기억을 들여다볼 수밖에 없을 테니까요."

기억을 들여다본다는 말에 귀족들의 눈이 크게 떠졌다. 수치심과 두려움에 얼굴을 붉히는 자들의 모습에 나는 조금 찜찜한 생각이 들었지만 선선히 고개를 끄덕였다. 어차피 보게 될 기억 속에서 그 누군가를 찾는 일이었다. 기억이 조작된다 하더라도 이 일을 사주한 자를 살려 둘 수는 없었다.

에레타가 작업을 시작하자 나는 세리나를 돌아보았다.

"그럼⋯ 티아 일행이 크라이드까지 돌아갈 수 있도록 공간을 열어 줄 수 있어요? 세리나라면 할 수 있을 것 같은데⋯⋯."

그 마녀와 싸울 때에 한 일이나 내 몸에 박혀 있던 검을 뽑아낸 실력이라면 그런 일도 가능할 것 같았다. 세리나는 내 부탁에 흔쾌히 고개를 끄덕였다.

"그 정도야 어려울 것도 없지. 공간과 공간 사이에 게이트를 만들면 되니까."

세리나의 말에 레오폴드는 놀란 듯이 나를 쳐다보았다.

"어? 그렇게 금방 돌아갈 수 있는 거야?"

"헤헤, 그런 것 같네."

배시시 웃는 내 모습에 세리나는 천천히 눈살을 찌푸리며 무언가를 생각하는 듯했다. 그녀는 선선히 자리에서 일어나 손을 펼쳐 허공으로 가져갔다. 허공으로 두 개의 도형이 겹쳐지며 좀 더 복잡한 문자들이 형성되었다. 내가 호기심에 가득 찬 눈으로 그것을 바라보자 시온이 퉁명스러운 목소리로 빛의 문자라고 가르쳐 주었다.

이윽고 두 개의 공간이 맞닿은 듯 커다란 원 안의 공간이 허물어지자 세리나가 말했다.

"반대편은 네가 예전에 묵었던 그 호텔일 거야. 아직 체크아웃하지 않았으니 비어 있겠지."

"티아."

내가 그녀를 돌아보자 아이언과 함께 다가온 티아는 조심스럽게 원 안의 형상을 들여다보았다.

"이… 안으로 들어가면 돼?"

"응. 나는 곧 따라갈 테니까."

"알겠어."

티아는 긴장된 표정으로 고개를 끄덕이며 원 안으로 발을 옮기려 했지만 아이언이 그것을 저지했다.

"제가 먼저 가도록 하겠습니다."

그의 말에 세리나가 약간 눈살을 찌푸리기는 했지만 내버려 두었다. 아이언은 검을 뽑아 그 안을 휘저어 보고는 신중하게 안으로 들어갔다.

안에서 티아를 부르는 그의 목소리가 들리자 티아는 나를 돌아보며 말했다.

"너도 무리하지 말고 빨리 와."

내가 고개를 끄덕이자 티아는 원 안으로 몸을 집어넣었다. 티아의 모습이 사라지자 레오폴드가, 그 다음에는 라힐이 그 너머로 발을 옮겼다. 라힐은 들어가기 전 복잡한 표정으로 나를 쳐다보았지만 자신이 나설 만한 때가 아니라고 생각한 것인지 아무 말도 하지 않고 안으로 들어갔다.

"세틴."

묘한 시온의 목소리에 나는 그를 돌아보았다. 무표정한 얼굴로 나를 내려다보며 시온이 이렇게 물었다.

"그러니까… 널 해치려 한 장본인을 제외한 나머지 사람들이 다치지만 않으면 되는 거겠지?"

"예?"

내가 어리둥절하여 반문하자 시온은 인상을 썼다.

"그런 거야, 아니야?"

"아니… 그런 거긴 하지만 그건 왜?"

"그렇다면……."

시온이 슬쩍 내게로 몸을 구부리자 나는 질겁을 하며 뒤로 물러서려 했지만 시온은 아무렇지도 않게 나를 잡아챘다. 가볍게 안아 들려진 내가 당황하여 소리치려 하자 시온은 나를 번쩍 들어 게이트 안으로 던져 버렸다.

"으아아악!"

막 게이트를 통과해 소파 쪽으로 걸어가려던 라힐이 돌아보며 나를 안음과 동시에 뒤로 넘어졌다. 큭! 이게 무슨 짓이야! 불같이 치솟은 화에 내가 쌍심지를 켜며 돌아볼 찰나 게이트가 내 눈앞에서 닫히는 것이 아닌가!

"세, 세리나! 무슨 짓이에요!"

"네가 말한 대로 할 테니까 너는 거기에서 기다리고 있어. 펜던트의 동공을 들여다보면 우리를 볼 수 있잖아."

세리나의 목소리에 나는 당황하여 그녀에게 소리쳤다.

"하, 하지만 이건 내가 해야 할……!"

"서틴님은 저항하지 않는 상대에게 검을 휘두르는 일 따위는 하지 못할 사람입니다. 굳이… 스스로를 상처 내는 일 따위는 하지 않아도 좋아요."

트레스의 목소리를 마지막으로 게이트는 스르륵 닫혀 버렸다. 내 쪽에서야 종속자인 그들을 불러들일 수는 있지만 그들의 도움이 없는 한은 그곳으로 갈 수 없었다. 세리나나 트레스, 시온은 내가 그자를 죽이려 한다는 것을 알아차린 것일까? 그래서…….

"세, 세틴님!"

내 아래에서 얼굴을 발갛게 물들인 라힐의 목소리가 들려왔다. 그는 발갛게 달아오른 얼굴로 고개를 돌리며 더듬더듬 내게 말했다.

"그… 용건이 끝나… 셨으면… 내, 내려와 주시는… 것이…….''

'으악!'

나는 기겁을 하며 라힐의 위에서 내려왔다. 우물쭈물 몸을 일으켜 주위를 둘러보니 내가 사용하고 있던 호텔 방이었다. 내가 비우고 떠났을 때와 조금도 달라지지 않은 모습이다.

레오폴드는 그렇게 쉽게 크라이드에 돌아온 것이 믿어지지 않는지 테라스 밖을 내려다보며 인상을 찌푸렸다.

"이거 꿈은 아니겠지?"

그가 중얼거리는 말에 나는 피식 웃으며 티아를 돌아보았다. 티아는 잠시 잊었던 무언가를 떠올렸는지 다급히 나를 붙잡았다.

"너, 여자로 변하는 건? 그 마녀는 아직 팔마스의 성에 있잖아!"

당황하는 티아의 모습에 나는 멋쩍은 표정을 지으며 그녀를 쳐다보았다. 확실히 티아는 친구라는 느낌이 강했다. 이럴 때에 자기 일처럼 걱정해 주는 것이.

"아니… 그건 괜찮은데……."

"괜찮다니? 설마… 남자의 모습으로 살겠다는 거야?"

티아의 표정이 심각해지는 것을 보고 나는 고개를 저었다.

"아, 아니, 그건 아닌데… 으음… 그건 저어… 나… 저주에 걸린 것 아니거든."

"뭐!"

이건 티아의 목소리가 아니었다. 테라스 밖의 발코니에 있던 레오폴드가 커다란 목소리로 소리치며 안으로 들어왔던 것이다. 그는 잡아먹을 듯이 달려들며 나에게 소리쳤다.

"바, 방금 뭐라고 그랬어!"

"응? 아니, 저기… 근데 왜 네가……?"

왜 이 녀석이 흥분을 하는 거야? 내가 주춤거리며 뒤로 물러서자 레오폴드가 내 어깨를 잡으며 소리쳤다.

"뭐라고 그랬냐고! 너… 너, 진짜 남자야? 그, 그런 거야?"

곁에서 듣고 있던 라힐의 얼굴도 창백해지고 있었다. 나는 점점 분위기가 묘하게 흘러가는 것 같아 식은땀을 흘리며 변명했다.

"미, 미안. 여, 여자로 변할 수 있기는 하지만 지금은 남자……."

헉! 기세에 밀려 그냥 말해 버렸다. 내 말을 들은 레오폴드는 혼란스러운 표정이었다.

"뭐, 뭐야, 그게! 남자지만 여자로도 변할 수 있다고? 그게 무슨 말도 안 되는 소리야!"

"아니… 저기 내 체질이 그렇다는데……."

"그렇다는데? 무슨 그런 체질이 다 있어!"

단번에 인상을 구기며 무시무시한 목소리로 소리치자 나는 움찔하며 식은땀을 흘렸다.

"하지만 그렇게 말해 봤자……."

그러자 라힐이 내 어깨를 잡은 레오폴드의 손을 떼어내며 내게 물었다.

"그렇다면… 여자가 될 가능성도 있는 겁니까?"

"아니, 뭐… 변할 수 있다고는 하는데……."

"그게 뭐야! 어떻게든 변해야지!"

아니, 그게 왜 그렇게 되는 건데? 나는 남자도 딱히 상관은 없다고 말하고 싶었지만 그 말을 입 밖에 냈다가는 무슨 꼴을 당하게 될지 모르겠다. 위험한 분위기를 느끼며 나는 슬슬 몸을 피하려 했지만 레오폴드 녀석의 흥분은 좀처럼 식을 줄을 몰랐다.

【제7화】
여신의 수호자

'지켜주려는 마음은 고맙지만… 나는 아직 믿음직스럽지 못한 건가?'

나는 가만히 턱을 괴고 펜던트의 동공을 바라보았다. 펜던트 안의 동공으로 종속자들의 모습을 지켜보는 것이다. 세리나와 시온, 트레스는 아두 말 없이 그저 서 있기만 했고, 에레타는 움직이지 않는 사람들의 기억을 일일이 확인하는 듯했다.

가만히 사람들의 머리에 손을 대고 그녀가 무언가를 중얼거리면 정신을 잃어버리는 것처럼 그들은 바닥으로 쓰러졌다. 기억을 조작당한 충격 때문이라는 것이다.

그다지 많은 기억을 잃어버리는 것이 아니기 때문에 저들의 몸에는 아무런 이상이 없을 거라고 샤이시스가 말했지만 저들의 기억을 조작하는 에레타의 얼굴은 어딘가 서글퍼 보였다.

‘무언가 좋지 않은 것이라도 보이는 걸까, 아니면… 사람들의 기억에 손을 대는 것이 싫은 걸까?

어느 쪽이든 에레타에게는 미안한 일이었다. 내가 좀 더 미더웠다면 에레타가 괴로워해야 할 일은 없었을까?

나는 지금 방에 혼자 있었다. 티아는 아이언과 함께 왕궁으로 돌아갔고 레오폴드와 라힐 역시 각자의 저택으로 돌아갔다. 나 역시 내일 아침에 왕궁으로 들어가기로 약속은 잡아놓았지만 지금은 혼자인 것이다. 펜던트가 내 곁에 있었지만 왠지 혼자 있는 것만 같은 기분이 들었다.

―세틴, 무슨 생각을 그렇게 골똘히 하는 거냐?

레스트레온의 목소리에 나는 동공에서 잠시 시선을 떼어 보석 쪽으로 눈을 돌렸다. 수레바퀴 모양의 홈을 채우고 있는 색색깔의 보석은 이제 네 개의 자리가 비어 있었다. 빠져나간 종속자들의 자리인 것이다.

“그냥… 멋대로 도망쳐 버린 것 같은 생각이 들어서요. 에레타는 저들에게서 나에 관한 기억 전부를 없애 버릴까요?”

―전부는 아닐 거다. 멘디에타에서 너를 만난 것이 저들만이 있는 것은 아니니까. 아마도 마녀를 붙잡아 그 마을의 언저리에서 헤어진 것으로 기억을 수정하겠지. 저들이 펜던트에 대해 알게 된 것은 그 이후가 아니냐.

레스트레온의 목소리에 나는 조용히 고개를 끄덕였다. 레스트레온의 말대로 마녀를 붙잡았을 때 그곳에서 헤어졌더라면 이런 일은 겪지 않았을지도 모른다.

‘그랬다면… 레오폴드의 검을 부러뜨릴 일도 없었을 거고 랄프와

게빈과도 만나지 못했겠지. 아시트와도… 응? 그리고 보니……'

나는 자리에서 벌떡 일어나 펜던트를 집어 들었다. 갑작스러운 내 행동에 놀란 것은 종속자들이었다.

─왜 그러는 거냐?

샤이시스의 물음에 나는 잠시 펜던트의 동공을 바라보았다.

"아뇨. 갑자기 확인하지 않았던 것이 생각나서."

펜던트에 물건을 집어넣을 때는 그 물건을 생각하며 들어가라고 하는 것처럼 빼낼 때에는 비슷한 방법으로 그 물건을 떠올리며 나오라고 소리치면 되었다. 황당한 방법이었지만 솔직히 말해 내가 볼 때 이 세계의 마법이라는 것은 황당하지 않은 게 없다.

"나와라!"

내 목소리에 펜던트의 동공 안에서 일곱 개의 철로 만든 궤짝이 방바닥으로 떨어졌다. 쿵 하는 무거운 소리에 바닥이 흔들릴 정도였다.

─대체 뭐가 든 거야?

이플리트의 의아한 목소리에 나는 흐트러져 바닥 위에 떨구어진 궤짝들을 살펴보았다. 단단한 궤짝은 굳게 잠겨 있어 안을 엿볼 수도 없었다.

"여, 여기! 이 방이야!"

내가 묵는 방 밖의 복도에서 들려오는 목소리였다. 고개를 돌리니 누군가가 내 방문을 열쇠로 여는 것처럼 문이 덜컹거렸다. 잠시 허리를 펴그 문을 돌아보자 열려진 문안으로 들어오는 급사와 눈이 마주쳤다.

"아. 아니… 손님? 손님이 계셨던 겁니까? 이거 실례했습니다. 한데 어느 틈에 돌아오신 것인지… 아직 맡겨두신 열쇠도 카운터에 그대로 있는데요."

당황한 그의 목소리에 나는 어색한 미소를 지어 보였다. 차마 게이트를 열어 호텔로 돌아왔다는 소리는 할 수 없었던 것이다.

내가 묵던 방이어서 급사는 별말은 하지 않았지만 다음부터는 호텔의 정문을 애용해 달라는 말을 잊지 않았다. 급사는 아래층 방에서 묵고 있던 손님에게서 항의가 왔다며 조심해 달라고 말하고는 무언가 필요한 것이 있으면 부르라는 말을 남기고 방 밖으로 나갔다.

방에 무슨 도둑이라도 든 것이라고 생각하고 달려왔던 모양이다. 문이 닫히고 방이 다시 조용해지자 이플리트는 마땅찮다는 듯이 말했다.

─돌아온 게 불만이라는 거냐?

"아래층에서 항의가 들어왔다잖아요. 그것보다 이걸 열어봐야 될 텐데……."

궤짝은 상자 자체에 자물쇠가 달려 있었다. 그리고 당연한 이야기겠지만 나는 그 열쇠가 없는 것이다.

─겨우 철 상자 정도가 문제냐? 잘라 버려.

이플리트의 목소리에 나는 잠시 궤짝의 뚜껑을 만지작거리며 대답했다.

"안에서 부딪치는 소리가 없는 것이 꽉 차 있는 것 같은데 그러면 물건이 다치잖아요. 되도록 자물쇠만 자르고 싶은데……."

─조금 잘리는 것 정도야 감수해야지 뭐.

오웬의 말에 나는 턱을 매만지며 자물쇠 부분을 들여다보았다.

"시온의 힘이면 될까요?"

─시온이든 누구든 빌리기만 해. 누구 힘이든 안 되겠냐?

이플리트의 말에 나는 펜던트에서 게빈에게 받은 단검을 꺼낸 다음 시온의 힘을 빌렸다. 시온의 그 무작스러운 검으로는 섬세한 작업(?)을 하는 데에는 무리인 것이다.

내가 눈을 빛내며 단검에 마나를 주입하자 단검이 푸르게 빛났다. 그러자 펜던트 속의 오웬이 감탄했다는 듯이 말했다.

―흐응~ 인간이 만든 것치고는 괜찮은 물건이네.

"그래요? 헤헤."

내가 배시시 웃자 오웬은 이해할 수 없다는 듯이 내게 물었다.

―왜, 네가 좋아하는 거야?

"선물받은 물건이 좋은 거라고 하면 기분이 좋을 수밖에 없잖아요. 일단 내가 받은 거니까요. 아는 사람이 만든 물건이기도 하고."

―흐응, 그런가?

오웬이 중얼거리는 말을 들으며 나는 자물쇠의 부분에 단검을 찔러 넣었다. 단단하다고는 하지만 검기에는 저항할 수 없는 것인지 쇠가 잘려 나가고 있었다. 표면을 얇게 베어내고 조금씩 검을 밀어넣자 자물쇠의 연결 부위가 끊어졌다.

"오오, 열렸다!"

―세틴, 얼른 열어봐라! 안에 좀 보자!

이플리트의 재촉에 나는 얼른 상자의 뚜껑을 밀어 젖혔다. 무거운 상자 뚜껑이 밀려나며 내용물이 드러났다.

"어?"

이게 뭐지? 나는 눈살을 찌푸리며 상자 안의 물건을 들여다보았다. 정제된 커다란 금속의 덩어리가 궤짝 안에 가득 차 있었던 것이다. 일단 광택은 있는데…….

"은인가?"

미심쩍은 듯이 내가 중얼거리자 펜던트 속의 아리시네스가 정말 오래간만에 입을 열었다.

―미스릴이야.

"그렇게 음산한 목소리로 말하지 말아요!"

순간 소름 끼쳤다. 아리시네스는 그걸로 자기 할 말은 다 했는지 다시 조용해졌다.

'저 인간은 정말. 나중에 시간 날 때 한번 꺼내봐야지. 대체 어떻게 생긴 인물일지 궁금하다.'

아리시네스에 대한 궁금증이 고개를 들었지만 당장은 저 궤짝 안의 물건이 먼저였다. 다른 상자들도 하나하나 자물쇠를 잘라내자 철 궤짝은 저항없이 열렸다.

"으음… 이것도 금속덩어리네? 이건 뭐예요?"

―이쪽도 미스릴 같은데? 이쪽 것은 정제되지 않았을 뿐이지.

미스릴은 정제된 것이 한 상자였고 정제되지 않은 것이 세 상자였다. 다른 상자를 열자 상자 가득 들어 있는 색색깔의 보석이 눈에 들어왔다.

―이건… 하나같이 정령석이군.

"정령석이요?"

샤이시스의 목소리에 내가 묻자 펜던트 속의 그의 돌이 반짝였다.

―그래, 인간들이 적당한 크기로 가공하여 주문을 새겨 넣는 돌 말이야.

―돌이 아니라 보석이겠지. 뭐, 보석도 돌이 아니라고는 할 수 없지만… 같은 보석이라도 정령석과 보석은 상당한 가격 차이가 있어. 정령석은 마나를 증폭시키는 힘이 있어서 작은 마나를 주입하는 것만으

로도 큰 힘을 발휘할 수 있으니까. 마법 무기나 마법적인 도구를 만드
는 데에 많이 사용되지.

"헤에, 레스트레온 설명맨 같아요."

—뭐냐, 그게?

"설명해 주는 사람이요."

정령석은 모두 두 개의 궤짝에 들어 있었다. 정령석이라는 것이 따
로 존재하는 것이 아니라 보석 중에 정령석이 끼어 있는 모양이었다.
루비나 에메랄드, 자수정 등이 뒤섞여 있는 것을 보고 나는 이것저것
만지작거렸다. 보석이 이렇게 많은 것은 처음 본다.

'우와! 우와! 굉장해!'

나머지 한 상자에는 가공된 다이아몬드 종류의 장신구들이 들어 있
었다. 반투명한 검은 날의 단검을 보고 레스트레온에게 물어보니 블랙
다이아몬드로 만들어진 것이란다.

—누군가에게 선물하려던 것이겠지.

"그런가요?"

장신구 말고도 궤짝의 안에는 이런 저런 공예품이나 도검류 같은 고
가의 물건들이 들어 있었다. 상당히 비쌀 것 같았지만 어쩐지 장물의
냄새가 났다.

'아니라면 이런 물건을 그런 금고에 처박아둘 이유가 없지. 이런
건… 이런 데에 함부로 두었다가는 부서질 것 같기도 하고.'

나는 금으로 만든 듯한 주전자를 바닥에 내려놓으며 펜던트를 돌아
보았다. 동공 속의 에레타들은 아직도 작업을 계속하고 있었다. 나는
그것을 물끄러미 바라보며 말했다.

"그런데 말이에요……."

─왜?

이플리트의 목소리에 나는 힐끗 와인 빛깔의 돌을 바라보았다.

"그 두 사람, 어떻게 펜던트 밖으로 나온 거예요? 난 부르지 못했는데."

─네가 죽게 되면 우리는 남은 형량을 이공간(異空間) 속에서 보내야 한다는 것은 알고 있지?

"예."

오웬의 말에 나는 천천히 고개를 끄덕였다.

─그래서 그에 관한 조항이 붙여진 거야. 인간은 너무 쉽게 죽어버리니까. 네 목숨이 위태로울 때는 우리가 밖으로 나갈 수 있어. 물론… 수는 제한되지. 멋대로 종속자 모두가 밖으로 나갔다가는 네가 정말로 죽어버리게 될지도 모르니까.

하긴 종속자들 전부가 밖으로 나왔다가는 나는 마력이 모조리 소모되어 죽게 될지도 모른다. 그에 나는 펜던트를 내려다보며 물었다.

"그럼 시온과 세리나가 선택된 이유는?"

─몰라.

"에?"

내가 어리둥절한 얼굴로 반문하자 오웬은 정말 모른다는 듯이 말했다.

─기본적으로 천족 하나, 마족 하나가 불러지는 것으로는 알고 있지만 그 이상은 몰라. 아마도 네가 힘을 빌리는 것이나 종속자들을 밖으로 내보내는 빈도 수에 관련이 있는 거겠지.

'그거라면 말 된다. 거의 시온이랑 세리나의 힘을 빌렸으니까.'

─네가 주의할 점은 그건 정말로 네 목숨이 위태로울 때밖에는 발휘

되지 않는다는 거야. 그 백작이라는 남자한테 납치되었을 때도 기억하고 있겠지?

나는 말없이 고개를 끄덕였다. 그때 펜던트 안의 종속자들은 보고 있을 수밖에 없었을 것이다. 그게 어떤 기분이었을지는 모르지만 가히 좋은 기분은 아니었을 것이다.

―우린 그때 밖으로 나올 수가 없었어. 단순히 약에 취하거나 몸이 마비되는 것으로는 사람이 죽지는 않지만 폐인이 될 수는 있지. 기억해 둬. 우리는 네 목숨이 경각에 달렸을 때만 나올 수 있는 거야. 인간은 팔이나 다리를 잃는 것 정도로는 죽지 않으니까. 비참한 꼴을 당하기 전에 스스로를 잘 관리해 둬.

"예, 조심할게요."

크게 고개를 끄덕이며 하는 내 말에 오웬은 못마땅한 듯이 말했다.

―대답은 잘하지.

―그래그래! 대답만 잘하지 말고 야물딱진 모습을 보이란 말이야!

"내가 그렇게 미덥지 못한가요?"

옆에서 끼어든 이플리트의 질책에 내가 뺨을 긁적이며 묻자 펜던트 안의 종속자들이 일제히 목소리를 높여 소리쳤다.

―그래!

'으음, 내가 그렇게 칠칠맞았던가?'

나는 고개를 푹 수그리며 어깨를 늘어뜨렸다. 내가 밖으로 꺼냈던 궤짝들을 정리하여 다시 펜던트의 동공 안으로 집어넣었을 때 에레타와 함께 다른 종속자들이 돌아왔다. 내가 그랬던 것처럼 세리나에게 게이트를 열어달라고 한 것이 아니라 각자가 돌아온 것이었다.

시온은 통명스러운 얼굴로 나를 보자마자 대뜸 이렇게 말했다.

“찾지 못했어.”

“예?”

내가 어리둥절한 얼굴로 반문하자 시온은 대답하지 않고 소파 위에 털썩 주저앉았다. 그러자 에레타가 내 곁으로 다가오며 말했다.

“최소한 파티의 참석자들 중에서 당신을 해하려 생각하고 있는 사람은 없었어요. 본래의 모습이 여자라는 소문이 퍼진데다 키루스 공작이 대수롭지 않게 대하고 있던 터라 세틴님을 특별히 의식하는 사람은 없었지요.”

“…그 암살자를 언데드로 만들었습니다만 그에게 암살을 사주한 사람은 이미 살해당한 후였습니다.”

트레스는 그렇게 말하며 창가에 기대어 앉았다. 세리나는 힐끗 내 상처 쪽을 바라보며 말했다.

“토라스라던 그 상인이야. 시체가 강에 버려져서 신전 측에서 거두어 화장한 것이 오늘 낮이고… 얼굴이 망가져서 누군지도 몰랐겠지만 누군가 빨리 손을 써버린 거야.”

이거 일이 복잡하게 되어버렸다. 팔마스의 중앙 귀족 대부분이 참석한 파티에서는 나를 해할 의사를 지닌 인간이 없었다고 말하는 것이다. 그렇다면 누가? 범인은 분명 팔마스 궁정 내부에 자신의 사람을 풀어놓았고, 벌써 두 차례나 나를 해하려 했다. 한데 그자가 팔마스의 사람이 아니라니……

“참석한 귀족들 중에는 없었다는 이야기일 뿐이야. 덕분에 범위가 좁혀졌으니 좀 더 캐내보면 알 수 있겠지.”

시온의 말에 세리나는 미간을 찌푸렸다.

“쉽게 말하지 마! 중앙 귀족을 제외하고 누가 궁정 안에 암살자를 풀어놓는다는 말이야? 게다가 에레트레스님께 계속 그런 일을 하게 만들 수는 없어!"

"확실히… 범위가 좁혀졌다고는 해도 불특정 다수의 기억을 계속 들여다보며 사람을 찾는다는 것은 무리가 있지요. 본인이 힘들어하는 것도 그렇고."

트레스의 말에 나는 힐끗 에레타는 쳐다보았다. 그의 말대로 에레타의 얼굴은 많이 창백해져 있었다. 나는 걱정스레 그녀를 바라보며 물었다.

"에레타, 몸이 안 좋은 거예요?"

—흥! 순수 혈통의 천족에게 인간의 정신은 독이니까. 우리 마족들과는 달리 너무 깨끗해서 인간의 기억이나 정신에 직접 제재를 가하면 손상이 오지. 천족이 약해 빠진 이유도 그런 거야.

오웬의 비꼬는 말에 세리나가 발끈하며 펜던트를 돌아보았다.

"닥쳐! 그 이상으로 천족을 모욕하는 발언을 하면 가만 있지 않겠어!"

—흐응, 가만 있지 않으면 어떻게 하자는 걸까? 그래 봐야 펜던트를 들여다보며 악만 쓸 뿐이지. 그나저나 천족께서 닥쳐라니, 그런 상스러운 말을 사용해도 되는 거야? 순결한 신의 사자께서.

'분위기 살벌하시고.'

세리나는 당장이라도 펜던트를 파괴할 기세로 그것을 움켜쥐며 노려보고 있었다. 가늘게 눈매를 좁힌 나는 한숨을 쉬며 그들에게 말했다.

"그만 하세요, 두 분. 에레타한테는 더 이상 정신을 들여다보라는 일은 시킬 생각이 없으니까 다른 방도를 찾아보면……."

“아뇨.”

내 곁에 있던 에레타가 고개를 저으며 나를 바라보았다. 그녀는 잠시 망설이는 듯이 나를 바라보며 천천히 입을 열었다.

“그렇게 할 필요까지는 없을 거예요. 그 암살자에 관해서는 세이지언 공작이 알고 있는 듯하니까요.”

“뭐라고?”

당장 시온이 얼굴을 험악하게 일그러뜨리며 자리에서 일어나자 당황한 트레스가 그의 앞을 막았다.

“일단 진정하시고.”

“그럼 왜 그 자리에서 이야기하지 않았어!”

“저희들이… 감시를 받고 있는지도 모른다는 생각이 들었으니까요.”

에레타는 차분한 음성으로 말하며 방 안의 모두를 돌아보았다. 그녀의 시선이 힐끗 거실과 이어져 있는 테라스로 옮겨가자 트레스는 조용히 고개를 끄덕이고는 스스로의 마력을 방출했다. 트레스가 친 결계에 주위가 안정된 듯하자 에레타는 다시 입을 열었다.

“세이지언 공작에게는 정신에 아무런 제재를 가하지 않았어요. 그만은 세틴님에 대한 기억이 남아 있겠지요. 아마도 그쪽에서 어떠한 방식으로든 세틴님께 연락을 취하려 하겠지요.”

“그자의 기억 속에서 무언가를 본 건가?”

시온의 물음에 에레타는 고개를 끄덕였다.

“…그는 무언가를 두려워하고 있더군요. 극도의 경계심과 미지의 적에 대한 두려움이 깔려 있었어요. 자제력이 강한 사람이라 그것을 겉으로 드러내지는 않았지만 무언가가 있었어요. 그는 어떤 세력이 팔마스 내부에 퍼져 있다는 사실을 깨닫고 그것에 주의를 기울이고 있었어요. 게다가 그 무언가가 한차례 그에게 접촉을 시도한 적도 있고요."

무언가 일이 복잡하게 돌아가네. 내가 멀뚱히 에레타를 쳐다보자 세리나는 한숨을 쉬며 미간을 찌푸렸다.

"마족이로군."

―마족이겠지.

―마족일 수밖에 없어.

"어느 놈인지 잡히면 죽는다! 감히 이 몸의 명줄을 건드려!"

분노를 터뜨리는 시온을 보며 나는 조용히 생각했다.

'죽을 뻔한 건 나 아니었나?'

언제 시온이 죽음의 위기를 맞았는지는 모르겠지만 종속자들은 마족이라고 단정 짓고 있는 모양이었다. 하지만 어째서 마족이라는 거지? 이 대륙에 마족이 널린 것도 아니고 가장 많은 인간과… 혹, 다른 종족일 수도 있잖은가.

나는 종속자들과 펜던트를 바라보며 물었다.

"왜 마족이라고 생각하는 거예요? 인간의… 그러니까 마법사일 수도 있잖아요. 아니면 드래곤이라든가."

그러자 레스트레온이 혀를 차며 말했다.

―주위에 드래곤이 있다면 내가 모를 리 없지. 게다가 이번 일의 성격은 마법사나 혹은 마족의 성질에 맞아. 드래곤이었다면 직접적으로 호기심을 나타냈을 거다.

"으음, 음흉한 성격이라면……."

―압도적인 힘을 가지고 있다고 자부하는 존재가 그럴 이유는 없지.

샤이시스의 단정에 나는 다시 말했다.

"그럼 인간은요? 마법사나 혹은 다른 왕국일 수도 있잖아요."

"세이지언 공작에게 접근한 방식은 확실히 마법사의 그것에 가깝지만… 세이지언 공작 정도 되는 남자가 일개 마법사에게 위협을 느낀다고는 생각하기 어려워요."

에레타의 말에 세리나가 뒤를 잇듯이 말했다.

"이제까지 일어난 사건들을 볼 때 마족의 것일 확률이 커. 그 하급마에 터무니없는 마법사를 붙인 것도 그렇고… 마법사라면 좀 더 신중히 접근하지 시험하듯 널 죽이려고 하지는 않았을 거야. 어찌 되었든 펜던트를 사용할 수 있는 사람은 너뿐이고 그 녀석도 펜던트의 사용방법을 알고 있는 사람은 너 하나라고 생각하고 있을 테니까."

"펜던트를 쓰지 못하게 되어도 상관없다는 식으로… 단지 호기심만으로 움직였을지도 모르기 때문에 마족이라는 거예요?"

"그래. 인간이라면 펜던트를 손에 넣으려 하든지 그게 불가능하다면 너를 자신의 편으로 끌어들이려 했겠지. 하지만 그 작자는 펜던트를 사용할 수 있는 너라는 인간 자체를 지우려고 했어. 펜던트를 다른 사람이 사용할 수 있을지 없을지 사용법의 유무도 알지 못한 채 말이지."

그에 트레스는 한숨을 쉬며 창가에 놓인 의자에 앉았다.

"아무래도… 시온님이 난동을 부린 것에 호기심을 느껴 세틴님께 위해를 가했다고 생각하는 것이 옳을 것 같군요. 마족을 잡아두는 물건이라면 마족이 호기심을 느끼기에도 충분할 테니."

"…내 탓이라는 거냐?"

시온이 눈매를 좁히며 트레스를 노려보자 그는 깍지 낀 손을 풀며 그에게 대답했다.

"말이 그렇다는 거죠."

싱긋 웃으며 대답하는 모습에 시온은 상당히 불쾌한 표정을 지었지만 트러스는 태연했다. 마족의 위협에도 눈 하나 까딱하지 않는군. 과연 수많은 시간 동안을 펜던트 안에서 동고동락해서 그런가?

―마족이라면 일이 상당히 복잡해. 어느 정도의 힘을 가진 마족인지 알 수 있다면 편하겠지만.

고민스러운 레스트레온의 목소리에 나는 고개를 갸웃했다.

"시온이나… 다른 분들이 훨씬 강한 거잖아요. 그런데 뭐가 문제가 돼요?"

―지금 우리들은 힘의 일부밖에는 사용할 수 없어. 잊었어? 게다가 밖으로 나온데도 최대한 사용할 수 있는 것은 힘의 반 정도라고. 너라면 우리들의 능력을 전부 사용할 수 있겠지만… 알다시피 칠칠맞고.

오웬, 그렇게까지 말할 건 없잖아요! 너무한다는 식으로 펜던트를 쳐다보자 세리나는 진지한 얼굴로 내 어깨에 손을 얹었다.

"알겠어? 그 마족을 해치울 때까지는 종속자 둘 이상을 곁에 두고 평소에는 잊어버리는 일 없이 펜던트의 힘을 빌려놓는 거야. 평소처럼 얼빠진 표정으로 이 정도면 되겠지 하고 있지 말고."

"내가 언제 얼빠진 얼굴을 했다고 그래요!"

게다가 그게 평소와 뭐가 다르다는 말인가? 나는 황당하다는 표정으로 종속자들을 바라보았지만 그들은 세리나의 의견에 찬성하는 모양이었다. 무언의 압력이 느껴지는 그들의 눈빛에 나는 마지못해 고개를 끄덕였다.

"아, 알았어요. 그렇게 하면 되잖아요."

뭔가 관계가 역전된 것 같은 기분에 나는 떨떠름해졌지만 위험해진 것만은 사실이니 따르기로 했다. 그나저나 마족이라니? 갑자기 이게 웬일이야?

"소, 손님, 들어가도 되겠습니까?"

막 자리에서 일어나 즐겁게 아침을 들던 나는 지배인의 떨리는 목소리에 스푼을 내려놓으며 자리에서 일어났다. 내 방 문가에서 들려오는 목소리는 상당히 다급한 것이었다.

―무슨 일이지? 외상값이라도 있는 거냐?

"아뇨. 그런 건 없는데."

이플리트의 물음에 나는 곰곰히 생각하며 문가로 다가갔다. 항상 그 자리에서 현금을 지불하고 물건을 구입하는 나였다. 외상값이라니, 있을 리가 없잖은가.

내가 문을 비스듬히 열자 문밖에 서 있는 두 사람이 눈에 들어왔다. 호텔 지배인과 급사다.

"무슨 일이에요?"

"와, 왕궁에서 마차가 도착했습니다! 준비가 되시는 대로 나오시라고……."

지배인은 입으로는 '준비가 되는 대로 나와주십시오'였지만 눈은 '당연히 준비가 되었겠지요? 안 되었더라도 나와주셔야 합니다'였다.

'…고작 마차 한 대가 무서워?

나는 미심쩍은 듯이 지배인을 바라보며 말했다.

"밥 먹는 중이라……. 아무튼 서두를게요."

"예, 예. 그러시는 것으로 알겠습니다. 그럼 마차에 계시는 분께는……."

쾅!

무어라 덧붙이는 지배인의 모습에 내가 잽싸게 문을 닫아버리자 '으앗' 하는 비명이 들려왔다. 미안하지만 막 일어나서 아침을 먹던 참이란 말이다. 그냥 기다리라고 하면 될 것을 가지고 이러쿵저러쿵 말을 듣고 싶지 않았다. 막 잠에서 깬 상태라 기분도 좋지 않고 말이다.

'왕궁에서 마차가 오면 먹던 밥도 뱉어내고 가야 한단 말이야?'

지금 내 상태를 말하자면 잠옷 바람에 아직 머리도 감지 않아 부스스한 꼴이었다. 이 상태로는 마차는커녕 밖으로 나갈 생각도 없었다.

—신경 쓰지 말고 밥이나 먹어. 먹는 게 남는 거지.

오웬의 말에 나는 스르륵 밥상머리로 옮겨가 앉았다. 하나 지배인은 거기에서 포기하지 않았는지 똑똑 하고 문을 두드렸다. 대답할 마음이 없었기에 무시하고 먹는 것에 열중하자 노크 소리는 끊임없이, 그것도 빠른 속도로 내 귀를 울리기 시작했다.

"큭."

찍어 누르듯 포크를 빵 위에 꽂아두고 나는 자리에서 일어났다. 대체 뭐길래 사람을 이리도 귀찮게 하느냔 말이다! 이쪽은 아직 옷도 갈아입지 않았고 급한 일은 아무것도 없는데!

"뭐예요?"

으드득 이를 가는 듯한 목소리로 말하자 지배인은 숨을 집어삼키듯 내게 대답했다.

"화, 화를 내시기 전에 창밖을… 왕궁의 상공을 봐주십시오!"

상공? 상공에 뭐가 있단 말인가? 이 세계에는 헬리콥터며 비행기 같은 것도 없는데……

지배인의 태도에 이상함을 느낀 나는 돌아서서 테라스와 연결된 발코니로 나갔다. 이 호텔은 수도에서 몇 안 되는 높은 건물이었기에 발코니로 나오면 멀리 왕성의 모습을 볼 수 있는 것이다.

"어……?"

나는 무심결에 고개를 숙여 펜던트를 내려다보았다.

─뭐야? 왜 날 보냐?

심드렁한 시온의 목소리에 나는 다시금 천천히 고개를 들어 왕궁 위를 올려다보았다. 환히 내리쬐는 강렬한 태양 빛 아래로 검은 날개를 펄럭이고 있는 '그것'이 보였던 것이다.

'시온은 여기 있는데… 저건 뭐야?'

발코니 아래 시가지에는 이미 많은 사람들이 나와 그것을 구경하고 있었다. 검은 가죽옷을 입고 짧게 머리를 깎은 남자는 왕궁의 위를 배회하듯 돌며 이곳저곳을 바라보고 있었다. 마치 기회를 엿보는 듯한.

"세르티드 레플리카아아아~!"

마치 목에 확성기라도 달아놓은 듯이 커다란 목소리가 시가지 위로 울려 퍼졌다. 생각할 것도 없이 저 상공을 날고 있는 녀석의 목소리가 분명하다.

─굉장한 성량이군요.

질린 듯이 트레스가 중얼거렸다. 녀석은 마법을 걸지 않고 본연의 목소리로 소리를 질러대고 있었던 것이다. 나는 눈가를 씰룩이며 녀석을 올려다보았다.

'저놈… 저 날개, 마족이 분명한데 나를 언제 보았다고 마구 이름을 불러대는 거야!'

커다란 검은 날개, 검은 머리칼은 시온의 모습과도 닮아 있었다. 멀리 실루엣만이 보이고 있었지만 그것만큼은 확실히 알아볼 수 있었다.

─세틴을 해하려 했던 그 녀석인가?

─그럴 리가! 직접 나타날 녀석이라면 벌써 덤벼들었겠지.

─역시 잔챙이?

샤이시스와 레스트레온, 이플리트의 대화에 나는 눈살을 찌푸리며 펜던트를 내려다보았다.

"이제 어떡해요?"

─어떡하긴 뭘 어떡해? 잡아야지.

─그래, 거슬린다! 떨어뜨려 버려!

오윈과 시온의 이중주에 나는 고민스러운 표정으로 놈을 올려다보았다. 이미 아침 식사고 뭐고 차분히 할 만한 분위기가 아닌 것이다. 녀석은 시가지를 한 번 휘~ 둘러보더니 다시 한 번 입을 열었다.

"레플리카아아아! 좋은 말로 할 때 모습을 드러내라! 이 내가 친히 네 녀석을 상대해 주기 위해 여기까지 왔다!"

'오든지 말든지. 누가 불렀냐?'

나는 찡그리며 펜던트에서 시온의 힘을 빌린 다음 방으로 뛰어들어가 옷을 갈아입었다.

"대체 뭐냐고! 수도 안에서 내 이름이 오르내리게 만들고 싶은 거야?!"

─생각보다 단순한 녀석일지도 모르겠다. 하지만 세틴, 마족이라는 녀석들은 인간과는 비교도 되지 않을 힘을 가지고 있으니 주의하는 게 좋다.

레스트레온의 충고에 나는 고개를 끄덕이며 겉옷을 들고 밖으로 튀어나갔다. 이미 많은 사람들이 거리로 나와 웅성거리고 있었다. 예의 그 마족이 왕궁의 상공을 벗어나 시가지 쪽으로 날아가고 있었던 것이다. 녀석은 중앙 광장의 상공에서 날개를 퍼덕이며 아래를 내려다보았다.

“저기다!”

대로를 달리는 한 무리의 기사들의 모습에 나는 눈길을 돌렸다. 장전한 석궁과 마법사들의 주문이 그 마족을 향해 불을 뿜고 있었다. 하나 주문이나 화살이 미치기에는 거리가 너무 멀었다.

“헤헷! 바보 같은 놈들! 너희 따위의 인간들을 보고자 하는 것이 아니다! 세르티드를 불러와라! 부르지 않으면 이 수도를 불바다로 만들겠다!”

‘썩을! 끝까지 나를 들먹이잖아? 아침 댓바람부터 밥도 못 먹고… 저게 정말!’

나는 주위를 두리번거리다 주먹만한 돌멩이를 발견하고는 그것을 주워 들었다. 위치로 따지자면 나는 녀석의 뒤통수를 올려다보고 있는 상황이었다. 녀석은 자신의 발치에도 닿지 못하고 바닥으로 떨어져 내리는 화살과 주문을 바라보며 히죽거리고 있는 듯했다.

“안 나오는 거냐, 세르티드ㅇㅇㅇ!”

다시 한 번 커다란 목소리로 외치는 소리에 나는 눈매를 좁히며 돌에 마나를 주입했다.

“시끄러워!”

야구 선수들이 던지는 투수 폼으로 돌을 던지자 그것은 총알 같은 속도로 녀석의 머리통을 향해 날아갔다.

따악!

배트로 야구공을 올려친 듯한 경쾌한 타격음과 함께 녀석의 몸이 순간 기우뚱했다.

‘응? 설마… 그게 맞았나?’

던진 순간 빛과 같은 속도로 눈에서 멀어졌기 때문에 맞았는지 어쨌

는지조차 눈에 담지 못했다. 다만 녀석이 날고 있는 상공 쪽에서 제대
로 맞은 듯한 소리만 들려왔던 것이다. 한데…….

"떠, 떨어진다아아아!"

병사들의 목소리가 터져 나오자 나는 멀뚱히 떨어지는 녀석을 바라
보았다. 잠시 날갯짓을 멈추는 듯하더니 그대로 바닥으로 곤두박질쳤
던 것이다.

쿠아아앙!

거리를 부수며 처박힌 엄청난 폭음에 나는 가만히 내 손을 내려다보
았다.

─방금 마나를 최대치까지 밀어넣었지?

오웬의 중얼거림에 나는 천천히 고개를 끄덕였다. 그러자 한숨을 쉬
는 듯한 목소리로 샤이시스가 말했다.

─그거 인간한테는 하지 마라. 인간이라면 그대로 죽어.

─머리통이 박살나지.

덧붙이는 이플리트의 말에 나는 천천히 고개를 끄덕였다. 확실히 평
범한 인간이 맞게 되면 죽을 것 같다.

'…인데, 왜 저건 안 죽는 거야? 뭐, 마족이니까 어쩔 수 없다고는
하지만서도.'

나는 못마땅한 표정으로 결박당한 녀석을 바라보았다. 보통의 사슬
이나 밧줄 같은 것이 마족을 붙잡아놓을 수 있을 리가 없다. 녀석의 발
목과 손목을 휘감고 있는 사슬과 수갑은 궁정 마법사들의 힘을 총동원
한 마법 물건인 것이다. 게다가 그것만으로는 안심이 되지 않은 것인
지 삼중으로 되어 있는 바닥의 마법진까지 더해져 녀석은 그야말로 꼼

짝도 하지 못하는 상태였다.

"제길!"

수갑에 묶인 손목을 이리저리 비틀던 녀석은 그것이 꿈쩍도 하지 않자 가볍게 욕설을 내뱉으며 주위의 사람들을 둘러보았다. 왕궁의 지하 취조실이라고 생각되는 이곳에는 나와 아이언, 궁정 수석 마법사와 그 제자 둘, 그리고 기사 몇 명이 자리잡고 있었다.

탐구심 가득한 눈길로 마족을 바라보고 있는 궁정 마법사는 그 굵은 눈썹을 찌푸리며 나를 돌아보았다.

"자네, 이 마족을 어떻게 잡았다고 했었지?"

"어… 그게……."

내가 뺨을 긁적이며 머뭇거리자 내 곁에 서 있던 기사 하나가 사뭇 진지한 표정으로 말했다.

"마나를 주입한 어떤 물건을 던져 잡았다고 합니다."

…어떤 물건이라기보다는 명명백백한 돌이지요. 녀석의 뒤통수에 부딪친 순간 산산조각이 났겠지만 흔히 자갈이라고 부를 만한 강도와 모양새를 가진.

'보통은 돌에 맞아서 떨어지냐고.'

기사의 대답에 마법사는 가볍게 혀를 차며 마족 쪽을 돌아보았다.

"그렇다면 같은 행운을 두 번 바랄 수는 없겠구먼."

─이 인간, 무슨 생각을 하고 있는 거야?

세리나의 목소리에 나는 물끄러미 마법사 쪽을 바라보고 있었다. 진지한 얼굴로 마족을 바라보던 마법사는 순간 눈을 빛내며 히죽 웃었다.

'힉!'

─무언가 기분 나쁜 인간이로군. 필요 이상으로 가까이 하지 마라,

세틴.

샤이시스의 목소리에 나는 신중히 고개를 끄덕였다. 저 사람 앞에서는 마족인 시온이나 오웬을 꺼내서는 안 될 것 같은 생각이 정말 절실하게 들었다.

'조심해야지.'

"폐하."

나직한 신음 소리에 나는 고개를 들어 이 지하 원형 돔의 유일한 출구 쪽을 바라보았다. 근위대에 둘러싸여 계단을 내려오는 저 뻔뻔한 얼굴은 틀림없는 크라이드의 국왕이었다. 단조롭지만 질 좋은 옷감으로 만들어진 의복을 걸치고 이쪽으로 걸어오는 모습은 미안한 말이지만 제비에 가까웠다. 왕은 아이언의 곁에 서 있는 나를 발견하고는 가볍게 손을 흔들었다.

"오래간만이군, 세틴 군. 건강해 보여서 다행이야."

'왜 내 귀에는 건강해 보여서 불행하다는 말처럼 들리는 거지?'

미심쩍은 눈길로 바라보는 가운데 왕을 발견한 돔 안의 사람들은 그를 향해 머리를 숙였다. 내가 따라서 고개를 숙이자 종속자들이 난리를 치긴 했지만 일단은 무시.

아이언은 나타난 국왕의 모습에 난처한 표정을 지으며 말했다.

"폐하, 아직 어떠한 마성을 가진 존재인지 확인을 하지 못한 상태이니 이곳으로 행차하시는 것은 위험합니다."

"아니, 이 마족은 처음부터 세틴 군을 노리고 있다는 소리를 들었네. 그렇다면 위험한 것은 내가 아니지 않은가? 더군다나 저 마족을 결박한 자가 이 자리에 있으니 걱정할 것은 없지."

그 말에 아이언은 미묘한 표정으로 나를 쳐다보았다.

“그… 레플리카가 잡았다고는 할 수 있겠습니다만 그 방법이라는 것이 다시 유용할 수 있는 것인지는…….”

“아아, 한 번 한 일이라면 두 번도 가능하겠지. 그렇지 않은가?”

왕은 그렇게 말하며 나를 돌아보고는 씨익 웃었다. 마치 나에 대해 알고 있다는 듯한 그 웃음에 나는 나도 모르게 경계 어린 표정을 지어 보였다. 그러자 왕은 다시 고개를 돌려 자신을 따라온 가신들을 돌아 보았다.

“필요한 인물들은 다 모였는가? 좋아, 수행원들은 모두 내보내게. 물론 자네들도 나가야 해.”

왕을 호위하고 있던 근위대를 바라보며 말하자 그들은 잠시 당황하 여 왕을 쳐다보았다. 왕을 호위해야 하는 그들의 입장에서는 섣불리 물러설 수가 없는 것이다. 하나 아이언이 허락하듯 눈짓을 보내자 기 사는 하는 수 없이 머리를 조아렸다.

“알겠습니다. 필요한 일이 생기시면 부르십시오.”

젊은 기사가 그리 말하며 물러서자 궁정 마법사의 두 제자와 수행원 들도 주춤주춤 지하 돔 밖으로 나갔다. 내가 나도 나가야 되는 건가 싶 어 밖을 쳐다보자 아이언이 내 팔을 잡았다.

“너는 아니다.”

“아, 그래요?”

등 뒤로 지상의 빛이 새어 들어오던 돔의 문이 닫히고 있었다. 나는 조금 머쓱한 기분으로 돔 안의 가신들을 둘러보았다. 대개 중년 이상 의 나이가 든 사람들이 주축으로 젊은 사람은 나와 아이언, 그리고 저 뭐라는 왕자뿐이었다.

‘그러고 보니 이름을 들은 적이 없다.’

문이 닫히자 돔 안의 사람들은 이상스러운 시선으로 나를 돌아보았다. 마치 이 자리에 모인 것이 나를 위한 것인 것마냥.

―어째… 이상한걸? 세틴, 주의하는 것이 좋겠다.

이플리트의 중얼거림에 나는 보일 듯 말 듯 고개를 끄덕이며 그들을 마주 보았다. 그에 왕은 싱긋 웃으며 내 어깨를 잡았다.

"에, 뭐죠?"

"티아에게 들었다. 크라이드에서 보호받을 수 있는 신분을 원했다고?"

뭐, 딱히 신분이라고는 할 수 없지만 비슷한 것을 원한다고 말한 것은 사실이었기에 나는 고개를 끄덕였다. 그 문제에 대해 말하기 위해 이 자리에 모인 것이란 말인가?

"일단 짐의 국민이라면 누구든 크라이드의 보호를 받을 수 있다. 하나 너는 가신의 의무를 지지 않겠다고 했다지?"

왕의 말에 몇몇 대신들이 움찔하며 나를 쳐다보는 것이 느껴졌다.

"예. 제가 왕께 충성을 하는 것은 무리……."

"자유인이기를 원하면서 왕국의 보호를 요청한다는 말인가?"

날카로운 대신의 목소리에 나는 힐끗 그를 바라보았다. 사십대 초반의 마른 남자였다. 그의 목소리에 왕은 무표정한 얼굴로 그를 쳐다보았다.

"이자를 심문하기 위해 이 자리에 모이라고 한 것이 아니야. 그런 말투는 삼가해 주기를 바라네."

"하, 하오나 폐하, 저자의 말은……."

"나는 두 번 말하고 싶은 생각은 없네만."

왕이 싸늘한 목소리로 말하자 대신은 침을 삼키며 입을 다물었다.

그러자 왕은 빙긋 웃으며 나를 돌아보았다.

"…이런 실정이다. 나는 공주에게 대강의 사정을 들어 너의 실력을 인정하고 우리 왕국과 관계를 맺는 것으로 그 대가가 충분하다고 생각하고는 있지만… 보다시피 이런 자들이어서 말이다."

"실력을 보이라는 말씀이십니까? 하지만… 단순한 검술 실력 정도로는 저를 용인해 줄 분위기는 아닌 것 같은데요. 게다가… 제게 어떤 신분을 주신다는 것인지도 확실치 않고……."

내 말에 무례하게 느껴진 것인지 몇몇 대신들의 눈썹이 찌푸려졌지만 나는 태연한 얼굴로 왕을 바라보았다. 그에 왕은 마음에 들었다는 듯이 씩 웃으며 말했다.

"여신의 수호자다."

여신의… 수호자? 어디서 많이 들은 소리인데? 어? 그러고 보니…….

나는 물끄러미 왕을 바라보며 대답했다.

"그거 무투대회의 결승전 진출자에게 붙는 소리잖아요."

"그렇지. 요즘에 들어서는 왕립 무투대회의 결승전 진출자 모두에게 붙이는 말이 되었지. 하지만 나는 다른 것을 말하는 것이다."

나는 왕의 말에 눈썹을 찌푸리며 그를 쳐다보았다. 대체 무슨 말을 하는 것인지 이해를 할 수 없었던 것이다.

"신분이 자유롭고 가신의 의무를 지지 않으며 왕국의 보호를 받을 수 있는 자는 그리 많지 않다. 더군다나 그런 대부분의 자들이 공적인 일과는 무관한 핏줄에 의해 그런 신분을 가지고 있기 때문에 그런 신분이 너에게까지 가기란 매우 어렵지. 혹 네가 크라이드의 왕족과 혼인을 한다면 또 모를까."

"그건 무리예요."

내가 대뜸 대답하자 대신은 호통을 치고 싶은 모양이었지만 왕은 피식 웃으며 말했다.

"뭐, 당장은 무리라고 생각하지만… 굳이 그런 방법을 사용하지 않더라도 내가 방금 말한 여신의 수호자가 바로 그것이다. 왕족과 동등한 신분을 가지고 왕에 대한 가신의 의무에서도 자유롭다. 또한 왕국에 보호를 요청할 수도 있지. 어떠냐? 이 정도라면 만족하겠느냐?"

"하지만… 여신의 수호자라면 매년 나오는 거잖아요. 그 무투대회의 결승전 진출자들이 모두 그런 자격을 가진다는 말이에요?"

내 물음에 왕의 가신들 중 하나가 앞으로 나섰다. 흰색의 신관 복장을 한 남자는 두터운 안경을 끼고 있었다.

"여신의 수호자라는 말은 일종의 성기사를 지칭하는 말입니다. 드래곤이 현신하였다는 기사 볼프를 붙잡기 위해 크라이드의 12대 왕께서 만든 직책이지요. 실제로 뛰어난 마법적 능력과 검술 실력을 가졌으나 어느 왕국에도 적을 두지 않고 은거하는 인물들을 천거하기 위해 만들어졌다는 설이 있습니다만… 그 후 15대까지만 유지되고 그 자리가 공석이 되면서 무투대회의 우승자에게 붙이는 말이 되었습니다. 요 근래에 들어서는 결승 진출자라 불리는 네 명에게 붙이는 말이 되었고요."

신관의 말이 끝나자 나는 왕을 바라보았다.

"그 말대로라면 내가 그 정도의 힘을 가진 사람이 아니면 안 되겠군요."

"할 수 없겠나?"

왕의 물음에 나는 미간을 좁히며 그를 쳐다보았다.

"어떤 종류의 것을 원하느냐에 따라 다르겠지요. 내가 어떤 방식으로 그걸 증명해야 하는 거지요?"

내 물음에 왕은 힐끗 자신의 가신들을 쳐다보았다. 그중 가늘고 긴 수염을 늘어뜨린 자가 앞으로 나오며 내게 말했다.

"14대 왕의 곁에 있었던 여신의 수호자는 그 능력을 증명하기 위해 와이번을 길들였다. 너도 그와 같은 일을 할 수 있겠느냐?"

"와이번?"

대신의 물음에 나는 힐끗 펜던트를 내려다보았다. 그리고는 작은 목소리로 물었다.

"와이번이 뭔데요?"

―그냥 할 수 있다고 말해! 내 힘을 빌리면서 그 정도도 못한다는 게 말이 되냐?

시온의 윽박에 나는 머뭇거리며 고개를 들었다.

"할 수 있을 것 같은데요?"

"기한은 이 주간이다."

덧붙이는 대신의 말에 나는 눈을 동그랗게 떴다. 달랑 이 주? 개를 훈련시키는 것도 한 달은 걸리겠다! 내가 골몰하는 듯한 표정을 짓자 염소수염의 대신은 씩 웃으며 내게 말했다.

"물론 타인의 도움을 받아서는 안 되고 필요 이상의 장비를 동원해서도 안 된다."

"그 필요 이상의 기준이 뭔데요?"

내가 눈살을 찌푸리며 묻자 대신은 자신의 길고 가느다란 수염을 매만지며 말했다.

"스스로의 능력을 벗어난 것들을 말하는 것이지. 스크롤이나 대마수용 장비 같은 것들은 사용 불가다. 물론 네 자신이 마법을 사용할 수 있다면야 그건 상관없겠지만."

그렇다면 정령도 안 되는 건가? 이플리트의 능력이라면 하위 정령들은 손쉽게 다룰 수 있을 텐데. 나는 슬쩍 염소수염의 대신을 바라보며 물었다.

"그러니까 내 자신의 능력으로 움직이는 것이라면 상관없다는 말이지요?"

"그래. 사람을 동원해서는 안 되지만 말이다."

염소수염의 대신이 딱딱한 어조로 못을 막았지만 나는 속으로 씩 웃었다. 내가 힘을 빌리려는 이들은 어차피 인간이 아닌 것이다. 트레스는 제외지만.

'어디까지나 사람은 아닌 거니까.'

"크라이드의 북쪽 영지 중에 산지를 포함한 라이든 평원이라는 곳은 와이번이 자주 출몰하는 것으로 유명하지. 기한은 이 주뿐이니 서두르는 것이 좋을 거다."

"에? 지금 당장이요?"

내가 정색을 하며 국왕을 쳐다보자 왕은 멀뚱히 나를 쳐다보며 답했다.

"이런 것은 빠르면 빠를수록 좋지 않은가? 이미 영주에게 전서구를 보냈고 수도에 그 영주의 아들이 와 있는 상태이니 그와 동행하면 될 거다.'

"그 영주의 아들이 누군데요?"

내가 묻자 국왕은 씩 웃으며 내게 말했다.

"너도 알고 있는 사람이다. 라힐 파베르 경이지."

‘경이라는 말이 붙었다면… 약속했던 대로 기사 작위가 내려진 거구나. 더구나 레오폴드의 경우에는 최연소이고.’

내가 파베르 자작의 영지로 가 있는 동안 왕실의 마법사단이 붙잡힌 마족을 심문할 거라고 했다. 딱히 그 마족이 나를 대면해야 할 이유가 있는 것도 아니었기에 나는 이의를 제기하지 않았다. 내가 따로 무어라 불만을 이야기한데도 들어줄 것 같지도 않고 말이다.

후에 누구의 사주를 받은 것인지라도 알려준다면 좋겠지만 알려주지 않는데도 내 나름대로 알아볼 생각이기 때문에 억울할 것은 없었다.

태평스러운 걸음으로 돔 밖으로 나온 나는 시종에 의해 라힐이 기다리고 있는 왕궁의 응접실로 안내되었다. 왕이 동행하여 준 것은 대신들에게 나를 보일 때뿐이고 그 이후로는 왕세자와 함께 궁정 마법사의 설명을 듣고 있었다. 왕세자는 이번에도 물끄러미 바라보고만 있을 뿐 한마디도 입을 떼지 않았다.

‘동생과는 전혀 다른 성격이군. 하긴 얼굴도 별로 닮지 않았다.’

왕을 닮은 것은 왕세자보다는 오히려 티아 쪽이었다. 머리 색도 얼굴 생김도 그와 비슷한 것이다. 성격 쪽도 티아가 훨씬 닮았는지도 모르겠다.

금박이 입혀진─왜 문짝에까지 금박을 입혔는지 모르겠다. 돈이 남아 도나?─문을 열고 시종이 머리를 조아리자 나는 머쓱한 얼굴로 그 안으로 들어갔다.

화원과 이어지는 응접실인 듯 천장의 창으로부터 빛이 들어오고 있었다. 그 방 한가운데에서 차를 마시고 있던 라힐은 내가 들어오는 것을 보고 자리에서 일어났다.

“세틴님, 오셨군요?”

라힐의 목소리에 반색을 하고 안으로 들어가던 나는 눈살을 찌푸릴 수밖에 없었다.

"왜 네가 여기에 있는 거야?"

정색을 하며 검지를 들어 가리키자 레오폴드는 단번에 인상을 구기며 소리쳤다.

"뭐야? 불만있냐? 그래도 너보다는 훨씬 정당한 이유야!"

"…내가 여기 있는 이유가 뭔 줄 알고 정당 운운하는 거야? 난 불러서 온 거라고."

내가 심드렁한 목소리로 말하자 레오폴드는 이상하다는 눈길로 나를 쳐다보았다.

"나머지 대금 받으러 온 거 아니고?"

"응? 으… 으앗차! 깜박 잊었다!"

내가 무서운 기세로 응접실에서 돌아서자 나를 안내하던 시종이 매달릴 터세로 내 옷자락을 붙잡았다. 내 옷자락을 잡고 늘어지던 시종은 내가 쳐다보자 식은땀을 흘리며 손을 놓았다. 그는 '험험' 하고 목소리를 가다듬으며 말했다.

"폐, 폐하께서 소신에게 맡겨놓으신 물건이 있습니다."

시종은 떨리는 목소리로 그렇게 말하며 품 속에서 흰 봉투를 꺼냈다. 봉투를 받아 반으로 접힌 종이를 펼쳐 든 나는 단번에 눈매를 좁혔다.

"이, 이게 뭐죠?"

부들부들 떨리는 손으로 종이를 쳐들어 올리며 말하자 시종은 파랗게 질린 낯빛으로 내게서 물러섰다.

"그, 그것이… 저는 전하라는 명을 받았을 뿐 그 내용까지는……."

봉투 안에는 이러저러한 계산서가 들어 있었던 것이다. 그 내용을 들여다본 즉,

　—$$% 신전 접대비 825 골드, 신전 기부금 50,000 골드.
　—%$# 신전 접대비 706 골드, 신전 기부금 45,000 골드.
　—$#@ 대신관 10,000 골드.
　—%** 공작 7,000 골드.
　—@#$ 재상 6,500 골드.
　—이하 기타 등등, 기타 등등…….

이게 대체 뭐 하자는 짓거리란 말인가! 내가 황망한 얼굴로 종이를 든 손을 파르르 떨자 살며시 다가온 레오폴드가 그 종이를 들여다보더니 맨 끝의 깨알만한 크기로 쓰여진 글씨를 천천히 읽어 내려갔다.

"여러 신관들과 대신들을 설득하기 위한 공작비로 세틴 군의 대금의 전부가 들어갔으니 그 나머지를 봉투에 넣어 보내오. 착오 없으시길 바라오."

나머지는 무슨 나머……? 내가 봉투를 뒤집어 살짝 털어내자 풀로 봉투 속에 붙어 있던 작은 은화 두 개가 스스로의 무게를 이기지 못하고 또르르 내 손바닥 위로 떨어졌다. 유난히 반짝이는 두 개의 은화에 나는 살짝 붙어 있던 내 이성의 끈이 툭 하고 끊어지는 것을 느꼈다.

"이런 썩을, 비리의 왕국 같으니라고오오오오!"

내기 기염을 토하며 소리치자 시종은 사색이 되어 나를 붙잡았다.

"레플리카니이임!"

필사의 외침을 토해내며 내 다리에 매달리는 시종을 뿌리치며 나는

무서운 속도로 예의 지하 돔을 향해 질주해 갔다. 지하 돔의 정문인 거대한 철문을 지키고 있던 병사 둘이 창을 가로질러 내 앞을 가로막으려 했지만 허공을 휘젓는 내 손짓만으로 옆 벽으로 날아가 처박혔다.

쿠아앙!

두터운 철문의 문짝이 떨어져라 열어젖혀지자 나는 안으로 뛰어들어 갔다. 내가 안광을 빛내며 돔 안에서 국왕의 모습을 찾았지만 어디에도 왕의 모습은 보이지 않았다.

"무, 무슨 일인 거냐?"

나와 어느 정도 안면이 있는 세르나힐 후작의 목소리에 고개를 돌리니 그가 당혹스러운 얼굴로 나를 쳐다보는 것이 보였다. 나는 끓어오르는 분노를 안으로 삼키며 후작에게 물었다.

"에… 그러니까 폐하는 어디에 계세요?"

"폐하께서는… 막 볼일이 생각나셨다며 본궁으로 돌아가셨다만……"

튀었나? 내가 달려온 그 길이 틀리지 않았다면 본궁으로 돌아가는 길이었을 것이다. 한데 마주치지 않았다는 것은 본궁으로 돌아가겠다고 말하고는 어디론가 다른 길로 샜다는 건데… 그렇다는 것은… 이미 계획적? 본궁으로 달려가도 잡을 수 없는 거야?

"세틴!"

허억거리며 거칠게 숨을 몰아쉬는 레오폴드와 라힐의 뒤따름에 나는 울상이 되어 그들을 쳐다보았다.

"레오폴드… 라힐……"

내가 그 둘을 돌아보며 눈물을 글썽거리자 달려오던 레오폴드가 당황한 얼굴로 멈칫거렸다.

"세, 세틴?"

"으아앙! 진짜 가만 안 둬!"

"뭐, 뭣?!"

내 외침에 지레 놀란 레오폴드가 뒤로 물러섰지만 나는 털썩 자리에 주저앉고 말았다. 왕이란 작자가 뒤로 사기나 치냐! 내 돈! 내 금화! 이럴 줄 알았으면 그냥 돈이나 챙겨가지고 사라질걸!

때늦은 후회가 물밀듯이 밀려왔지만 이미 사라진 금화가 내게로 되돌아올 리가 없었다.

'크훗! 내 돈이! 명단에 적힌 녀석들을 차례대로 찾아가 다 털어올까 보다!'

물론 그 후로 내가 아무 짓도 하지 않은 것은 아니다. 당장 티아가 있는 본궁으로 쳐들어갔고 왕궁의 방 하나하나를 샅샅이 찾는 것으로 모자라 이플리트를 불러서 왕의 행적을 찾았지만 그야말로 오리무중이었다.

─인간 주제에 잘도 숨었군.

기가 막히다는 듯한 샤이시스의 목소리에 나는 한숨을 토해내며 왕비의 방 카펫 위에 늘어졌다. 티아의 어머니, 그러니까 왕비님은 상공에 떠오른 마족의 그림자를 보고 놀라서 기절하셨다고 한다. 그런 연유로 티아가 왕비님을 간호하고 있는 것이다.

티아가 살짝 일러준 것이었지만 사실 왕비님은 놀라서 기절하신 것이 아니라 멍하니 하늘을 올려다보며 마족의 움직임에 따라 고개를 뒤로 꺾다가 자빠지신 것이라고 한다. 어찌 되었거나 머리를 부딪쳤기 때문에 안정이 필요하다는 것이다.

‘어딘가 어벙하달까? 좋게 말하면 순진한 거고 나쁘게 말하면 바보… 로군.’

최악의 경우 왕의 왕관이라도 팔아치워 대금을 받아낼까 생각했지만 왕비님의 관은 그 어벙함을 봐서 내버려 두기로 했다. 현재 왕비님은 방 한쪽에 놓여 있는 침대에 누워 죽은 듯이 잠들어 있는 상태로 티아는 그 곁에서 차가운 물수건을 왕비님의 머리에 얹고 있었다.

“아바마마는 찾지 못했어?”

작은 목소리로 묻는 말에 나는 침울한 얼굴로 고개를 끄덕였다. 현재 이플리트가 자존심에 상처를 입고 백방으로 정령들을 닦달하고 있었지만 왕의 모습은 보이지 않았다. 트레스의 말로는 공간 이동 주문을 사용한 것 같다나?

“이렇게 필사적으로 도망치다니 왕의 체통은 어디로 간 거야!”

한참 동안이나 펜던트의 동공을 들여다보며 이플리트의 행적을 쫓던 내가 포효하듯 소리치자 곁에 있던 티아가 안됐다는 듯이 중얼거렸다.

“…하지만 너를 상대로 체통을 따지다가는 목숨을 부지하기 힘들잖아.”

“그 말인즉!”

내가 눈을 빛내며 티아를 돌아보자 물수건을 갈던 티아는 움찔하며 왕비의 얼굴에 물수건을 떨어뜨렸다. 차가운 물수건이 얼굴에 떨어지자 왕비는 조금 정신이 든 것인지 눈살을 찌푸렸다.

“네가 코치했다는 소리야?”

“생사람 잡지 마! 내가 그럴 리가 없잖아!”

티아의 항변에 나는 말없이 고개를 수그렸다. 이제 어떻게 해야 한단 말인가. 구렁이 같은 국왕은 비리 자금으로 내 돈을 꿀꺽해 버렸고, 그렇다고 내가 그 고관대작들의 집을 턴다면 내가 털었다고 소문낼 것 같고, 무작정 도망치려니 억울하고, 날 쫓고 있는 놈도 그대로…….

검지로 카펫을 꾹꾹 누르자 그 비싼 카펫에 구멍이 뻥뻥 뚫리며 아래의 대리석까지 홈이 파였다. 내 집념과 원념이 담긴 손가락질에 티아는 식은땀을 흘리며 내게 말했다.

"저기… 아바마마께 매달려서라도 그 돈을 받게 해줄 테니까 너무 상심하지 마."

"…줄 사람이라면 이렇게 도망갔을 리가 없잖아."

내가 투덜거리며 카펫에 구멍 뚫기에 열중하자 티아는 왕비의 얼굴에 떨어졌던 물수건을 집어 올리며 말했다.

"아니… 오늘은 만나야 할 사람이 있다고 하셨으니까. 아바마마는 종종 가신들에게는 말씀하지 않고 사라지실 때가 있으서."

"어디로 갔는지는 모르고?"

내가 광명을 찾은 사람마냥 눈을 빛내며 묻자 티아는 미안한 듯이 웃었다.

"오라버니라면 알겠지만 나는 몰라."

티아의 오라버니라면 왕과 함께 종적이 묘연한 상태였다. 즉, 그 둘은 함께 있다는 소리다.

'당장 붙잡는 것은 무리로군.'

실망하다 못해 절망한 내가 다시 축 늘어지자 티아는 왕비의 이마에 물수건을 얹으며 약간 곤혹스러운 표정을 지었다. 뭐라 말해야 할까 고민하는 것 같았기에 내가 고개를 들어 그녀를 쳐다보자 티아는 눈썹 끝을 살짝 찌푸렸다.

“금화가 아니라면… 지불할 수 있을 것 같기도 한데.”

“에엑! 정말?”

내가 화색을 띠며 돌아보자 티아는 망설이는 듯하면서도 고개를 끄덕였다.

“아바마마께서 따로 모으는 물건들이 있거든. 그런데… 그걸 사용할 수 있을지 어쩔지는 모르겠어.”

순간 돈을 받을 수 있다는 사실에 기뻐하던 나는 티아의 어조에 눈매를 좁히며 그녀를 쳐다보았다.

“대체… 그 모으는 물건이 뭔데?”

내가 조심스럽게 묻자 티아는 물끄러미 나를 바라보다 조용히 입을 열었다.

“그게… 저주 시리즈랄까?”

저… 주 시리즈? 내가 상당히 미심쩍은 눈으로 그녀를 쳐다보자 그녀는 조용히 한숨을 쉬며 말했다.

“피를 흘리는 단검이나 검을 쥔 사람의 생명을 빨아먹는다는 마검, 착용하면 혼을 삼켜 버린다는 갑옷 같은… 물건들에 홍미가 있으셔서 그런 것을 사들이셔. 최근에는 소유자의 목숨을 앗아간다는 커다란 사파이어 목걸이까지 입수하셔서 그 저주의 귀기가 점차 늘어가고 있다고나 할까? 어떤 루트로 구하시는지는 알 수 없지만 일단 암거래 같은 것으로 팔면 상당한 액수는 들어오니까.”

…어째서 망하지 않는 거지, 이 왕국? 왕이라는 작자가 취미라지만 그런 기분 나쁜 물건을 국민의 세금으로 구입하고 앉았냐!

“나더러… 그런 걸 받으라는 거야?”

간신히 이성을 찾은 내가 눈매를 좁히며 말하자 티아는 어깨를 늘어뜨리며 대답했다.

"그러니까 원한다면 말이야. 나중이라도 아바마마가 돌아오실 때를 기다려 대금을 받는다면 그것으로 좋겠지만 아무래도 하루 이틀 내에 돌아오실 것 같지는 않잖아."

그렇다고 그런 몸에 지니기도 찜찜한 물건을 받으라는 거냐? 팔기도 전에 내가 먼저 저주를 받아서 죽겠다!

『펜던트』 제2권 끝